Der Schriftsteller **Stefan S. Kassner** hängte im Oktober 2022 seinen Arztkittel an den Nagel und lebt seitdem als hauptberuflicher Autor mit seinem Hund Goliath auf der Sonneninsel Mallorca. Im Oktober 2020 wurde er in die Agentur Ashera aufgenommen und veröffentlich seit 2021 Romane, Novellen und Kurzgeschichten in unterschiedlichen Genres, unter anderem Thriller, Krimi, Cosy Crime, Familiengeheimnis, Familiensaga, (Gay-) Romance, (düstere) Phantastik, Horror, Steampunk und Humor. Dies prägte auch den Slogan des Schriftstellers: „Vielseitigkeit hat einen Namen – Stefan S. Kassner."

Weitere Informationen zum Autor und seinen Projekten unter www.stefan-kassner.de.

TODES SCHWEIGEN

VERA WINTER ERMITTELT

STEFAN
S. KASSNER

Erstausgabe Juli 2023

Copyright © 2023 dp Verlag, ein Imprint der
dp DIGITAL PUBLISHERS GmbH
Made in Stuttgart with ♥
Alle Rechte vorbehalten

TODESSCHWEIGEN

ISBN 978-3-98778-402-6
E-Book-ISBN 978-3-98637-793-9

Covergestaltung: Buchgewand
Umschlaggestaltung: ARTC.ore Design
Unter Verwendung von Abbildungen von
depositphotos.com: © amber_85
stock.adobe.com: © Romain TALON, © WONGSAKORN
shutterstock.com: © Goji, © worawut2524, © spaxiax
Lektorat: Katrin Gönnewig
Satz: dp DIGITAL PUBLISHERS GmbH
Druck und Bindung: Books on Demand GmbH, Norderstedt

*Für meinen Vater
Je älter ich werde, desto mehr von dir erkenne ich in
mir. Dies ist nicht nur Inspiration und Herausforde-
rung, sondern auch das Wissen, dass du auf diese Art
für mich
weiterlebst*

Volk und Knecht und Überwinder,
Sie gestehn, zu jeder Zeit:
Höchstes Glück der Erdenkinder
Sei nur die Persönlichkeit.
Jedes Leben sei zu führen,
Wenn man sich nicht selbst vermißt;
Alles könne man verlieren,
Wenn man bliebe, was man ist.
Johann Wolfgang von Goethe (1749–1832)

1

Die Leidenschaft verleiht ihr Flügel und als sie diese ausbreitet, schwebt sie. Gleitet durch den Raum, trunken vor Vorfreude, die sich prickelnd in ihr ausbreitet.

Sie schleudert die Frau zu Boden. Vernimmt den dumpfen Laut, den der Aufschlag des Kopfes verursacht.

Endlich ist es so weit! So lange wartete sie, verzehrte sich danach, ihm nahe sein. Schon bei ihrem ersten Zusammentreffen in der Bar. Sie mit verlaufenem Makeup, da es draußen in Strömen gegossen hatte, er, wie immer, blendend aussehend in seinem dunklen Anzug, dem schiefen Grinsen und den stahlgrauen Augen, deren Blick in sie drang.

Die Frau röchelt, würgt. Dreht sich auf den Bauch, um dann, wie ein verendendes Insekt zu kriechen.

Überall sind Rosenblätter verstreut, auf dem Boden, dem Bett. Nur einmal erwähnte sie diese – zugegebenermaßen klischeebehaftete – Vorliebe Jannik gegenüber und er arrangierte den Raum ihren Vorstellungen entsprechend. In dem Zimmer mit den schwarzen Wänden und Möbeln, wirkten sie wie Küsse, mit denen er den Raum auf ihr Zusammentreffen vorbereitet hatte. Sie ließ sich mit ihm auf das Bett fallen.

Das Kriechen wird langsamer, verebbt schließlich vollends. *Sie* beugt sich zu der Frau hinunter, um sie auf den Rücken zu drehen.

Er ist über ihr. Der Griff seiner Hände, fordernd und zur selben Zeit liebkosend. Jede Berührung entflammt ihre Haut, schürt die Begierde.

Sie setzt sich auf die Brust der Frau, kämpft den Ekel nieder, der sich ihrer zu bemächtigen droht. Insbesondere dieser Bereich ist ein Sinnbild der Weiblichkeit und erst dann erträglich, wenn kein Atem ihn mehr hebt und senkt. Den zuckenden Körper drückt *Sie* zu Boden. Betrachtet das Gesicht, in dem sich die Augen angstvoll weiten, legt dann die Hände um den Hals, spürt den Adamsapfel, der sich gegen die Handflächen drückt.

Mit ausgebreiteten Armen empfängt sie seine Küsse, schmeckt seine Lippen, spürt die Wogen der Hitze, die sie durchfließen.

Der Mund öffnet und schließt sich, ohne dass sich ein Schrei der Kehle entringt. Die weit aufgerissenen Augen zucken hin und her. *Sie* spürt, wie die Auszulöschende sich unter ihr aufbäumt. *Sie* neigt sich vor und erhöht den Druck, bis etwas krachend nachgibt. Der Knorpel des brechenden Kehlkopfes.

Ihr blondes Haar fließt von ihrem Schopf über die dunklen Laken, rahmt ihr Gesicht ein. Eine goldene Corona, während ihrem leicht geöffneten Mund lustvolles Stöhnen entweicht.

Die Augen starren *Sie* entsetzt an, dann bricht der Blick und *Sie* weiß, dass es vollbracht ist. Die Existenz ist ausgelöscht und die Ausgelöschte bereit, hergerichtet zu werden. Zu einem Bild, das eine Botschaft übermittelt.

Sein Finger fährt sanft die Kontur ihrer Lippen entlang. „Ich bin verrückt nach deinen Rosenlippen", sagt Jannik.

Sie hievt den Körper auf das Bett, breitet Arme und Beine aus, dann das das Gesicht umfließende, blonde Haar. Nimmt das Skalpell in die Hand und schneidet.
Ich bin verrückt nach deinen Rosenlippen, denkt *Sie*.
Sie ist ein Ästhet.

2

Der Schock fraß sich in ihre Eingeweide. Ignorierte den Verstand, der ihr nüchtern mitteilte, dass sie seit zwanzig Jahren Mordtatorte untersuchte. Dieser ist anders, wollte sie ihm entgegenschreien, während das Grauen ihren Blick lenkte, um das totenschädelartige Grinsen zu fixieren.

Der Täter hatte Rosenblätter auf dem Bett und dem Boden verstreut und Kerzen entzündet, die zum Teil immer noch brannten. Das Ganze wirkte wie eine Szenerie in einem kitschigen Liebesfilm. Oder war eine geplante Liebesnacht aus dem Ruder gelaufen? Hatten sich hier zwei Liebende getroffen, und die Situation war im Streit eskaliert?

Das erschien unwahrscheinlich, schon aufgrund eines weiteren, nicht unwesentlichen Details – das Lächeln, das ihre Aufmerksamkeit unbarmherzig auf sich lenkte: Der Leiche fehlten die Lippen. Der Täter hatte sie, möglicherweise mit einem Skalpell, aus dem Gesicht geschnitten, was ihr den grausamen Ausdruck eines immerwährenden Lächelns verlieh. Welcher Liebende würde der Angebeteten so etwas antun? Selbst in der größten Wut kam ein Verbrechen, wie jemanden im Affekt zu töten, zwar vor, aber diese Vorgehensweise hatte Zeit und einen Plan erfordert.

Vera wollte gerade zu Doktor Sputnik hinüberzugehen, um ihn nach seiner Einschätzung zu fragen, als ihr jemand auf die Schulter tippte. „Entschuldigung, Kommissarin Winter?"

Winter schätzte den jungen Beamten auf Anfang zwanzig. Unruhig sprang sein Blick zwischen ihr und der Leiche auf dem Bett in ihrem Rücken hin und her. Es wäre untertrieben gewesen zu sagen, der Mann sei angespannt.

„Was gibt es denn?" Es kostete sie Mühe, nicht zu entnervt zu klingen. Dieser junge Kerl wirkte, als müsste er sich im nächsten Augenblick über die Kloschüssel beugen, um sein Frühstück an die Kanalisation zu übergeben und tat ihr im nächsten Augenblick leid.

„Da möchte jemand mit Ihnen sprechen. Sagt, es wäre wichtig."

Vera sah an dem jungen Mann vorbei zum Wohnbereich der Suite, in dem ein Mann mittleren Alters, mit Bauchansatz und dunklem Maßanzug, stand, den zwei Beamte daran hinderten, in den Raum vorzudringen.

„Und mit wem haben wir es zu tun?" Dieses Mal gelang es ihr nicht, den Ärger aus ihrem Tonfall herauszuhalten. Was lernten die Beamten denn heute auf der Polizeischule?

„Also, er ist ..." Der junge Beamte kratzte sich am Hinterkopf, während er seine Schuhe betrachtete. „Ich denke, er ist der Hoteldirektor."

Vera seufzte. „Sie denken. Wir werden uns noch mal darüber unterhalten, welche Fragen Sie einer Person stellen müssen, vor allem zu ihrer Identität und der beruflichen Position." Sie ließ den jungen Mann stehen und ging zu dem Herrn im dunklen Anzug, der mit den beiden Beamten vor sich diskutierte.

Als er sie sah, richtete er das Wort an sie. „Sind Sie die zuständige Kommissarin?"

„Winter. Genau so ist es."

Der Mann blickte irritiert drein.

„Winter ist mein Name, kein Hinweis auf die Jahreszeit."

„Ach so." Kurz verzog er die Mundwinkel zu einem angedeuteten Lächeln. „Ernst Kieping, ich bin der Hoteldirektor." Vera beantwortete die Vorstellung mit einem knappen Nicken.

„Es ist absolut notwendig", mit gestrecktem Zeigefinger dirigierte Kieping seine Worte, „dass nichts nach außen dringt. Einen derartigen Imageschaden können wir uns nicht leisten."

„Machen Sie sich keine Sorgen. Wir werden zu diesem Zeitpunkt die Presse noch nicht verständigen. Aber wir können natürlich keinen Einfluss darauf nehmen, sollte bereits etwas nach außen gedrungen sein." Kiepings Miene, die sich kurz aufgehellt hatte, verfinsterte wieder. „Sie sollten vor allem auf Ihr Personal einwirken. Die Presse wird eher von einem Ihrer Mitarbeiter informiert als von einem meiner Beamten."

„Meine Angestellten sind loyal. Sie sollten da Ihre Erfahrungen nicht verallgemeinern." Kieping funkelte sie angriffslustig an, und Vera war klar, dass sie sich unklug ausgedrückt hatte. Sie hatte eine kurze Nacht gehabt und war von dem Anruf, dass es einen Mord gegeben hatte, aus dem Schlaf gerissen worden.

Dennoch schluckte sie den aufwallenden Ärger herunter, zwang ihre Mundwinkel nach oben und schaffte es sogar, einen freundlichen Ton anzuschlagen. „Dann verlässt keine Information diesen Raum, was derzeit auch in meinem Sinne ist. Derartige Meldungen sorgen für unnötige Panik und rufen selbst ernannte Kommissare auf den Plan. Wir ziehen also am selben Strang."

Kiepings Lippen, die er zuvor zu einem blassroten Strich zusammengepresst hatte, entspannten sich und er nickte.

„Sie könnten uns weiterhelfen", sagte Vera.

„Was kann ich für Sie tun?"

„Ich muss wissen, auf welchen Namen dieses Zimmer gebucht wurde, und möchte außerdem mit dem Angestellten sprechen, der die Buchung vorgenommen hat. Ebenso mit allen Personen, die gestern und heute im Hotel gearbeitet haben." Sie rang sich ein Lächeln ab. „Sie würden unseren Ermittlungen einen unschätzbaren Dienst erweisen."

„Selbstverständlich", sagte Kieping und verließ das Zimmer.

Vera atmete hörbar aus. Sie hoffte, dass Kieping recht hatte und keiner seiner Angestellten Informationen vom Mord oder Tatort an die Presse trug. Einige Menschen sind sich nicht zu schade, für ein bisschen Aufmerksamkeit die Grundsätze von Moral und Ethik mit Füßen zu treten, dachte sie bitter.

„Können Sie mir schon etwas zu Todesursache und Todeszeit sagen?", fragte sie Doktor Sputnik, der sich über die Leiche beugte und zu dem sie hinübergegangen war.

„Sie wurde erwürgt." Er wies auf die violetten Male am Hals der Leiche.

„Und das?" Vera wies auf den Mund der Leiche. Sie hatte immer noch Schwierigkeiten, dieses groteske Lächeln zu verarbeiten, das im Grunde keines war. Wer kam auf solch eine Idee?

„Das geschah erst post mortem, würde ich sagen, genau weiß ich das allerdings erst nach der Obduktion."

„Danke", sagte Vera. Sie mochte Sputnik. Er hatte einen messerscharfen Verstand, auf den sie sich stets verlassen konnte, und vor allem machte er klare Aussagen, die ihr weiterhalfen.

Sie fuhr herum, als ihr erneut auf die Schulter getippt wurde. Wie sie das hasste! Dieses Mal würde ihr der junge Kerl nicht so davonkommen! „Lassen Sie das, verdammt noch mal!", zischte sie und erntete einen entgeisterten Blick.

„Entschuldigung ... ich wollte nur ..." Schweißperlen bildeten sich auf seiner Stirn.

„Wir haben einiges zu klären, aber das muss warten. Vorerst gilt Folgendes: Sie berühren mich nicht ungefragt, und Sie nehmen Aussagen und Personalien auf, bevor Sie mir einen Zeugen vorstellen. Haben Sie das verstanden?"

Der junge Polizist nickte. Kurz glaubte Vera, er würde in Tränen ausbrechen. Was war nur los mit den jungen Leuten heute? Diese Millennials waren mit den einfachsten Aufgaben überfordert, konnten mit Stress meist nicht umgehen. Wenn sie an ihre ersten Jahre dachte – das hätte von diesen Weicheiern keiner durchgehalten.

„Also, was ist los?", fragte sie.

„Die Rezeptionisten sind da. Sowohl der, der die Buchung durchführte, als auch der von gestern Abend."

Na, das ist doch schon mal was, dachte sie.

„Dann werde ich sie gleich befragen." Sie strebte umgehend in Richtung Zimmertür.

„Soll ich Ihnen nicht sagen, was ich schon erfahren habe?", rief ihr der junge Polizist hinterher.

Vera blieb kurz in der Tür stehen und sah sich um. „Machen Sie sich keine Umstände, ich komme zurecht." Damit verließ sie die Suite.

3

„Und Sie können keine genaueren Angaben zu der Person machen, die das Zimmer gebucht hat?"

Die junge Frau zuckte mit den Achseln, während sie auf ihrem Kaugummi kaute, was Vera wahnsinnig machte. Wieder ein Grund, ihre Haltung gegen Millennials zu betonieren. Diese Anfang Zwanzigjährige namens Aila Kofke schien kein Gespür für Respekt oder Etikette zu haben. Sie gab Vera das Gefühl, froh sein zu können, dass Frau Kofke sich die Zeit für diese Unterredung nahm.

„Das ist immerhin drei Wochen her."

„Ist es zutreffend, dass das Zimmer gleich bei Buchung bezahlt wurde."

„Richtig, ja."

„Und, ist das nicht ungewöhnlich? Dass jemand ein Zimmer so weit im Voraus bezahlt?"

„Na, irgendwie schon."

Vera musste sich zurückhalten, um nicht über den Tisch zu springen und der dummen Gans mit den violetten Haaren den Hals umzudrehen. Durfte jemand mit so einer Optik überhaupt in einem Luxushotel arbeiten und das auch noch an der Rezeption?

„Wie lange arbeiten Sie denn hier schon?"

„Seit drei Monaten."

Vera war fast froh, denn dann standen die Chancen nicht schlecht, dass Hoteldirektor Kieping bald hinter

Frau Kofkes Inkompetenz käme und ihr den Laufpass gab. Irgendwie verursachte der Gedanke in ihr eine gewisse Freude, für die sie sich im selben Augenblick schämte.

„Also, Sie sagen, dass es ein Mann war?"

Aila Kofke nickte eifrig.

„Können Sie sein Alter schätzen?"

„Älter als Sie, würde ich sagen."

„Genauer geht es nicht?" Vera atmete tief durch.

Frau Kofke zuckte mit den Schultern. War hier irgendwo eine Kamera versteckt?

Das brachte sie auf eine Idee. „Ist die Rezeption kameraüberwacht?"

Wieder nickte Aila Kofke. „Es gibt eine Kamera."

Das waren endlich mal gute Nachrichten. „Alles klar, Frau Kofke. Das reicht dann erst mal. Ich werde mich wieder bei Ihnen melden, wenn ich weitere Informationen benötige." Vera betete, dass dies nicht der Fall sein würde und die Kamera verwertbare Bilder lieferte, anhand derer die Person, die das Zimmer gebucht hatte, zu erkennen sein würde.

Aila Kofke verließ das Besprechungszimmer, das der Hotelmanager, Herr Warburg, der Kommissarin für die Befragung zur Verfügung gestellt hatte.

Kaum war die Tür geschlossen, klopfte es. Auf Veras Aufforderung trat ein junger Mann ein. Anders als Aila Kofke, wirkte er wie jemand, dem Vera den Posten an der Rezeption eines Nobelhotels durchaus zutraute.

„Würden Sie mir Ihren Namen nennen?", fragte Vera.

„Noah. Noah Steffens."

„Sie wissen, dass es um gestern Abend geht?"

Der junge Mann nickte, sah zu Boden.

„Sie hatten Dienst gestern?"

Wieder nickte er, während sein Blick fest auf den Boden geheftet blieb.

„Was ist los?", fragte Vera.

Es schien ihn Kraft zu kosten, sie anzuschauen, als wären seine Augen mit Bleigewichten beschwert. „Hätte ich es verhindern können?"

Vera brauchte einen Moment, um die Frage zu begreifen, wollte etwas entgegnen, doch der Mitarbeiter holte bereits Luft und so beschloss sie, ihn weitersprechen zu lassen.

„Nachts ist selten etwas zu tun. Dennoch ist es uns verboten, das Handy mit an den Arbeitsplatz zu nehmen. Aber gestern ...", er brach ab, schluckte, „ich habe doch nicht geahnt, dass so etwas passieren würde. Wer ahnt denn schon so was?"

Sein leidender Blick berührte Vera. Etwas, das sich auch nach vielen Dienstjahren nicht abstellen ließ. Natürlich stellte sich eine gewisse Abgestumpftheit ein, wie beim Anblick einer Leiche, aber dennoch gab es immer wieder Momente, die diesen Schutzpanzer durchdrangen, den jeder von ihnen um sich legen musste, um diese Situationen zu verkraften.

„Natürlich ist es nicht Ihre Schuld." Vera verzog den Mund zur Andeutung eines versöhnlichen Lächelns. „Es ist aber wichtig, dass Sie mir alles erzählen, woran Sie sich erinnern. Jedes Detail könnte von Bedeutung sein."

„Das ist es ja." Der junge Mann wandte den Kopf, als hätte sich eine Schlinge um seinen Hals gelegt. „Ich habe gar nichts bemerkt."

Der kleine Funke Hoffnung, den sein anfängliches Auftreten in Vera entfacht hatte, erstarb. „Wie meinen Sie das, gar nichts bemerkt?", fragte sie, obwohl sie sich die Antwort schon vorstellen konnte.

„Na ja. Gestern habe ich mein Handy mit am Arbeitsplatz gehabt. Obwohl es, wie ich schon sagte, verboten ist. Wissen Sie, unter der Woche ist meistens zwischen drei und fünf Uhr kaum etwas zu tun, und … na ja … es gab da diesen Typen, mit dem ich geschrieben habe."

„Sie wollen mir also sagen, dass Sie gestern nur auf Ihr Handy gestarrt haben? Sie haben nicht einmal aufgeschaut, wenn jemand in die Lobby kam?"

„Das schon."

„Dann müssen Sie doch jemanden gesehen haben."

„So gegen vier kamen zwei Frauen, glaube ich."

„Glauben Sie?" Die Vorschusslorbeeren, die Vera dem Kerl verliehen hatte, waren absolut unbegründet. Er war keinen Deut besser als seine Kollegin Frau Kofke. Was hatte Kieping über seine Angestellten gesagt? Dass sie loyal seien? Es bedurfte einer großen Portion Loyalität, um diese zum Himmel schreiende Inkompetenz wettzumachen.

Vera atmete tief durch. Sie musste die Nerven bewahren, wenn sie irgendetwas aus diesen ‚Zeugen' herausbekommen wollte. „Also, zwei Frauen. So gegen vier?"

„Ich denke schon."

„Okay. Ist Ihnen an diesen Frauen irgendetwas Ungewöhnliches aufgefallen?"

Der junge Mann dachte kurz nach. „Jetzt, da Sie es sagen. Ich dachte, dass die beiden zu tief ins Glas geschaut hatten. Zumindest eine von ihnen. Ich meine, dass die eine die andere gestützt hat."

19

„Sie sind nicht hin und haben gefragt, ob alles in Ordnung ist?"

Der junge Mann riss die Augen auf. „Wir mischen uns niemals in die Angelegenheiten unserer Gäste ein!" Das klang, als hätte Vera von ihm verlangt, jemandem einen Dämon auszutreiben.

„Gut." Sie nahm einen Schluck von ihrem Kaffee. Sei froh, dass du zumindest den bekommen hast!, dachte sie sarkastisch. Der war zwar etwas zu dünn, aber besser als nichts. „Könnte es sein, dass eine der Frauen diese Frau war?" Sie legte ein Foto auf den Tisch. Darauf war das Opfer zu sehen.

Steffens rückte nervös auf dem Stuhl hin und her, während er das Foto betrachtete. Vera kannte dieses Verhalten, und ihr sank der Mut. So reagierten Zeugen, die sich nicht sicher waren, aber unbedingt helfen wollten. Diese Menschen neigten zu Falschaussagen, tragischerweise mit den besten Absichten und häufig, ohne sich dessen bewusst zu sein.

„Ich glaube schon", antwortete Noah Steffens.

Vera überlegte, ob sie nachfragen sollte, ob er sich sicher sei. Ob er sich klarmache, was auf dem Spiel stand, wie wichtig seine Aussage sei. Aber was würde das bringen? Noch verunsicherter würde sich die Qualität seiner Erinnerungen mit Sicherheit nicht bessern. Vorerst war das wohl das Beste, was sie bekommen würde, und immerhin hatten sie noch die Bilder der Überwachungskamera. Die musste sie zumindest nicht befragen.

„Das reicht mir erst einmal. Aber halten Sie sich bitte bereit für weitere Befragungen."

***

„Das kann doch unmöglich alles sein!" Vera stierte angespannt auf den Bildschirm, konnte nicht glauben, was sie dort sah. Sie hatte so darauf gehofft, sich wahrscheinlich zu sehr darauf versteift, das wurde ihr jetzt bewusst. Ihr damaliger Chef, Oberkommissar Wagner, hatte die Suche nach Beweisen mit einem Fadenknäuel verglichen. Wobei nicht das Entdecken des Fadens an sich entscheidend war, um das Knäuel zu entwirren, sondern an welchem man zuerst zog. Zu schnell hatte sie sich auf die Bilder der Überwachungskamera verlassen und damit die katastrophalen Zeugenaussagen als nicht wichtig relativiert.

Das rächte sich nun, denn, wie sich herausstellte, gab es zwar eine Überwachungskamera, die aber auf die Rezeption gerichtet war und darüber hinaus nur einen Teil der Lobby erfasste. Die Fahrstühle zu den Zimmern sowie die hintere Eingangstür wurden, anders als die gegenüber der Rezeption, ebenso nicht von der Kamera erfasst. Der Täter hatte seine Hausaufgaben gemacht und deshalb bedacht, dass er sich außerhalb des Kamerabereiches bewegte, wenn er diese Tür nahm und direkt auf die Fahrstühle zuging.

Das Einzige, was man um vier Uhr acht sehen konnte, war, dass Noah Steffens kurz den Kopf hob, als er von seinem Smartphone aufsah, auf dem er tatsächlich fast ununterbrochen herumtippte. Das musste der Moment gewesen sein.

„Stoppen Sie mal hier." Vera trat näher an den Bildschirm heran, als könnte sie das sehen, was Noah Steffens gesehen oder eben nicht gesehen hatte. „Was siehst du?", flüsterte sie, erhielt aber keine Antwort.

Es würde eine verflucht schwierige Jagd werden, das war ihr nun klar. Sie hoffte nur, dass es kein weiteres Opfer geben würde.

4

„Winter? In mein Büro."

Vera hasste es, wenn ihr Chef sie ohne Vorwarnung zu sich rief und das stets so tat, als hätte sie nur darauf gewartet. Dass sie dafür eine andere Arbeit unterbrechen musste, war ihm anscheinend egal.

„Schließen Sie die Tür."

Vera tat, wie ihr geheißen und blieb an der Tür stehen. Sie wollte ihrem Chef nicht den Eindruck vermitteln, es sich bequem machen zu können.

„Setzen Sie sich." Barmer wies auf die zwei Stühle vor seinem Schreibtisch.

Vera widerstrebte es, der Bitte nachzukommen. Wenn sie einmal saß, würde es ein längeres Gespräch geben. Das war meist so. Und danach stand ihr weder der Sinn noch hatte sie Zeit dafür.

„Was gibt es Neues in diesem Hotel-Fall?", fragte Barmer und nahm einen Kuli von seinem Schreibtisch, den er zwischen den Fingern drehte.

„Wir haben ja gerade erst angefangen, Chef."

Barmer machte eine wegwerfende Handbewegung. „Weiß ich doch. Aber ich will wissen, was Sie herausgefunden haben, ob es schon einen Verdächtigen gibt."

Vera sog die Luft ein. Dass ihr Chef es derart eilig hatte mit dem Fall, konnte nur eines bedeuten. „Chef, wir tun, was wir können, aber, wie Sie wissen, haben wir knappe Personalressourcen und ..."

„Sie sind doch meine beste Kommissarin, Frau Winter."

Vera seufzte. Nun wird er wieder versuchen, mich mit Schmeicheleien zu umgarnen, dachte Vera. Darauf konnte sie verzichten. „Chef, ich habe einen Frischling vor die Nase gesetzt bekommen. Seien Sie mir nicht böse, aber ich bin unter diesen Umständen froh, auch nur einigermaßen meine Arbeit erledigen zu können."

„Ich will offen mit Ihnen sein."

Vera presste die Lippen zusammen. Am liebsten hätte sie entgegnet, dass sie schon wusste, was nun kam: dass irgendein hohes Tier ihrem Chef Druck machte, den Fall schnell zu lösen.

„Das Black-River-Hotel liegt dem Herrn Bürgermeister sehr am Herzen."

Vera musste zwei Mal schlucken, damit eine biestige Bemerkung nicht den Weg über ihre Lippen nahm.

„Und es würde die Bürger beunruhigen, wenn in unserer Stadt ein Mörder sein Unwesen an einem derart öffentlichen Ort treiben könnte und damit davonkäme."

„Natürlich, Chef." Veras Kiefermuskeln traten hervor, als sie versuchte, einen neutralen Gesichtsausdruck zu wahren. Selbstverständlich geht es Ihnen nur um die Bürger und nicht um Ihren Freund, den Herrn Bürgermeister, der um Wählerstimmen fürchtet, dachte Vera und schmeckte die Bitterkeit auf der Zunge. Sie vermutete außerdem, dass der Inhaber des Black River einen guten Draht zum Bürgermeister hatte. Womöglich ein engagierter Unterstützer, selbstverständlich uneigennützig.

„Sehr gut. Ich sehe, wir verstehen uns", sagte ihr Chef, der Veras sarkastisches Grinsen falsch deutete.

Vera war froh, das Büro verlassen zu können. Doch das nächste Ärgernis stand bereits an ihrem Schreibtisch, in Person des jungen Beamten, der heute Morgen am Tatort durch Inkompetenz geglänzt hatte.

Denk daran, wie du dich am Anfang gefühlt hast, rief sie sich ins Gedächtnis. Der hagere Kerl mit den weißblonden Haaren trat von einem Bein auf das andere und Vera beschloss, dass es an der Zeit war, ihm eine zweite Chance zu geben. „Was haben Sie für mich?", fragte sie, wobei sie sich um einen freundlichen Tonfall bemühte.

„Das Opfer konnte identifiziert werden."

„Sehr gut. Um wen handelt es sich?"

„Einen Augenblick." Mit zittrigen Fingern schlug er eine Akte auf. „Sie heißt Luisa Bosner."

„Okay, danke." Sie streckte ihm die Hand entgegen, nahm die Akte und legte sie vor sich auf den Schreibtisch. „Ich verschaffe mir zunächst einen Überblick und melde mich dann bei Ihnen." Sie las die Beschriftung des Aktendeckels. Dort wurde vermerkt, wer die Akte angelegt hatte. *Peters* stand dort in ordentlicher Schrift. „Herr Kollege Peters."

Der Anflug eines Lächelns huschte über das Gesicht des jungen Mannes. „In Ordnung, dann störe ich Sie nicht weiter." Er verließ Veras Büro.

Sie schlug die Akte auf und überflog die Aufzeichnungen, nahm dann die Tatortfotos in die Hand und betrachtete eines nach dem anderen. So abschreckend die Art war, wie der Täter die Leiche zugerichtet hatte, das Arrangement drum herum stand im krassen Kontrast dazu. Wie war das zu erklären? Der tiefe Hass, der eine derartige Gewalt erst hervorbrechen zu lassen vermochte und dann dieses kitschig romantische Arrangement.

Eines war klar: Dies war nicht die Tat eines Mannes, der unvermittelt ausgeflippt war und seine Liebschaft umgebracht hatte. Eine derartige Inszenierung erforderte Vorbereitung. Eine, höchstwahrscheinlich von langer Hand, geplante Tat.

Vera sah sich die Bilder noch mal genauer an. Dann nahm sie den Hörer ihres Telefons in die Hand und wählte per Kurzwahltaste Lindas Nummer.

„Was kann ich für dich tun, Frau Kommissarin?" Linda klang fröhlich wie immer.

„Kannst du mich bitte mit dem neuen Kollegen Peters verbinden?"

„Aber klar doch."

Sie wartete einen kurzen Augenblick.

„Peters?" Die Aufregung war dem jungen Mann anzuhören.

„Winter hier. Können Sie bitte noch mal in mein Büro kommen?" Sei freundlich!, schärfte sie sich ein. „Keine Sorge, es geht nur um einen Auftrag. Ich habe die Akte bereits durchgesehen. Gute Arbeit."

„Danke." Jetzt war es Erleichterung, die aus dem Hörer drang. „Ich bin sofort da."

Kurze Zeit später klopfte es an der Tür, und Vera bat Peters herein. „Herr Peters. Wir hatten einen schwierigen Start. Ich weiß, dass es nicht einfach ist, sich am Anfang zurechtzufinden. Und dann gleich in solch einen Fall eingebunden zu sein – um es kurz zu machen, ich möchte mich bei Ihnen entschuldigen."

„Ich habe mich auch dämlich angestellt. Und Sie haben viel um die Ohren."

„Dennoch war es nicht richtig."

„Vielen Dank. Ich weiß das zu schätzen und hoffe, dass ich schnell dazulerne, um Sie unterstützen zu können."

„Damit wir diesem Ziel näher kommen, habe ich eine Aufgabe für Sie."

Peters nickte eifrig, es war offensichtlich, dass er sich alle Mühe gab, diesmal einen guten Eindruck zu hinterlassen.

Vera deutete auf die Tatortfotos. „Rufen Sie alle Blumenläden in der Umgebung an und fragen Sie, wo in den vergangenen zwei Tagen Rosen verkauft wurden. In den Geschäften, die Kerzen verkaufen, fahren sie am besten vorbei. Fragen Sie vorher in der Spurensicherung nach, ob die Kerzen freigegeben sind, dann können Sie die vorzeigen, erhöht sicherlich die Chancen."

Peters nickte. „Ich werde mich gleich darum kümmern."

„Gut. Melden Sie sich bei mir, sobald Sie Neuigkeiten haben."

Peters bejahte und verließ Veras Büro. Sie lehnte sich in ihrem Stuhl nach hinten und seufzte. Die Chance, dass Peters etwas Substanzielles herausfinden konnte, war gering. Was nicht an ihm lag, sondern an dem, was er untersuchten sollte. Blumen und insbesondere Rosen wurden sicherlich hundert-, wenn nicht tausendfach täglich in der Stadt verkauft, und Kerzen waren ebenfalls keine Besonderheit. Aber welche andere Spur hatte sie schon, der sie folgen konnte?

5

„Na, mein Süßer? Was hast du denn den Tag über getrieben?"

Migosch strich Vera schnurrend um die Beine. Es mochte Menschen geben, die es albern fanden, wenn man mit Tieren sprach, aber Vera musste zugeben, dass die Unterhaltungen mit Migosch interessanter waren als die mit ebenjenen Menschen, die sich daran störten.

Sie streifte ihre Schuhe ab und hängte ihre Jacke an einen der Haken im Flur. Vom Flur gelangte sie ins Wohnzimmer. Am liebsten hätte sie sich einfach auf das Sofa fallen lassen und die Glotze eingeschaltet, aber Migosch wartete auf sein Futter, und ihr Magen knurrte ebenfalls.

Sie öffnete eine Dose mit Katzenfutter und gab den Inhalt in Migoschs Napf. „Hier, mein Schöner." Migosch vertilgte begeistert sein Futter. Vera sah ihm dabei zu und wünschte sich, ihr Essen wäre auch so schnell zubereitet. Im Büro hatte sie zwei belegte Brötchen gegessen, ihre einzige Mahlzeit heute. Sie musste sich unbedingt besser und regelmäßiger ernähren. Das befand sie nicht zum ersten Mal. Aber wie sollte sie das bewerkstelligen neben Arbeit, Haushalt und Migosch?

Der Kater sah sie an und miaute, als hätte er ihre Gedanken gehört, und Vera bezweifelte nicht, dass das zutraf. Sie war sicherlich nicht abergläubisch, aber dass

Tiere, insbesondere Katzen, einen sechsten Sinn hatten, fand sie nicht abwegig, hatte sie doch oft genug Situationen erlebt, die diese These untermauerten.

„Keine Sorge, mein Süßer. Für dich werde ich mir immer die Zeit nehmen. Versprochen." Sie fuhr durch Migoschs dichtes, pechschwarzes Fell und genoss das Gefühl ebenso wie der Kater, der schnurrend die Augen geschlossen hatte.

Als ihr Handy in der Hosentasche läutete, zuckte Vera zusammen. Dadurch erschreckte sie wiederum Migosch, der fauchte und aus der Küche rannte. Mit einem Seufzer sah Vera auf das Display. Es war Morris, ihr Liebhaber.

Vera schaltete das Handy auf lautlos. Ihr war heute nicht nach Gesellschaft. Sie wollte nur eine Kleinigkeit essen und dann mit einem Glas Wein aufs Sofa und irgendetwas Belangloses im Fernsehen schauen.

Sie schob eine Tiefkühlpizza in den Ofen, die guten Essensvorsätze mussten bis morgen warten, und insgeheim wusste sie, dass denen morgen kein anderes Schicksal beschieden war.

Gegen die Arbeitsplatte der Küche gelehnt blieb sie neben dem Ofen stehen. In Gedanken war sie immer noch bei dem Fall. Ihr ehemaliger Ausbilder Stammer hatte ihr eingeschärft, die Arbeit nicht mit nach Hause zu nehmen, im Zweifelsfall lieber länger im Revier zu bleiben, um offene Punkte noch zu klären. Der Gedanke an ihn schmerzte sie, denn er war fast ein Ersatzvater für sie gewesen. Doch seit er eine neue Lebensgefährtin hatte, die aus, für sie, unerklärlichen Gründen eifersüchtig auf Vera war, bestand kein Kontakt mehr.

Gerne hätte sie seinen Rat zum aktuellen Fall gehört. Aber sie konnte sich unmöglich nach einem Jahr bei ihm melden und um seine Einschätzung bitten.

Sie warf einen Blick in den Backofen und stellte zufrieden fest, dass der Teig allmählich braun wurde. Noch eine, maximal zwei Minuten, entschied Vera und hatte wieder den Tatort vor Augen. Dieses Arrangement. Der Mörder hatte damit eine Botschaft übermitteln wollen, aber welche sollte das sein?

Vera hielt sich selbst zwar nicht für eine Romantikerin, aber eine derartige Inszenierung wäre selbst für ihre Freundin Gina zu dick aufgetragen. Und das, obwohl Gina Filme sah und Bücher las, in denen es um Liebe und Leidenschaft ging. Film und Realität waren etwas anderes. Oder?

Sie beschloss, Gina auf das Thema anzusprechen. Selbstverständlich, ohne den Fall zu nennen. Sie konnte es als generelles Interesse deklarieren.

Angenommen, das Opfer war eine Frau gewesen, für die derart plump zur Schau gestellte Romantik etwas war, wonach sie suchte?

Vera bemerkte zu spät den Geruch, der ihr in die Nase drang.

„Scheiße!" Sie riss die Backofentür auf, doch es war zu spät. Ihre Pizza war zu etwas geworden, das in einem Kamin kaum noch aufgefallen wäre.

Vera seufzte, öffnete den Hängeschrank, nahm ein Weinglas heraus und füllte es bis zum Anschlag mit Sauvignon Blanc, von dem sie noch eine angebrochene Flasche im Kühlschrank hatte. Dann fiel das Essen eben aus, und sie würde die Kalorien in flüssiger Form zu sich nehmen.

Sie warf sich aufs Sofa und schaltete den Fernseher ein. Das Programm fungierte aber bestenfalls als Hintergrundkulisse. Sie nahm einen Schluck Wein und sah Bastian Pastewka zu, der in der gleichnamigen Serie irgendeine Dummheit anstellte.

Migosch sprang leichtfüßig auf die Sitzfläche und rollte sich zu ihren Füßen ein. Vera kraulte ihn hinter den Ohren, dachte an Rosen und Kerzen und wie sie das alles weiterbringen sollte.

6

„Und das sind alle Läden, die Rosen verkaufen?", fragte Vera.

Peters nickte und streckte ihr ein weiteres Blatt Papier entgegen. „Das sind Läden mit Kerzen, die welche dieses Typs verkauft haben."

Vera betrachtete die Listen. Schon auf den ersten Blick waren das zu viele Läden, die sie alle befragen mussten, um dann, im besten Fall, halbwegs verwertbare Informationen zu bekommen. Sosehr es ihr widerstrebte, die einzige Spur aufzugeben, sie musste zugeben, dass sie zu nichts führen würde, außer Zeit- und Personalaufwand. Sie besann sich ihres Vorsatzes. Schließlich konnte Peters nichts dafür und hatte gute Arbeit geleistet. „Ich danke Ihnen", sagte sie.

Peters kratzte sich am Ellenbogen. „Es sind zu viele, oder?"

„Leider ja. Es würde Tage dauern, die alle abzuklappern und aus den Informationen jemanden zu extrahieren, der als Täter infrage käme."

„Vielleicht ..." Peters brach ab, als hätte er etwas Falsches gesagt.

Vera sah ihn aufmunternd an.

„Es könnte sein, dass es nichts ist, aber die Verkäuferin des Geschäftes in der Beilstraße berichtete von einem Kunden, der Kerzen kaufte und ihr seltsam vorkam."

Vera wollte schon entgegnen, dass das gar nichts bedeutete. Da sie aber zurzeit keine bessere Spur hatte, nickte sie. „In Ordnung. Fahren Sie hin und befragen Sie sie. Vielleicht bekommen Sie etwas heraus, das uns weiterbringt."

Ein zartes Lächeln erhellte Peters' Gesicht. „Das erledige ich umgehend, Kommissarin Winter." Er blieb einen Augenblick unschlüssig stehen, und Vera hatte die absurde Vorstellung, er würde gleich die Hacken zusammenschlagen und ihr salutieren, stattdessen zuckten seine Mundwinkel kurz nach oben, dann verließ er ihr Büro.

Vera nahm die Akte in die Hand, blätterte durch die spärlichen Informationen und betrachtete die Bilder. Was entging ihr? Es musste irgendeine Spur geben, der sie folgen konnte, und die sie bislang übersehen hatte.

Sie wählte die Nummer der Rechtsmedizin. Nach zweimaligem Klingeln wurde abgenommen. „Frau Kommissarin. Sie möchten sicherlich mehr zu unserer Dauer-Grinserin wissen."

Vera benötigte einen Moment, bevor sie begriff, worauf Sputnik hinauswollte. Sie würde sich wohl nie an diese merkwürdige Art des Humors gewöhnen, sofern man es überhaupt als solchen bezeichnen konnte. Vera mutmaßte, dass ein Beruf wie der des Rechtsmediziners diesen zweifelhaften Umgang mit in der Regel unnatürlichen Todesfällen erforderte. Es war das eine, sich mit Mord und Verbrechen zu befassen, aber einer Leiche, die so zugerichtet war, nahe zu kommen, sie aufzuschneiden?

„Hallo? Frau Winter?"

„Äh, ja. Exakt. Was haben Sie herausgefunden?"

„Wie ich Ihnen schon am Tatort sagte, die Dame wurde erdrosselt, mit den Händen. Dafür sprechen die Würgemale und Einblutungen in die Bindehäute der Augen."

„Und die Lippen?"

„Die wurden erst nach dem Tod entfernt."

„Was ist mit dem toxikologischen Befund?"

„Moment." Sie hörte, dass Sputnik auf seiner Tastatur tippte. „Da haben wir's. Gammahydroxybuttersäure."

„K.-o.-Tropfen?"

„Wird in der Laiensprache so bezeichnet. Oder auch als Liquid-Ecstasy."

„Hätte das sie nicht völlig ausgeknockt?" Vera musste daran denken, dass der Rezeptionsmitarbeiter im Hotel das Opfer zwar als betrunken bezeichnet und davon gesprochen hatte, dass sie gestützt werden musste, aber das sprach nicht für eine Bewusstlosigkeit.

„Wie Paracelsus schon sagte, macht die Dosis das Gift, Frau Kommissarin. Gammahydroxybuttersäure ist ein Narkosemittel, wobei ein Bewusstseinsverlust erst ab einer gewissen Dosis auftritt."

„Eine geringere Menge hätte dann eine Wirkung, als wäre jemand betrunken?"

„Durchaus."

Vera dachte einen Augenblick nach, was ihr zu K.-o.-Tropfen einfiel. „In ein Getränk gemischt, würde man sie nicht bemerken?"

„Die Flüssigkeit ist farb- und geruchslos und hat einen seifigen Geschmack, der aber in einem Getränk mit starkem Eigengeschmack, wie beispielsweise Cola, gut überdeckt werden kann."

Was für ein unheilvolles Gift, dachte Vera. Es erklärte, warum der Mörder sein Opfer ohne größere Gegenwehr überwältigen konnte. „War die Familie der Verstorbenen schon da, um die Leiche zu identifizieren?"

„Noch nicht."

Das war ungewöhnlich. Normalerweise reagierte die Familie sofort, wenn sie erfuhr, dass einem Familienmitglied etwas zugestoßen war. „Danke", sagte Vera.

„Nicht dafür."

„Halten Sie mich auf dem Laufenden, bitte?"

„Sobald sie die Lippen aufmacht, erfahren Sie es als Erste."

Vera beendete das Gespräch. Sie war nicht in der Stimmung für derartige Witze. Das war sie wohl nie.

Sie wählte die Nummer der Telefonzentrale. „Linda?", fragte sie, sobald ihr Anruf angenommen wurde.

„Hey, Vera. Was kann ich für dich tun?"

Vera mochte Linda. Obwohl – oder gerade weil – sich ihre Bekanntschaft auf die Arbeit beschränkte. „Die Familie des Opfers", sie blätterte in der Akte, um den Namen zu finden, „Luisa Bosner, sie hat die Leiche noch nicht identifiziert."

„Wir haben sie auch noch nicht erreicht."

„Wieso das?"

„Sie sind im Urlaub. Auf einer dieser Arktis-Expeditionskreuzfahrten. Wir haben zwar die Reederei kontaktiert, wollten aber die Information so nicht weitergeben. Haben nur darum gebeten, dass die Eltern sich schnellstmöglich melden."

„Okay."

„Das kann aber noch ein paar Tage dauern, da sich das Schiff an einer Stelle befindet, an der sich die Kontaktaufnahme schwierig gestaltet."

„Verstehe." Vera fragte sich, ob in diesem Fall irgendetwas komplikationslos lief.

„Aber eventuell hätte ich eine Alternative?"

„Ja?"

„Ich wollte dich nicht direkt zu Anfang damit behelligen, ich weiß ja, wie viel du immer zu tun hast."

Vera wurde es warm ums Herz. Wieso hatte jemand wie Linda so viel Verständnis für sie und ihre Situation, während ihre Ex-Partner die vermissen ließen?

„Uns hat schon mehrfach eine Frau angerufen." Ein Rascheln ertönte, als Linda nach etwas kramte. „Angela Berk. Sie hat Luisa Bosner als vermisst gemeldet, da die zu einem Treffen mit ihr nicht aufgetaucht und auch nicht erreichbar sei."

„Eine Freundin?"

„Scheint so. Und jemand, der sich wirklich Gedanken macht. Sie hat, wie gesagt, schon mehrmals angerufen."

Vera nickte. „Kannst du mir die Nummer geben?"

„Klar."

Vera notierte die Telefonnummer, verabschiedete sich von Linda und wählte.

„Berk?"

„Guten Tag. Mein Name ist Winter. Kommissarin Winter."

„Endlich rufen Sie zurück." Die Erleichterung war der jungen Frau anzuhören. „Geht es um Luisa? Geht es ihr gut?"

„Frau Berk, wäre es möglich, dass Sie zu mir aufs Revier kommen?"

„Bitte sagen Sie mir, dass es Luisa gut geht."

„Frau Berk, es wäre besser, das persönlich zu besprechen."

„Also ist ihr was passiert?" Ein Schluchzen, dann: „Ich hatte gleich so ein komisches Gefühl, als sie mir von dem neuen Kerl erzählte."

„Neuer Kerl?" Veras Herz pochte laut in ihrer Brust. Endlich eine Information, die eine Spur sein könnte.

„Luisa hat mir vor wenigen Wochen von ihm erzählt. Einem Jannik."

Vera befeuchtete ihre Lippen. „Frau Berk, wann können Sie herkommen?"

„Wenn Sie wollen, jetzt gleich."

„Das wäre prima."

Vera verabschiedete sich von Frau Berk und legte auf. Linda hatte recht, die Dame wirkte besorgt und wie eine enge Freundin, sicherlich konnte sie sogar mehr Informationen liefern als die Eltern.

Luisa Bosner hatte also jemanden kennengelernt. War dieser Unbekannte der Killer? Falls ja, stellte sich die Frage, ob er sie ausgesucht hatte oder ob es sich um ein zufälliges Opfer handelte. Die Art, wie der Tatort hergerichtet wurde, ließ im Grunde nur die erste Möglichkeit zu. Es handelte sich um einen Täter, der wusste, was er tat, der planvoll vorging.

Die Frage war nur, ob er eine weitere Tat plante.

7

Angela Berk war eine attraktive, junge Frau mit offenem Blick und dunklem, langem Haar, das ihr über die Schultern fiel. Nach der kurzen Begrüßung sah sie Vera eindringlich an. „Bitte sagen Sie mir, dass sie noch lebt."

Vera atmete ein. Obgleich sie diesen Beruf schon einige Jahre ausübte, daran würde sie sich niemals gewöhnen, die Überbringerin der furchtbaren Nachricht zu sein. „Leider muss ich Ihnen mitteilen, dass Luisa Bosner tot ist."

Berks Augen füllten sich mit Tränen. Als sie stumm nickte, liefen sie ihre Wangen hinunter. Diese stille Trauer war schlimmer, als wenn sie laut geweint hätte. Es hatte eine Authentizität, die Vera selten in dieser Intensität erlebt hatte, wahrscheinlich noch nie.

Sie ließ ihr etwas Zeit, indem sie einen Kaffee holte. Ob Frau Berk einen wollte, hatte sie nicht gefragt, sondern es einfach vorausgesetzt. Um ehrlich zu sein, war es nicht nur Frau Berk, die Zeit benötigte. Ihre Reaktion und die heftigen Gefühle, die diese bei Vera auslösten, trafen sie unvorbereitet, und sie brauchte ihrerseits einen Moment, um das zu verarbeiten. Warum traf sie die Trauer einer Fremden derart? Es war der gesamte Fall, der sie mehr beschäftigte als Fälle in der Vergangenheit. Oder wurde sie zu alt für den Job? Sie war fünfundvierzig. War die Frage angesichts ihres Alters nicht absurd?

Sie kehrte mit zwei Tassen dampfenden Kaffees in ihr Büro zurück und stellte erleichtert fest, dass die junge Frau sich gefangen hatte. Ein zerknülltes Taschentuch in ihrer Hand und die roten Augen kündeten noch von den Tränen, die vergossen wurden, sie selbst jedoch wirkte gefasst.

Vera stellte eine Tasse vor ihr ab, ging um den Schreibtisch herum und nahm Platz. „Frau Berk, leider ist das nicht alles, was ich Ihnen berichten muss."

Berk nickte, und kurz glaubte Vera, dass erneut Tränen laufen würden, aber sie sah Vera nur an.

„Luisa wurde ermordet." Vera ließ diese Information einen Moment sacken. Mahnte sich, nicht zu schnell vorzugehen, auch wenn ihr die Frage nach dem neuen Freund des Opfers auf der Seele brannte. Sie musste behutsam vorgehen, einerseits gebot das ihr Verständnis von Moral, außerdem würde sie keinerlei Informationen erhalten, wenn sie Angela Berk in die Schockstarre des Entsetzens versetzte. Berk nickte, fixierte ihre Hände, die sie auf ihrem Schoß rang. „Ich habe es geahnt", flüsterte sie. „Ich habe so gehofft, dass ich mich irre."

Vera nickte. „Es tut mir leid, Ihnen diese schlimme Nachricht überbringen zu müssen, und falls Sie etwas Zeit benötigen, bevor ich Ihnen Fragen zu Luisa stelle, habe ich Verständnis dafür."

Vera war erleichtert, als die junge Frau entschieden den Kopf schüttelte und sich noch eine Träne von der Wange wischte. „Nein! Ich möchte Ihnen helfen, so gut ich kann. Ich will, dass Sie das Schwein kriegen, das das getan hat."

„Und daran werde ich alles setzen, das verspreche ich Ihnen." Vera verschränkte die Hände, die sie auf den Schreibtisch gelegt hatte. „Sie erwähnten am Telefon etwas von einem neuen Freund?"

Berk nickte und wischte eine weitere Träne, die sich aus ihrem Augenwinkel löste, fort. Vera bewunderte die junge Frau für ihre Stärke. Ihr war anzumerken, wie sie mit sich kämpfte, wie die Nachricht sie mitgenommen hatte, und dass sie das eigene Bedürfnis, zu trauern, zurückstellte.

„Es müsste ungefähr zwei Wochen her sein, als sie mir zum ersten Mal von Jannik erzählte."

„Entschuldigen Sie, dass ich hier schon unterbreche, aber haben Sie diesen Jannik mal getroffen?"

Berk schüttelte den Kopf. „Nein. Und irgendetwas war anders, von Anfang an. Sie müssen wissen, dass Luisa und ich gute Freundinnen sind ... waren." Beim letzten Wort brach ihre Stimme, und Vera erwartete weitere Tränen, aber sie fing sich wieder, schluckte und fuhr fort. „Wir haben alles miteinander geteilt, waren uns sehr nah. Aber bei diesem Jannik war es anders."

„Inwiefern?"

„Ich hatte den Eindruck, dass Luisa mir nicht von ihm erzählen wollte. Sie rückte nur zögerlich mit der Sprache raus. Als die Katze dann aus dem Sack war, hat sie zwar geschwärmt und ihn in den höchsten Tönen gelobt, aber irgendwie war es ..." Berk suchte nach dem richtigen Wort. „Befangen. Das trifft es am besten."

„Ich verstehe, was Sie meinen. Haben Sie eine Erklärung, warum das so war?"

„Ich habe doch eben erzählt, dass Luisa und ich uns nah waren und alles teilten?"

Vera nickte.

„Das stimmt nicht ganz. Es gab einen Punkt, in dem wir uns unterschieden, etwas, das Luisa liebte und ich völlig dämlich fand."

Vera erwartete gespannt die Information, die nun käme.

„Luisa hatte eine Vorliebe, schon Begeisterung, für Liebesromane."

„Liebesromane?" Vera war verwundert, und doch hörte sie, dass etwas in ihrem Kopf klick machte, als wäre dies eine wichtige Information, die sie endlich weiterbrächte.

„Ja, kitschiges Zeug. Damit konnte und kann ich überhaupt nichts anfangen. Ist einfach nicht meine Welt." Angela Berk starrte auf die Tischplatte, als schämte sie sich, das zuzugeben. „Auch unter Freundinnen ist es so, dass man nicht alle Interessen teilt, oder?"

„Natürlich." Vera hätte am liebsten hinzugefügt, dass sie Freundinnen hatte, mit denen sie wenige Interessen teilte und dennoch eine Freundschaft unterhielt. Aber das tat hier nichts zur Sache, und sie führte eine Befragung durch, keine Therapiesitzung.

„Völlig abgefahren ist Luisa auf die Romane dieser Juli Jaspers."

Vera hob die Brauen. „Würden Sie mir den Namen aufschreiben?"

„Selbstverständlich." Berk nahm Stift und Papier entgegen und notierte den Namen der Autorin.

Vera nahm sich vor, gleich nach diesem Gespräch nach der Autorin und ihren Werken im Internet zu suchen. „Sie hatten also eine unterschiedliche Vorstellung von Romantik?"

Berk schnaubte. „Das kann man wohl sagen. Luisa stand total auf diesen Kitsch mit Kerzen und verstreuten Rosenblättern."

Vera durchzuckte es wie ein Blitz. „Was haben Sie gesagt?"

„Wie es in diesen schnulzigen Filmen ist, dass überall um das Bett herum Rosenblätter verstreut liegen und Kerzen brennen, so etwas hatte Luisa vor Augen, wenn sie sich das perfekte Date vorstellte. Deshalb passte Janniks Name ihr auch so gut."

„Wieso?"

„Luisa hatte den neuen Roman dieser Juli Jaspers gelesen." Berk deutete auf den Zettel. „Jannik ist auch der Name des Protagonisten im Roman, den sie gerade gelesen hatte."

Aufregung kroch kribbelnd in Veras Bauch. Das war tatsächlich eine heiße Spur. „Wann haben Sie Frau Bosner zum letzten Mal gesehen?"

„Letzten Sonntag." Berk schluckte. „Wie jeden Sonntag." Ihre Stimme war bei den letzten Worten kaum mehr als ein Flüstern.

„Wirkte Luisa auf Sie verändert? Hat sie sich seltsam verhalten?"

„Ihr war anzusehen, dass sie verknallt war. Aber das war nichts Ungewöhnliches bei Luisa. Sie fuhr schnell auf einen Typen ab, wenn er ihr die Welt zu Füßen legte, wie sie es formulierte."

„Verstehe."

„Damit sage ich nicht, dass sie ein Flittchen war oder leicht rumzubekommen gewesen wäre. Aber wenn Luisa jemanden traf, der ihre Vorstellung eines romantischen Kerls erfüllte, war sie bereit, ihm blind zu vertrauen."

„Schon nach zwei Wochen?"

Berk seufzte. „Ich fürchte leider, ja. Es ist heutzutage schwierig, jemanden zu finden, bei dem man das Gefühl hat, er interessiert sich wirklich für einen und will einen nicht nur ins Bett bekommen oder seine Eitelkeit befriedigen."

Vera nickte. Sie musste der jungen Frau recht geben. Auch ihr erschien es so, dass die wenigsten Menschen ernsthaftes Interesse aneinander hegten. Sie musste an Morris denken und spürte einen Stich, als ihr bewusst wurde, dass er nicht anders war und sie in dieser Konstellation, die ihre Beziehung beliebig hielt, wollte.

„Wenn ich es richtig verstehe, war die Sache mit diesem Jannik auch insofern anders, als Luisa ihn nicht persönlich vorstellte?"

„Ja und nein. Das Kennenlernen war stets ein heikles Thema. Besonders, wenn Luisa von einem Kerl völlig begeistert war. Sie wusste, dass ich das nüchtern sehen und den Finger in die Wunde legen würde, sollte ich Unstimmigkeiten bemerken."

„Verstehe. Und Sie haben auch nicht darum gebeten oder danach gefragt?"

Berk zuckte mit den Schultern. „Ich war im Zwiespalt. Einerseits hätte es mich schon interessiert, andererseits war es ja noch so frisch. Und ich wollte Luisa nicht unter Druck setzen." Sie kaute auf ihrer Unterlippe. „Wissen Sie, beim letzten Freund, den Luisa mir präsentierte, bekamen wir Streit. Ich war der Meinung, dass er ihr etwas vormachte, und habe ihr das auch gesagt. Luisa sah das natürlich anders. Kurze Zeit später hat sich meine Vermutung dann als richtig herausgestellt, als Luisa herausfand, dass der Kerl verheiratet war, sogar ein Kind hatte. Ich glaube, dass sie nicht wollte, dass ich ihren Traumkerl wieder als Blender entlarve."

„Verstehe. Aber hat sie Ihnen kein Bild gezeigt? Oder davon gesprochen, was er beruflich macht, wo er wohnt?"

„Wie ich schon sagte, Luisa war seit dem letzten Erlebnis vorsichtig mir gegenüber. Sie hat zwar Bemerkungen zu dem Kerl fallen lassen, aber nur etwas in der Art, dass er so süß wäre und sich viele Gedanken machen würde."

Vera spürte, dass sie an diesem Punkt nicht weiterkam. Vorerst zumindest. Durch Angela Berk hatte sie einiges erfahren, was sie zumindest ein Stück voranbrachte. Und ihrer Erfahrung nach fiel den meisten Zeugen später noch etwas ein, wenn sie über die Geschehnisse nachdachten. „Wir können hier erst mal Schluss machen." Vera holte Luft für die nächsten Sätze, die einen Schock für Frau Berk bedeuten mussten. „Ich muss Sie um etwas bitten, was nicht einfach, aber leider notwendig ist. Jemand muss die Leiche identifizieren."

Berk schluckte. Ihr war anzusehen, dass sie gegen die Tränen ankämpfte. „Ist sie …?" Sie brach ab, schluckte ein weiteres Mal. Ihr Kinn zitterte, und Vera bewunderte sie dafür, wie es ihr gelang, die Fassung wiederzuerlangen. „Ist sie schlimm zugerichtet?", fragte sie.

Nun schluckte Vera ebenfalls. Wie sollte sie diese Frage beantworten?

8

*Liebe gleicht einer Pflanze, die gepflegt werden muss,
um zu wachsen und sich verwurzeln zu können, sagte
ihre Mutter, als Tina ein Mädchen gewesen war. Zu dieser Zeit hatte sie die Worte nicht verstanden und irgendwie peinlich gefunden. Je älter sie wurde, desto
mehr erschloss sich ihr der Sinn und die Wahrheit, die
darin steckte. Doch erst, seit sie Lorenzo kannte, waren
sie zu ihrem Mantra geworden. Nicht nur, weil er ihr
die Welt zu Füßen legte. Ihre Liebe, anfangs lediglich
ein zartes Pflänzchen, war dabei, sich zu verwurzeln.*

*Sie trat an das Fenster ihres Schlafzimmers und ließ
den Blick die Mauer darunter hinabgleiten, über das
Efeu, das daran emporrankte. Ihr Verlangen nach Lorenzo war wie diese Pflanze, hatte kräftige Ranken aus-
getrieben, die nicht nur nach ihrem Herz ausgriffen
und es umschlossen.*

Ein Ruck fährt durch das Drahtseil, gefolgt von geringeren Zuckungen. Aus dem Fenster gelehnt beobachtet
Sie, wie die Auszulöschende mit den Fersen versucht,
sich an der Hauswand emporzuheben, wie die Hände
nach der Drahtschlinge greifen, die sich bereits tief in
die Haut des Halses geschnürt hat.

Mit den Fingerspitzen fuhr sie über die glatte Oberflä-
che der Blätter, die sie an die Haut von Lorenzos Hals
erinnerte, an die sie bei der letzten Umarmung das Ge-
sicht geschmiegt hatte. Die sie dann mit der Zungen-
spitze hinabgefahren war, um zu spüren, wie er unter
ihrer Liebkosung erschauerte.

Sie bedauert, nicht wie beim ersten Mal unmittelbar
dabei zu sein. Zu spüren, wie das Leben entweicht. Das
Erkennen zu sehen, das Brechen des Blicks. *Sie* muss
sich mit einem Logenplatz begnügen, doch das Ziel ist
das Wesentliche.
Das Gefühl zu fallen und im selben Augenblick gehal-
ten zu werden durch die Ranken, die ihre Liebe ausge-
trieben hatte.

Die Ausgelöschte hängt bereits in der richtigen Posi-
tion, findet zwischen Efeuranken den passenden Platz.
Sie erlaubt sich einen letzten Blick auf das Kunstwerk.
Sie ist ein Ästhet.

9

„Kein Abschiedsbrief?"

Peters schüttelte den Kopf.

Vera seufzte. Das hatte sie zwar geahnt, aber dennoch gehofft. Ein weiterer Mord war nur schwer zu verkraften. Außerdem würde ihr Chef ihr nun noch mehr die Hölle heiß machen.

„Untypisch für einen Selbstmord, oder?", fragte Peters und sprach damit Veras Gedanken aus.

„Leider ja." Sie seufzte. „Wäre mir lieber als ein weiterer Mord."

„Glauben Sie, es gibt eine Verbindung?"

„Natürlich sollten wir das im Hinterkopf behalten, aber nur dort. Solange wir keinen klaren Anhaltspunkt dafür haben."

„Alles klar", entgegnete Peters.

Vera wandte sich an den Rechtsmediziner, der sich über die Leiche gebeugt hatte. „Können Sie schon sagen, ob es Parallelen hinsichtlich der Tötungsart zum Opfer Luisa Bosner gibt?"

Sputnik kramte in der Innentasche seines abgewetzten Jacketts, entweder besaß er nur eines oder mehrere des gleichen Typs, und förderte eine Bonbondose zutage. Er nahm den Deckel ab, fischte einen der Drops heraus, die von einer weißlichen Zuckerschicht überzogen waren, und warf ihn sich in den Rachen. Vera war froh, dass er nicht auf die Idee kam, ihr ein Bonbon anzubieten. Sie hatte die Dinger schon als Kind gehasst, und sie erinnerten sie an ihren ungeliebten Großvater, der sie stets zwang, eines davon zu nehmen.

„Werte Frau Kommissarin, wie immer sind Sie zu ungeduldig. Was habe ich hier?" Vera wartete, da sie wusste, dass Sputnik derartige Fragen meist rhetorisch meinte, und behielt recht.

„Die Leiche einer Frau, die erdrosselt wurde", beantwortete Sputnik seine Frage. „Möglicherweise wurde sie zuvor gewürgt, ich vermute aber, dass der Tod erst durch Strangulation mit der Drahtschlinge eintrat." Sputnik winkte Vera näher heran, während er einen Schritt in Richtung Füße der Leiche machte. „Sehen Sie das?"

„Sind das Abschürfungen?"

„Exakt. Ich sehe sie an den Füßen und konnte auch welche an den Ellenbogen entdecken. Sagt mir was?"

„Sie hat sich noch bewegt, als sie bereits an der Hauswand hing."

„Exakt."

„Könnten die Abschürfungen nicht aufgetreten sein, als die Leiche aus dem Fenster geworfen wurde?"

Sputnik wiegte den Kopf. „Sehr gut. Ich sehe, Sie sind wieder einmal sehr scharfsinnig heute. Wäre denkbar, aber unwahrscheinlich." Er deutete auf die Füße. „Die Abschürfungen finden sich an Fersen und Zehen, das geschieht nur, wenn sie bewegt und mehrfach an der Wand entlanggeführt werden."

Ein innerer Film der an der Wand baumelnden Frau, die mit den Beinen strampelte, während sich die Drahtschlinge um ihren Hals enger und enger zog, ließ Vera zusammenfahren. „Also ein völlig anderer Mord?" Sie wusste, dass diese Frage überflüssig war, doch sie diente dazu, die Bilder in ihrem Kopf zu verdrängen.

„Das müssen Sie herausfinden, Frau Kommissarin. Für mich, als Rechtsmediziner, ist die Todesursache sehr ähnlich, wenn auch mit einer anderen Tatwaffe herbeigeführt. Von der Psychologie eines möglichen Täters ausgehend, könnte man sich die Frage stellen, ob es ihm wichtig ist, den Todeskampf seines Opfers mitanzusehen."

„Ein guter Punkt." Vera überlegte. „Der wäre in diesem Fall schwieriger mitanzusehen."

„Zum einen das, zum anderen ist die Drahtschlinge nicht unmittelbar wie der erste Mord." Sputnik schob seine Brille mit dem Handrücken hoch.

Beim Anblick der verschmierten Gläser fragte sich Vera, wie er dadurch etwas sehen konnte. „Unmittelbar?", fragte sie.

„Bei der ersten Leiche wurde die Strangulation mit den Händen durchgeführt, was den angenehmen Nebeneffekt hat, dass man auf dem Opfer sitzen und ihm dabei zusehen kann, wie der Lebensatem langsam aus ihm strömt." Sputnik entblößte die Zähne, und Vera lief es kalt den Rücken herunter.

Manchmal stellte sie sich vor, dass Sputnik selbst mordend durch die Straßen laufen wollte, oder dies womöglich bereits getan hatte. Wer konnte besser einen Mord durchführen und damit durchkommen als ein Rechtsmediziner?

„Also, trotz der letztlich gleichen Todesursache haben wir eine Leiche, bei der der Täter den Logenplatz einnahm, und eine andere Leiche, bei der er zwar vorne saß, aber Abstand zur Bühne hatte."

„So meine Einschätzung. Wenn es sich um denselben Täter handelt."

Vera hoffte immer noch, dass sie einen Abschiedsbrief fanden, diesen Fall als Selbstmord ansehen konnten. Sie ging zu Peters, der in einem Raum, wohl das Wohnzimmer, einen Schrank durchsuchte. „Wissen wir schon, wer das Opfer ist?"

Peters reichte Vera einen Personalausweis. „Nathalie Becker."

Vera betrachtete das Bild der rothaarigen Frau. Laut ihrem Geburtsdatum war sie gerade einmal fünfunddreißig Jahre alt gewesen. Wie alt war Luisa Bosner gewesen? Vera konnte sich nicht erinnern, nahm sich jedoch vor, dies unmittelbar nach Rückkehr ins Revier zu prüfen. Ihr graute bereits vor dem Gespräch mit ihrem Chef, was sich nicht vermeiden lassen würde. Sicherlich hatte der schon unzählige Telefonate mit dem Bürgermeister hinter sich.

Vera trat an ein Bücherregal an der Wand und fuhr mit den Augen die Buchrücken ab. Allesamt Werke, die sie niemals lesen würde, so viel stand fest. Allein schon die Titel ließen Vera zurückschrecken: *Fesseln der Liebe*, *Herz in Flammen* und *Brodelnde Leidenschaft*.

Bei einem Buchrücken oder vielmehr Autorennamen blieb ihr Blick haften. Sie kramte in ihren Erinnerungen. Kam ihr der Name nicht bekannt vor? Sie griff nach dem Buch und zog es heraus: *Juli Jaspers – Rosenlippen*. Das Bild von Luisa Bosners furchtbar zugerichtetem Mund, der durch das Herausschneiden der Lippen zu einem unseligen Grinsen gezwungen wurde, schoss ihr in den Kopf.

„Angela Berk", murmelte sie.

„Wie bitte?", fragte Peters, aber Vera winkte ab.

Sie hatte die Information richtig zugeordnet. Angela Berk hatte ihr erzählt, dass Luisa ebenfalls die Bücher dieser Juli Jaspers gelesen hatte. Sie hatte auch gesagt, dass es sich um Liebesschnulzen handele, womit sich die Romane perfekt in das in diesem Regal vertretene Programm einreihten. War es ein Zufall, dass beide Opfer die gleiche Lesevorliebe teilten?

Sie wog das Buch in der Hand, bevor sie es durchblätterte und einige Seiten überflog. Sie stockte, als sie auf einer Seite las:

Sein Finger fährt sanft die Kontur ihrer Lippen entlang. „Ich bin verrückt nach deinen Rosenlippen", sagt Jannik.

Angela Berk hatte davon gesprochen, dass Luisa sich mit einem Jannik getroffen hatte. War das die Parallele zwischen beiden Morden? Oder wünschte sie sich das nur?

Sie nahm ihr Notizbuch aus der Tasche, notierte sowohl den Namen des Romans als auch die Seite, auf der sie den Satz mit den Rosenlippen entdeckt hatte, und stellte das Buch zurück ins Regal. Auf jeden Fall musste sie sich eingehender mit dieser Juli Jaspers und deren Werken auseinandersetzen.

Peters war immer noch dabei, den Schrank zu durchsuchen. „Irgendetwas Interessantes gefunden?", fragte sie ihn.

„Nicht wirklich, glaube ich zumindest." Er kratzte sich am Hinterkopf.

„Tragen Sie alle Informationen zusammen, die uns zeigen, wer diese Nathalie Becker war, mit wem sie sich getroffen hat, ob sie ein geselliger Mensch war, Familie et cetera."

Peters nickte eifrig.

„Und dann stellen wir das Luisa Bosner gegenüber."

Peters sah Vera fragend an. „Sie vermuten einen Zusammenhang?"

Vera zuckte mit den Schultern. „Keine Ahnung, noch tappen wir bei beiden Fällen im Dunkeln, aber vielleicht gibt es ja eine Verbindung." Sie wollte sich schon abwenden, dann fiel ihr etwas ein. „Haben Sie mit der Verkäuferin gesprochen? Da war doch etwas mit einem seltsamen Kunden?"

Mit zitternden Fingern zog Peters einen Notizblock aus der Hemdtasche. Vera schien ihm immer noch Angst zu machen. Womöglich argwöhnte er, dass der Frieden nicht lange vorhalten würde. „Ich fürchte, dass uns die Informationen nicht weiterhelfen werden. Eine wirkliche Personenbeschreibung konnte sie mir nicht geben. Nur, dass sie den Eindruck gehabt habe, er kaufe im Auftrag."

„Im Auftrag?"

Peters sah erneut in seinen Notizblock. „So habe ich es notiert, weil es mir ebenfalls seltsam vorkam."

„Im Auftrag", murmelte Vera. Was veranlasste jemanden, eine andere Person zu schicken, um Kerzen zu kaufen? Das war einer der abstrusesten Aufträge, von denen sie jemals gehört hatte.

Sie ging zu dem Fenster, durch das das Opfer an der Hauswand erhängt wurde, und sah auf die Menschenmenge, die sich vor dem Haus versammelt hatte. Eine derart exponierte Darstellung eines Mordes machte alle Geheimhaltungspläne zunichte. Die Leiche war in den frühen Morgenstunden von dem für das Haus zuständigen Hausmeister entdeckt worden, und bis das Ermittlungsteam eintraf, hatten sich bereits Schaulustige versammelt.

Vera gruselte der Gedanke, auf wie vielen Handys Fotos der baumelnden Leiche gespeichert und womöglich bereits auf diverse Plattformen hochgeladen worden waren. Für viele Menschen schien die Welt nur noch aus Sensationen zu bestehen, die ihren Schrecken verloren, wenn sie auf einem Smartphonedisplay eingefangen worden waren.

Sie musste mit der Presse sprechen, am besten eine Pressekonferenz abhalten, um die Gemüter zu beruhigen. Zumindest sollte sie das versuchen. Bei dem Medienzirkus, den der Fall sicherlich auslösen würde, durfte das nicht in den Hintergrund geraten. Gerade, da ihrem Chef die Publicity wohl das größte Anliegen war. Noch mehr Aufgaben, die sie nicht nur verabscheute, sondern die sie der Lösung des Falles nicht näher brachten.

„Machen Sie mir bitte später Meldung, wenn Sie hier durch sind", sagte sie zu Peters, bevor sie die Wohnung verließ.

Sie wollte mehr über Juli Jaspers und deren Romane herausfinden.

10

„Ich kann eine Pressekonferenz abhalten. Dafür brauche ich keinen Pressesprecher."

„Das weiß ich doch, werte Frau Winter." Barmer lächelte unschuldig.

Vera musste sich beherrschen, um nicht verächtlich zu schnauben, denn genau das schien ihr Chef nicht zu wissen oder das Gegenteil zu vermuten.

„Doch das Ganze ist mittlerweile zu etwas angewachsen, das zu groß ist für eine Person."

„Chef, bei allem Respekt, Sie wissen, dass ich mit schwierigen Fällen fertig werde."

„Das ist unbestritten, aber bei diesem Fall geht es nicht nur um die Aufklärung, die ich Ihnen selbstverständlich weiterhin zutraue, sonst hätte ich Sie nicht damit betraut." Barmer schürzte die Lippen. „Der Umgang mit der Öffentlichkeit erfordert Fingerspitzengefühl."

„Und das sprechen Sie mir nicht zu?"

Barmer hob beschwichtigend die Hände. „Kommissarin Winter. Bei einem Fall, der derart inszeniert wurde, dass er das öffentliche Interesse erregen muss, brauchen wir einen Profi."

„Sie wollen also wirklich einer externen Person vertrauen?" Vera war bewusst, dass sie zum zweiten Mal eine Frage stellte, die ihr als aufsässig angelastet werden konnte. Zudem war ihr Tonfall ein weiteres Mal schneidend, jedoch war es ihr unmöglich, ihren Ärger zu verbergen.

„Frau Winter, ich werde und muss mich nicht vor Ihnen rechtfertigen. Ich bin Ihr Vorgesetzter, und Sie haben meine Entscheidung zu akzeptieren." Barmer sortierte die Papiere auf seinem Schreibtisch, sah dann kurz auf. „Wir sind hier dann fertig."

Als müsste sie ein Feuer unter Kontrolle bringen, kämpfte Vera ihren Ärger nieder und zwang sich, das Büro ihres Chefs zu verlassen. Wie gerne hätte sie ihm noch weitere Fragen gestellt, ihm noch mehr Dinge an den Kopf geworfen.

Dass Barmer allen Ernstes einen PR-Berater hinzuzog, der die Presseangelegenheiten regeln sollte, empfand sie nicht nur als höchst bedenklich, sie verstand es als klares Statement ihr gegenüber. Entgegen seiner Aussage schien ihr Chef kein Vertrauen in sie und ihre Ermittlungen zu haben. Sie musste auf der Hut sein, sonst würde er ihr den Fall noch komplett entziehen.

Sie ging in ihr Büro, schloss die Tür und durchsuchte das Internet nach Juli Jaspers. Die Bücher, die von allen einschlägigen Online-Händlern angeboten wurden, belegten die obersten Plätze der ausgegebenen Treffer. Darunter fand sich die Website des Steiner Verlags, der Jaspers' Romane veröffentlichte.

Vera klickte auf den Link, las die kurze und wenig aussagekräftige Biografie der Autorin, die Jaspers als zurückgezogen lebend und naturverbunden beschrieb. Ein Autorenfoto fand sich ebenso wenig auf der Seite wie Angaben, wo Jaspers lebte.

Vera ging zurück in die Übersicht der Treffer und klickte auf den Wikipedia-Eintrag, der kaum mehr Informationen enthielt als die Vita auf der Verlagsseite. Einzig der Hinweis, dass es einen Fanclub gab, war eine Zusatzinformation.

Gerade, als Vera auf den Link zur Website des Fanclubs klicken wollte, klopfte es an der Tür. „Ja?"

Die Tür wurde geöffnet, und Peters trat in den Raum. „Die Spurensicherung ist noch am Tatort."

„Und noch einen interessanten Fund gemacht?"

„Wir haben das Laptop des Opfers sichergestellt."

Vera nickte, dann fiel ihr etwas ein. „Was ist mit Computer und Handy von Luisa Bosner?"

„Das ist bei Herrn Gebs, soweit ich weiß."

„Alles klar. Melden Sie mir weiterhin jede Neuigkeit."

„Selbstverständlich." Peters schloss die Tür hinter sich.

Vera tippte die Kurzwahltaste für Victor Gebs, den IT-Fachmann der Kripo. „Victor, wie ich höre, arbeitest du an Handy und PC von Luisa Bosner?"

„So ist es."

„Schon was Interessantes gefunden?"

„Ich bin noch dabei, die Daten auszuwerten. Hast du etwas Bestimmtes im Auge?"

Das hatte Vera in der Tat. „Ich komme mal zu dir rüber."

„Bis gleich."

Als Vera eintrat, sah er von seinem Schreibtisch auf, auf dem zwei Tastaturen und Bildschirme sowie andere Geräte standen, die über Kabel miteinander verbunden waren. Ihr war schleierhaft, wie Victor sich in dem Chaos zurechtfand. Dass er es tat, belegte seine stets exzellente Arbeit. Er winkte Vera heran. „Dann komm mal her, Frau Kommissarin, und stell mir deine Fragen."

Vera mochte Victor. Mit seinem grauen Vollbart und dem Bäuchlein, das er vor sich herschob, wirkte er auf den ersten Blick gemütlich, ein ruhiger Vertreter, der seine Arbeit zügig und zuverlässig erledigte.

Sie nahm einen der zwei Stühle, die vor dem Schreibtisch standen, und platzierte ihn neben Victors Stuhl. „Die Freundin des Opfers erzählte, dass Luisa mit einem Jannik Kontakt hatte, sich sogar in ihn verliebte."

„Dann wollen wir mal." Victor bediente Maus und Tastatur, und auf dem linken der beiden Bildschirme öffnete sich eine Übersicht mit Ordnern. „Hier habe ich die Daten von Luisa Bosners Handy." Er tippte „Jannik" in eine Suchmaske und bestätigte mit der Entertaste. „Das System sucht jetzt nach jeglicher Erwähnung des Namens in E-Mails und Kurznachrichten."

„Auch Social Media?"

„Das geht ebenfalls, benötigt aber eine gesonderte Abfrage."

„Okay, dann schauen wir zunächst, was mit E-Mails und Nachrichten ist."

Auf dem Bildschirm verkündete die Anzeige, dass die Suche etwas ergeben habe.

Victor klickte auf die Meldung, und die Übersicht zeigte die Ergebnisse, aufgeschlüsselt nach der Stelle, wo der Begriff entdeckt worden war. In zehn E-Mails und fünf Kurznachrichten.

Die Aufregung fuhr kribbelnd in Veras Magen. Waren das Nachrichten des Tatverdächtigen? „Kannst du zuerst die E-Mails aufrufen?", fragte sie.

„Klar."

Vera überflog die Mails, und je mehr sie las, desto mehr stellte sich Ernüchterung ein. Es zeigte sich, dass es sich leider nicht um E-Mails von oder an einen Jannik handelte, sondern dass der Name darin auftauchte.

„Jannik ist so zuvorkommend. Schade, dass es solche Männer kaum gibt. Oder gibt es sie nur nicht mehr?", las Victor laut vor. Er sah Vera an. „Kannst du etwas damit anfangen?"

Die runzelte die Stirn. „Kannst du herausfinden, an wen die Nachricht ging?"

„Zumindest keiner der gängigen E-Mail-Anbieter, sondern eine Domain, die auf jemanden registriert sein muss. Die Domain lautet: julijaspersfans.de."

Augenblicklich befiel Vera wieder die Aufregung. „Was hast du gesagt?"

Victor deutete auf die Absenderadresse, die er markiert hatte. „Kannst du die Website aufrufen?", fragte Vera.

„Aber selbstverständlich."

Nach kurzer Ladezeit baute sich die Seite auf, mit einem Bild, das Vera bekannt vorkam. Es war das Cover von *Rosenlippen*, dem Roman von Juli Jaspers, den sie beim zweiten Opfer im Regal entdeckt hatte.

„Rosenlippen?" Victor rieb sich die Augen. „Was ist das für ein Zeug?"

„Scheinbar Lesestoff, der von vielen jungen Damen geschätzt wird. Gibt es eine Kontaktseite? Ich muss wissen, von wem die Seite betrieben wird."

„Ein Impressum mit dieser Angabe ist seit einiger Zeit Pflicht", antwortete Victor und klickte herum. „Hier ist es. Der erste offizielle Juli Jaspers Fanclub. Verantwortlich ist eine Frau Emilia Bleis, die hier in der Stadt wohnt. Zumindest ist das die Adresse, die hier angegeben ist."

„Kannst du mir das ausdrucken?"

„Schon erledigt."

Mit dem Ausdruck in der Hand ging Vera zurück in ihr Büro und ließ sich in ihren Schreibtischstuhl fallen. Der erste offizielle Juli Jaspers Fanclub. Vielleicht war es nichts, aber ihr kriminalistischer Bauch, der sie selten trog, behauptete das Gegenteil.

Eine Telefonnummer war im Impressum nicht angegeben, deshalb rief sie Linda an und bat sie, die Nummer von Frau Bleis zu herauszufinden, um sie dann sogleich zu kontaktieren.

Sie sah auf die Uhr, Mittagszeit. Sie beschloss, eine Pause zu machen und in die Innenstadt zu laufen, die nicht fern vom Polizeirevier lag. Sie wollte sich die Romane von Frau Jaspers genauer anschauen und hoffte, in der hiesigen Buchhandlung fündig zu werden.

Dort angelangt, schlenderte Vera durch die Gänge und wurde erschlagen von dem Angebot, das sich ihr bot. Unter welchem Genre waren Jaspers' Werke zu finden? Sie beschloss, sich Hilfe zu holen und sprach eine ältere Dame an, die hinter dem Verkaufstresen durch eine Lesebrille den Bildschirm betrachtete.

„Können Sie mir sagen, wo ich die Bücher von Juli Jaspers finde?"

Die Dame sah Vera über den Rand ihrer Lesebrille an. Sie legte den Kopf schief. „Juli Jaspers?", fragte sie.

„Ganz genau."

Immer noch sah die Dame Vera an, die bereits überlegte, ob sie ihre Frage wiederholen sollte.

„Ich bitte um Entschuldigung." Die ältere Dame nahm die Lesebrille von der Nase und ließ sie am Band, mit dem sie an den Bügeln fixiert war, um den Hals baumeln. „Es ist nur, ich hätte nicht erwartet, dass Sie zu Juli Jaspers' Lesekreis zählen."

Unmittelbar erwachte Veras Neugierde. „Wie meinen Sie das?"

„Ich bitte um Entschuldigung. Ich wollte Ihnen nicht zu nahe treten."

„Das sind Sie nicht, und so war meine Frage auch nicht gemeint." Vera räusperte sich. „Es gibt eine bestimmte Leserklientel?"

Die ältere Frau trat von einem Bein auf das andere.

„Sie können ganz offen sprechen. Diese Angaben helfen mir weiter." Das war normalerweise der Punkt, an dem Vera die Kommissarin-Karte spielte, aber in diesem Moment erschien ihr das unangebracht. Es würde nur Fragen aufwerfen und außerdem dazu führen, dass ihr Gegenüber nicht offen sprach. „Ich benötige ein Buch für die Tochter einer Freundin, die Mitte zwanzig ist und gerne Liebesromane liest."

Die Gesichtszüge der Verkäuferin entspannten sich.

Um sicherzugehen, endgültig das Vertrauen der Buchhändlerin zu gewinnen, machte Vera einen Schritt auf die ältere Dame zu und sagte in einem verschwörerischen Tonfall: „Wenn Sie mich fragen, ich kann mit diesem Zeug gar nichts anfangen. Aber die Tochter meiner Freundin liebt es."

„Sie hat also bereits ihre Romane?"

„Nein, noch nicht, aber ich habe gelesen, dass diese Autorin eine gute Wahl ist, wenn einem Romanzen liegen."

Die Verkäuferin verzog den Mund zu einem humorlosen Grinsen. „Sagen wir mal, sie ist mit Sicherheit eine der erfolgreichsten Autorinnen des Genres."

„Wie würden Sie die typische Leserin beschreiben? Wer kauft die Romane?"

Die Verkäuferin zuckte mit den Schultern. „Die Tochter Ihrer Freundin erfüllt die Kriterien. Natürlich lässt sich das nicht pauschal sagen, und es gibt auch andere Leser. Aber meist sind es Leserinnen im Alter zwischen zwanzig und Mitte dreißig bis vierzig, die die Bücher kaufen."

Vera musste an Luisa Bosner und Nathalie Becker denken, und ihr lief ein kalter Schauder den Rücken herunter. Dies war tatsächlich eine Gemeinsamkeit zwischen den Opfern. Eine, die dazu geführt hatte, dass sie vom selben Täter ausgesucht wurden?

„Soll ich Ihnen zeigen, wo wir die Bücher stehen haben?"

„Das wäre toll. Danke."

Vera folgte der Verkäuferin, bis die an einem Büchertisch stehen blieb. „Das hier ist der erste und das der zweite Roman, der von Frau Jaspers erschienen ist."

„Wie viele sind denn insgesamt erschienen?"

„Ich glaube drei, ich fürchte aber, der dritte und neueste ist derzeit vergriffen. Könnte ich Ihnen aber bestellen."

Vera winkte ab. „Nicht nötig. Die beiden reichen erst mal." Sie griff ein Exemplar von *Rosenlippen,* fragte sich, warum sie nicht das Exemplar aus Nathalie Beckers Wohnung mitgenommen hatte, und eines von *Ranken der Liebe,* um im Anschluss der Verkäuferin zur Kasse zu folgen.

11

Zurück im Büro blätterte Vera durch die Romane und stellte sich dabei die Frage, wer so etwas las? Doch anscheinend gab es eine große Leserschaft, die Titel belegten gute Plätze in den gängigen Verkaufsrankings. Sogar *Rosenlippen*, ihr erster Roman, der mittlerweile vor über einem Jahr erschienen war.

Das Telefon klingelte, es war Linda. „Ich habe Frau Bleis gefunden und sogar in der Leitung, falls es bei dir passt?"

„Du bist einfach die Beste, Linda. Vielen Dank. Kannst sie gerne durchstellen." Vera wartete einen Augenblick ab. „Kommissarin Winter von der Kripo. Spreche ich mit Frau Bleis?"

Zunächst dachte Vera, Bleis wäre nicht mehr in der Leitung, doch dann ertönte ein leises: „Ja, hallo."

„Ich kann mir vorstellen, dass Sie verwundert sind, die Kripo am Apparat zu haben. Machen Sie sich keine Sorgen, ich habe nur ein paar Fragen an Sie."

„Okay?" Bleis schien Veras Ausführungen keinen Glauben zu schenken, ihrem Stimmklang nach schien sie kurz davor, in Tränen auszubrechen.

„Sie betreiben den Juli Jaspers Fanclub?"

„Das ist richtig."

„Wie viele Mitglieder zählt der?"

„Einhundertundsieben."

„Einhundertundsieben?" Vera musste zugeben, dass sie eine höhere Anzahl erwartet hatte. Dass die Mitgliederzahl nicht so hoch war, konnte ihren Ermittlungen entgegenkommen. Wenn die Opfer zum Fanclub gehörten, bestand eine Chance, dass die sich untereinander gekannt hatten.

„Es könnten deutlich mehr sein, ich erhalte täglich Anfragen, nehme aber eine strenge Auswahl vor." Bleis schluckte geräuschvoll. „Sie müssen wissen, dass ich nicht nur gute Kontakte zum Steiner Verlag pflege, sondern auch zu den ersten Lesern gehöre, die einen neuen Juli-Jaspers-Roman erhalten. Da sehe ich es als wichtig an, nur Leute im Fanclub zu haben, die unsere Werte teilen."

„Ihre Werte?"

Bleis räusperte sich. „Ich weiß, das hört sich seltsam an. Aber oft nutzen Leute einen Fanclub, um den Künstler zu stalken oder eine Sensationsstory aufzuschnappen, die sie dann in den sozialen Medien teilen oder an die Klatschpresse verkaufen können."

„Verstehe. Und wie stellen Sie sicher, dass keine derartigen Personen in ihrem Club sind?"

„Wir recherchieren, insbesondere in den sozialen Medien, wenn sich jemand bei uns bewirbt. Natürlich schließt das nicht aus, dass wir auch mal einen Fehlgriff landen. Deshalb schauen wir uns regelmäßig an, was unsere Mitglieder posten."

„Wir?"

„Der Fanclub ist natürlich ein Hobby und nimmt schon sehr viel Zeit in Anspruch. Da schaffe ich das alles nicht allein. Deshalb unterstützt mich ein enger Kreis aus frühen Mitgliedern."

„Sagt Ihnen der Name Luisa Bosner etwas?"

Schweigen auf der anderen Seite, was Vera bereits die Antwort lieferte, dass Frau Bleis Luisa Bosner gekannt hatte.

„Frau Bleis? Sind Sie noch da?"

„Ja, sorry. Es ist nur – irgendwie habe ich geahnt, dass es um Luisa gehen würde?"

„Tatsächlich? Dann war sie ein Mitglied?"

„War sie, zumindest zeitweise."

„Das müssen Sie mir genauer erläutern."

„Luisa bewarb sich vor zwei oder drei Monaten um eine Mitgliedschaft und machte auf den ersten Blick einen guten Eindruck."

„Sie teilte also Ihre Werte?" Die Frage war heraus, bevor Vera sich auf die Zunge beißen konnte. Sie hoffte, dass der sarkastische Unterton durch das Telefon nicht herauszuhören war.

„Luisa war höflich und freundlich und betrieb einen kleinen Buchblog im Netz."

„Einen Buchblog?"

„Das sind meist Privatpersonen, die Rezensionen zu den Büchern, die sie gelesen haben, veröffentlichen."

„Hatte sie auch etwas über Juli Jaspers und ihre Romane veröffentlicht?"

„Hatte sie, und die Beiträge gefielen uns auch, deshalb entschlossen wir uns, sie aufzunehmen."

„Sie sagten aber zuvor, dass diese Mitgliedschaft nur zeitweise bestand?"

Bleis seufzte. „Das war eine seltsame Sache. Die ersten Wochen lief mit Luisa alles gut. Wir halten alle zwei Wochen sonntags ein Treffen per Zoom ab, an dem alle Mitglieder teilnehmen können, um uns auszutauschen.

Bei den ersten zwei oder drei, an denen Luisa teilnahm, trat sie nicht besonders in Erscheinung, was typisch für Neulinge ist, die die anderen noch nicht gut kennen. Beim letzten Treffen vor zehn Tagen wurde sie auffällig."

„Was heißt das?"

„Sie sprach davon, dass sie etwas herausgefunden habe, das ein großer Skandal wäre."

„Was war das?"

„Das hat sie nicht weiter ausgeführt. Sie sagte, dass sie zunächst noch weitere Informationen sammeln müsse und ob jemand ihr helfen könne."

„Ging es dabei um Juli Jaspers?"

„Es schien so, obwohl sie das nicht sagte. Wenn ich ehrlich bin, sie wirkte, als wäre sie nicht ganz richtig im Kopf."

„Also haben Sie sie rausgeschmissen?"

„Ähm, also ...“

„Sorry, das hörte sich härter an, als es gemeint war. Mir geht es nicht um eine ethische Maßregelung oder Ähnliches, nur um die Fakten."

Frau Bleis ließ ein nervöses Auflachen hören. „Sorry. Aber Sie haben genau das angesprochen, was mir im Kopf herumspukt. Sie müssen wissen, dass es mir nicht leichtfällt, jemandem den Mitgliedsstatus zu entziehen. Es ist das eine, eine Person abzuweisen, die noch kein Mitglied ist, aber etwas völlig anderes, wenn man denjenigen bereits aufgenommen hat."

„Kann ich verstehen. Wie hat Luisa die Sache aufgenommen?"

„Sie hat keine Szene gemacht oder so etwas. Sie sagte, dass sie es auch ohne unsere Hilfe schaffen könne und jetzt auch einen Freund habe, der sie unterstützt."

Vera setzte sich in ihrem Stuhl auf. „Einen Freund? Hat sie einen Namen genannt?"

„Hat sie, und der ist mir deshalb hängen geblieben, weil sie gleich das Offensichtliche betont hat. Jannik, wie der Liebhaber aus dem Roman ..."

„Rosenlippen", sagte Vera.

„Oh, Sie sind selbst Leserin von Juli Jaspers' Romanen?"

Vera musste sich ein Lachen verkneifen und ebenso eine Aussage in die Richtung, dass derartige Lesekost in ihren Augen allenfalls zum Briefbeschwerer tauge. „Sagen wir mal, ich habe ein berufliches Interesse daran."

„Verstehe." Eine Pause, als müsste Bleis zunächst darüber nachdenken. „Ist Luisa etwas passiert?"

Vera beschloss, sie nicht im Ungewissen zu lassen. Außerdem würde ohnehin morgen die Pressekonferenz stattfinden, die die Namen der Opfer offenlegen würde. „Sie haben womöglich schon von dem Mord vor einer Woche gehört?"

„Die Leiche im Hotelzimmer? War das etwa Luisa?"

„Leider ja."

„Mein Gott, das ist ja schrecklich." Es hörte sich an, als kramte Frau Bleis nach etwas. „Aber ...", sie brach ab und setzte erneut an, „Ich stehe doch nicht unter Verdacht?"

Vera benötigte einen Moment, um zu begreifen, was die junge Frau von ihr wollte. Erneut musste sie sich ein Lachen verkneifen, eines mit sarkastischem Unterton, wohlgemerkt. Die Leute glaubten stets, dass sie unter

Verdacht stünden, wenn sie von der Polizei, insbesondere der Kripo, befragt wurden. „Natürlich nicht." Vera bemühte sich um einen ruhigen Tonfall. „Ich muss nur Näheres zu den Hintergründen herausfinden."

„Ich hoffe, dass Sie den finden, der das getan hat." Die Erleichterung war Frau Bleis anzuhören.

„Hat Frau Bosner irgendetwas von ihrem neuen Freund erzählt? Wie er aussah, oder wo sie ihn kennengelernt hat?"

„Nein. Unser Gespräch war recht kurz, wir kannten einander im Grunde kaum. Nur von ein paar E-Mails und den wenigen Online-Treffen."

„Verstehe. Gibt es jemanden unter den Mitgliedern, der mehr Kontakt zu Frau Bosner pflegte?"

„Das weiß ich nicht, aber ich kann gerne unsere Mitglieder befragen."

„Das wäre toll." Vera rieb sich die Augen. „Frau Bleis?"

„Ja?"

„Ich wäre Ihnen verbunden, wenn Sie die Umstände von Luisas Tod nicht in diese Anfrage nehmen würden. Am besten wäre es, wenn Sie gar nicht erwähnen, dass sie tot ist."

„Okay." Das klang zögerlich.

„Die Sache ist die: Ein Mord führt einerseits dazu, dass sich diejenigen, die etwas wissen, nicht mehr trauen, eine Aussage zu machen, andererseits sich die, die nichts wissen, ins Rampenlicht stellen wollen." Vera wusste, falls die junge Frau ihre Mitglieder wirklich so gut im Griff hatte, wie es den Anschein machte, würde sie diejenige oder diejenigen aufspüren, die mit Luisa Bosner Kontakt gehabt hatten, und das wäre für Vera von unschätzbarem Vorteil. Und manchmal wirkte das Gefühl, quasi Hilfssheriff oder Verbündete der Kommissarin zu sein als besonderer Motivator.

„Ich verstehe und werde es für mich behalten."

Das klang ehrlich und musste reichen. Sie verabschiedete sich von Frau Bleis und nahm den Roman „Rosenlippen" zur Hand. Sie schlug das Impressum auf, in dem der Steiner Verlag als Herausgeber aufgeführt war. Ihr kriminalistischer Bauch riet ihr, den Verlag genauer unter die Lupe zu nehmen. Sie beauftragte Linda damit, ihr einen Gesprächstermin mit einem Mitarbeiter zu vereinbaren.

Als das erledigt war, betrachtete sie das Cover des Romans, tippte ein paar Mal mit dem Zeigefinger darauf, als könnte sie dem Buch eine Antwort auf ihre Fragen entlocken.

Sie griff zum Hörer und wählte Victors Nummer. „Hast du noch etwas für mich gefunden?"

„Allerdings."

Vera setzte sich auf. Das hörte sich endlich mal nach guten Neuigkeiten an. „Soll ich vorbeikommen?"

„Ich kann dir die Sachen auch zusenden."

„Nein. Ich komme lieber vorbei. Vielleicht ergeben sich Rückfragen, und die können wir dann direkt klären."

„Alles klar, dann bis gleich."

Auf dem Weg zu Victors Büro überlegte Vera, dass sie Frau Bleis nach dem zweiten Opfer hätte fragen sollen. Es wäre aufschlussreich gewesen, ob Nathalie Becker ebenfalls im Juli Jaspers Fanclub war. Eine Verbindung zwischen den Opfern würde ihren Verdacht auf einen Serienmörder belegen und zudem, dass sie sich mit der Roman-Geschichte in die richtige Richtung bewegte.

Victor empfing sie mit einem Grinsen. „Wäre der Anlass nicht so unerfreulich, könnte ich offen sagen, dass es mir gefällt, dich so oft zu sehen."

Vera lächelte ebenfalls. „Kümmern wir uns jemals um Dinge, die erfreulich sind?"

„Touché."

„Dann dürfen wir doch zumindest über nette Kollegen froh sein."

Victor lachte. „Gut kombiniert, Frau Kommissarin."

Vera platzierte wieder einen Stuhl neben Victor. „Also, was hast du?"

„Die E-Mail, die an die Domain des Fanclubs ging?"

„Ja?"

„Das war nichts Spezielles. Zumindest nicht, was diesen Jannik anbelangt. Vielmehr geht es um eine Figur in einem Buch dieser Juli Jaspers."

„Rosenlippen."

Victor sah Vera an. „Da hat jemand entweder gut recherchiert oder einen Lesegeschmack, den ich so nicht vermutet habe."

„Ersteres. Diese Lesekost ist überhaupt nicht nach meinem Geschmack."

Victor machte eine Geste, als wischte er sich Schweiß von der Stirn. „Hätte mich auch gewundert."

„Ist es eine Rezension?"

„Was?"

„Der Text in der E-Mail?"

„Ach so, ja genau. Etwas in der Art. Bosner ergeht sich in Lobhudeleien ob der Großartigkeit dieses Janniks angesichts einer so bösen realen Männerwelt."

Vera mochte das Herumblödeln mit Victor und wäre nur zu gern auf diese Bemerkung eingegangen, aber es gab Wichtigeres zu besprechen. „Somit ist diese Nachricht nicht von Belang. Aber ich vermute, dass du etwas gefunden hast, das es ist?"

„Exakt." Victor öffnete per Mausklick ein Fenster. „Ich konnte auf Luisa Bosners Facebook-Account zugreifen und habe dort nach dem Namen Jannik gesucht, et voilà." Ein weiterer Mausklick öffnete die Freundschaftsliste des Opfers, in der Victor den Namen mit dem Mauszeiger umkreiste.

„Nur Jannik?", fragte Vera.

„In den sozialen Medien nicht ungewöhnlich. Niemand kontrolliert die Identität. Du kannst dich auch Donald Duck nennen, wenn du möchtest." Victor legte eine Hand an den Mund, als wäre das Nächste, was er Vera mitteilen wollte, nur für ihre Ohren bestimmt. „Wobei es in deinem Fall wohl eher Daisy Duck sein würde."

Die Lust am Scherzen war Vera mittlerweile vergangen, sodass sie Victors Äußerung ohne Regung hinnahm. „Also wissen wir im Grunde gar nichts über den Kerl?"

Victor öffnete Janniks Profil, das das Porträt eines attraktiven jungen Mannes und ein paar weitere Bilder beinhaltete, auf denen Jannik am Strand und vor einer Skyline zu sehen war. London, vermutete Vera.

„Ich kann die Bilder mal durch unsere Suche laufen lassen, also, ob das System sie woanders im Netz findet. Es wäre nicht ungewöhnlich, dass sich jemand einen Fake-Account gebastelt und dafür Bilder von anderen Accounts verwendet hat."

„Das wäre prima." Vera verabschiedete sich von Victor, der ihr zuvor noch die Zugangsdaten von Luisa Bosners Facebook-Profil notierte. Dieser Jannik war eine heiße Spur, wenn er sich nicht als Fake herausstellte.

12

Als Vera die letzten Stufen nahm und die dritte Etage erreichte, in der ihre Wohnung lag, blieb sie abrupt stehen. Am liebsten hätte sie auf dem Absatz kehrtgemacht, aber er hatte sie schon gesehen. Sein Gesicht zeigte dieses Lächeln, das auf den ersten Blick scheu erschien, aber, wie bei den sprichwörtlich tiefen Gewässern, in der Tiefe das komplette Gegenteil vermuten ließ. Genau das beschrieb ihn und genau das war eine Kombination, die einen Mann für Vera absolut unwiderstehlich machte.

„Sorry, dass ich unangekündigt auftauche." Morris ergänzte das Lächeln noch um einen Blick von unten, den er ihr zuwarf, indem er seinen Kopf nach vorne neigte, als schämte er sich.

Unmittelbar regte sich Veras Verlangen. Sie wusste, warum sie es vermied, Morris häufiger zu sehen. Auf die Distanz war es einfach, sich einzureden, dass sie diejenige war, die den Ton angab und alles unter Kontrolle hatte. Er war ihr Liebhaber, der zu ihrer Verfügung stand. Doch Auge in Auge wurde ihr bewusst, wie falsch sie lag.

Er kam auf sie zu, streckte seine Hand aus, um ihr eine Strähne aus der Stirn zu streichen, und Vera wusste, dass sie der inneren Stimme, die ihr riet, es nicht zuzulassen und ihm zu sagen, dass er nicht einfach so hier auftauchen könne, nicht Folge leisten würde. „Du hast mir gefehlt", flüsterte er, als er sie erreicht hatte, und dann strich er ihr sanft mit den Fingerspitzen über die Stirn.

Vera erbebte innerlich, als sich das Kribbeln, das seine Berührung verursachte, in ihrem Körper ausbreitete. Sie schluckte, denn die Erkenntnis, die schon viel länger in ihr heranreifte und nun geerntet werden konnte, verschlug ihr die Sprache: Der Altersunterschied war nicht der Grund, dass sie Morris auf Distanz hielt, wie sie sich bisher eingeredet hatte. Sie war dabei, sich in ihn zu verlieben. Wenn sie ihre Reaktion auf ihn betrachtete, benötigte sie keinen kriminalistischen Spürsinn, um zu begreifen, dass dieser Moment nicht in der Zukunft lag, sondern bereits eingetreten war.

Doch diese Erkenntnis konnte nicht verhindern, dass sie den Kopf zur Seite legte, die Augen schloss und seinen Kuss erwartete, erneut wohlig erschauderte, als sie seine warmen Lippen auf ihren spürte, und seine Zunge zunächst vorsichtig, dann immer drängender, in ihren Mund fuhr.

„Nicht hier." Sie stöhnte auf und schob ihn von sich, als sich endlich ihr Verstand wieder einschaltete, der ihr sagte, es nicht im Hausflur vor ihrer Wohnung zu treiben. Und wenn das so weiterging, würde es darauf hinauslaufen. Vor ihrem geistigen Auge sah sie, wie sich die Tür von Frau Wuttke, einer rüstigen und am Leben der Nachbarschaft interessierten Rentnerin, öffnete und diese Zeugin der Unzucht im Treppenhaus wurde. Darauf kann ich verzichten!, dachte sie.

Mit zitternden Händen gelang es ihr beim x-ten Anlauf, den Schüssel ins Schloss zu stecken und zu drehen. Innerlich verfluchte sie sich für ihre Aufregung.

Schließlich war sie doch kein Teenie mehr! Sogar die deutlich Ältere in dieser Konstellation. Das ließ ihre hochkochende Libido indes kalt oder heiß, wenn man es korrekt formulieren wollte.

Vera drückte mit dem Rücken die Wohnungstür zu, während Morris ihren Hals küsste. Aus dem Augenwinkel sah sie Migosch, der aus dem Wohnzimmer in den Flur geschlichen kam, Morris und sie mit seinen grünen Augen musterte, um im nächsten Augenblick wieder zu verschwinden. Der Gedanke an Migoschs ausstehende Fütterung verdampfte, als Morris seine Hand unter ihre Bluse schob.

Im Schlafzimmer angekommen, warf Vera Morris aufs Bett und setze sich rittlings auf ihn. Sie knöpfte sein Hemd auf und war froh, zumindest in diesem Moment wieder das Gefühl zu haben zu agieren. Zuvor hatte sie nur reagiert. Als sie Morris' trainierten Oberkörper vom Hemd befreit hatte, wurde ihr bewusst, dass sie einer Illusion erlegen war. Die Einzige, die hier die Zügel in der Hand hielt, war ihre Begierde.

Die zog sich erst zurück, als sie heftig atmend nebeneinander auf ihrem Bett lagen. Sie hatten gleich zwei Runden eingelegt, und Vera hatte den Eindruck, dass es dabei nicht bleiben würde.

„Wohin gehst du?", fragte Morris, als sie sich erhob.

„Ich muss Migosch füttern." Vera überlegte, ob sie ihren Bademantel überwerfen sollte, entschied sich aber dagegen. Ihre Haut prickelte noch von dem wieder einmal großartigen Sex mit Morris. Und sie genoss seine lüsternen Blicke auf ihrem Körper. Gab es ein schöneres Gefühl, als begehrt zu werden? Und das auch noch von einem Kerl, der Ähnlichkeit mit Brad Pitt hatte. Zu der Zeit, als der seinen Durchbruch hatte, wohlgemerkt.

Wie zu erwarten war, ließ sich Migosch nicht blicken. Auch nicht, als Vera seinen gefüllten Napf auf den Boden stellte. Zwar legte der Kater ein weniger divenhaftes Verhalten an den Tag als seine weiblichen Artgenossen, aber abstrafen würde er sie für ihre Unaufmerksamkeit dennoch. Ihre erneut aufwallende Begierde und die Verheißung, dass diese gleich noch mal gestillt werden würde, machten das verschmerzbar.

Nachdem sie zurück ins Bett gegangen und Morris und sie mehr als einmal übereinander hergefallen waren, als wären sie Teenager, die gerade erst ihre Körper und was man damit anstellen konnte, entdeckt hatten, legte sie ihren Kopf auf Morris' muskulöse Brust, während er ihr durchs Haar strich.

„Du hast mir gefehlt", sagte er. „Ich weiß, dass ich das eben schon gesagt habe, aber bei dem, was wir angestellt haben, könnte es in Vergessenheit geraten sein." Der spöttische Unterton führte dazu, dass Vera den Kopf hob und umdrehte, um ihn anzusehen.

Dieses Grinsen! Vera kämpfte den Impuls nieder, der sofort nach einer weiteren Runde verlangte. Sie musste sich unter Kontrolle bringen. Sie schuldete es Morris, dass sie zunächst für klare Verhältnisse sorgte, bevor das weiterging. Wenn es überhaupt weiterging.

„Was ist los? Habe ich etwas Falsches gesagt?" Er berührte sie vorsichtig am Arm.

Vera, die sich neben ihm aufgesetzt hatte, schüttelte den Kopf. „Das ist es nicht. Es ist nur …" Sie überlegte, wie sie fortfahren sollte. „Ich habe keine Ahnung, wohin das mit uns führt. Ob wir in dieselbe Richtung wollen."

Morris seufzte und setzte sich ebenfalls auf. „Na, wenn wir nicht in dieselbe Richtung wollten, wäre das, was hier in der letzten Stunde passiert ist, wohl kaum möglich."

„Versteh mich nicht falsch. Der Sex ist grandios." Sie sah ihm in die Augen. „Du bist grandios."

„Aber?" Morris verschränkte die Arme vor der Brust.

Jetzt war es an Vera, zu seufzen. Hätte sie nicht einfach diesen Abend weiterlaufen lassen, sich nur ihren körperlichen Bedürfnissen hingeben können, ohne dass ihr Verstand alles sezierte?

Dafür war es nun zu spät. Morris hatte die Unterlippe vorgeschoben und wirkte wie ein schmollendes Kind. Er tat Vera leid. Aber das sollte kein Grund sein, nicht das zu besprechen, was schon längst hätte besprochen werden müssen.

In den ersten Wochen ihrer Begegnungen hatte Vera sich damit rausgeredet, dass es ohnehin zu nichts Ernsthaftem führte. Dann hatte sie hin und wieder eine Andeutung gemacht, die aber in einen Scherz verpackt oder nicht nachhaltig verfolgt. Sie musste sich somit eingestehen, dass es das erste Mal war, dass sie wirklich ernsthaft über sich sprachen.

„Da ist zum einen der Altersunterschied."

„Da scheiß ich drauf!"

Vera zuckte zusammen.

„Und ich glaube dir auch nicht, dass das der Grund ist." Morris stand auf und las seine Klamotten, die über den Boden verteilt waren, auf.

„Du gehst?" Vera hasste es, wie dünn ihre Stimme klang.

Morris funkelte sie wütend an, der scheue Ausdruck war daraus verschwunden. „Natürlich gehe ich. Ich bin mir sicher, dass ich nicht das Problem bin. Ich habe nachhaltig klargemacht, was ich will und was du mir bedeutest. Immerhin stand ich heute vor deiner Tür." Er stieg in seine Jeans. „Wer nicht weiß, was er will, das bist du." Er warf sein Hemd über und knöpfte es zu.

Vera krabbelte vor bis zur Bettkante und streckte die Hand nach ihm aus. „Bleib doch hier, und lass uns darüber sprechen."

Einen Augenblick fixierte Morris ihre Hand, dann schüttelte er den Kopf. „Nicht jetzt. Nicht, bevor du dir Gedanken gemacht hast, was du willst."

Als die Wohnungstür hinter ihm ins Schloss fiel, war die Trauer, dass er gegangen war, nicht das vorrangige Gefühl in Vera. Es war das Wissen, dass er recht hatte und es ihn noch unwiderstehlicher machte, dass er seine Ansicht klar vertrat.

13

Obwohl heute Samstag war und Vera Erholung nötig hatte, erwachte sie früh. Die Gedanken an das gestrige Gespräch mit Morris und auch die Sehnsucht nach seiner Berührung, wirbelten durch ihren Kopf.

Zu viele ungelöste Fälle, sowohl in ihrem Privatleben als auch beruflich. Sie dachte an Nathalie Becker und daran, dass sie keinerlei Kontakte hatte. Zumindest keinen, den sie bislang hatte finden können. Würde sie genauso enden? Als einsame Frau, die niemanden hatte bis auf ihren Kater?

Ihr Handy vibrierte, als eine Textnachricht einging. Von Gina. Hatte die Veras trübe Gedanken empfangen? Sogleich meldete sich ihr Gewissen, denn sie war eine schlechte Freundin. Würde Gina sich nicht hin und wieder melden, hätte sich ihre Verbindung längst verlaufen.

Hey Süße! Wie wäre es mit Frühstück im Edge? Hab Dich schon ewig nicht mehr gesehen und würde mich freuen. Kuss, Gina

Das war genau die Zerstreuung, die Vera brauchte. Sie schrieb umgehend zurück, und sie verabredeten sich für neun, somit blieben ihr noch zwei Stunden. Sie beschloss, laufen zu gehen. Ebenfalls eine Dauerbaustelle, ihre Gesundheit, die nicht nur unter unausgewogener Ernährung litt, sondern auch unter zu wenig Sport. Zwar versuchte sie, sich zu bewegen, wann sie konnte – Treppe statt Fahrstuhl und Fahrrad statt Auto –, aber Laufen hatte für sie etwas Meditatives, weshalb sie sich vorgenommen hatte, drei Mal in der Woche joggen zu gehen. Tatsächlich war sie froh, wenn sie es einmal schaffte.

Sie schlüpfte in die Laufsachen, stellte Migosch sein Frühstück hin und rannte los. Ihr Weg führte sie am Gebäude vorbei, in dem Nathalie Becker ihre Wohnung gehabt hatte und aus deren Fenster sie der Mörder gehängt hatte. Sie betrachtete die Efeuranke, die die Fassade emporkletterte – *Ranken der Liebe*.

Die Inszenierung der Morde erschien inzwischen klar, das Motiv nicht. Vera beschleunigte ihre Schritte, als könnte sie so auch ihr Hirn auf Trab bringen, das weiterhin im Trüben fischte. Worauf wollte der Killer aufmerksam machen? Die Morde sollten eine Botschaft vermitteln, doch Vera verstand sie nicht.

Wieder zu Hause sprang sie unter die Dusche und anschließend in Jeans und Bluse. Sie freute sich auf das Treffen mit Gina und das Frühstück im Edge. Der Laden war im Grunde nur ein Gang mit einer Bar auf der einen und einem Tresen an der Wand der anderen Seite. Dass die Gäste somit nur an einer Kante sitzen konnten, hatte der Bar, die ein ziemlich gutes Frühstück anbot, ihren Namen eingebracht.

Gina erwartete sie bereits, sprang von ihrem Barhocker, der bedrohlich kippelte, um dann begeistert auf Vera zuzuhopsen. „Ich freue mich wie Bolle!", rief sie und fiel Vera um den Hals, wobei sie einem Gast, der am Wandtresen saß, fast die Brille von der Nase wischte. „'tschuldigung", trällerte sie, bevor sich der Herr beschweren konnte.

Vera musste grinsen. Gina hatte diese unbekümmerte Begeisterung, die sie stets in die Welt hinausschrie und für die man sie einfach lieben musste. „Ich freue mich auch sehr", entgegnete Vera.

Die Bedienung wies ihnen zwei freie Hocker an der Bar zu. Wie immer am Wochenende war das Edge gerammelt voll.

„Dass du immer noch einen Sonderstatus hast."

Gina hob die Augenbrauen. „Was meinst du?"

„Na, dass du in dem voll besetzten Laden noch kurz vor knapp Plätze reservieren kannst."

Gina verzog den Mund zu einem schiefen Grinsen. „Ich bringe mich halt hin und wieder in Erinnerung."

„Wie soll ich das denn verstehen?"

Jetzt grinste Gina breit. „Enzo und ich haben hin und wieder mal Spaß miteinander."

„Nicht dein Ernst. Hast du gar nicht erzählt."

„Wir sehen uns so selten, und da will ich die wertvolle Zeit nicht mit Nebensächlichkeiten vergeuden."

„Spricht nicht gerade für Enzo oder vielmehr euren Spaß." Jetzt grinste Vera.

„Miststück!" Gina schlug ihr auf die Hand.

Vera lachte. Genau das liebte sie an Gina, dass sie mit ihr so ungezwungen sein konnte. Das absolute Kontrastprogramm zu ihrem Alltag. Mit Gina hatte sie das Gefühl, in die Serie *Sex and the City* einzutauchen, die sie vor Jahren so gerne gesehen hatte.

Sie bestellten ihr Frühstück, und Gina erzählte von ihrem neuen Job in einem Kosmetiksalon. Solange Vera ihre Freundin kannte, wechselte die alle paar Jahre die Tätigkeit. Dabei hatte sie nicht nur ein abgeschlossenes Germanistikstudium, sondern bereits einige Jahre als Lektorin, Friseurin sowie Leiterin eines Fast-Food-Restaurants und Hotel-Testerin gearbeitet. Vera bewunderte Gina für ihre Offenheit, sich auf neue Tätigkeitsfelder einzustellen und dabei einzig ihrem Bauchgefühl zu folgen.

„Genug von mir. Was gibt es bei dir Neues?"

Vera überlegte, ob sie von der Arbeit erzählen sollte, scheute sich aber davor, die unbeschwerte Stimmung durch solch ein schweres Thema gleich zu Anfang zu ruinieren. Später wollte sie Gina, die ein Klatsch-und-Tratsch-Junkie war, auf Juli Jaspers ansprechen.

„Nichts wirklich Neues." Vera wusste, dass sie Gina nicht würde überzeugen können.

„Blödsinn!", rief die, beugte sich zu ihr rüber, um ihr einen Klaps auf die Schulter zu geben, und hätte dabei fast den Prosecco verschüttet, der ihnen serviert worden war, ohne dass sich Vera an den Bestellvorgang erinnern konnte. Auch das gehörte wohl zu den Vorzügen, die gewisse Aktivitäten mit dem Chef des Ladens mit sich brachten. „Ich sehe es dir an. Du hast Probleme mit einem Kerl." Gina nahm einen Schluck Prosecco. „Mann, wir sehen uns definitiv zu selten. Ich bin überhaupt nicht mehr auf aktuellem Stand. Lief da nicht etwas mit einem Typen, der so einen eigentümlichen Namen hatte? Mortimer oder so ähnlich."

„Morris." Der Name rutschte Vera mehr raus, als dass sie ihre Freundin korrigieren wollte.

„Morris. Stimmt. Komischer Name, wie kommen Eltern darauf, ihr Kind so zu nennen?"

„Das habe ich ihn ebenfalls gefragt und es hat nichts mit dem Tabakmogul zu tun, wie ich dachte."

„Sondern?"

„Mit dem Komponisten John Morris, der unter anderem die Filmmusik für den Film *Der Elefantenmensch* geschrieben hat. Der Lieblingsfilm seiner Eltern."

„Ich weiß nicht, ob ich das weniger schräg finde, als wenn Zigaretten der Namensgeber wären." Gina rollte theatralisch mit den Augen. „Aber er ist ein Hammertyp, wenn ich mich richtig erinnere?"

„Allerdings." Vera ärgerte sich, wie kleinlaut sie klang. Die Erwähnung seines Namens durch ihre Freundin ließ sie noch mehr mit dem zögerlichen Verhalten hadern, das sie gegenüber Morris an den Tag gelegt hatte.

„Zeig mal ein Foto." Gina streckte die Hand aus.

Niemand konnte sich ihr gegenüber derart dominant verhalten, nur Gina gestattete Vera diese Attitüde. Folgsam suchte sie auf ihrem Handy ein Bild heraus und reichte das Handy rüber.

„Oha!" Gina fächelte sich mit der freien Hand Luft zu, wohl, um das Gesagte zu unterstreichen. „Süße, der ist ein Sahneschnittchen."

„Aber auch zwölf Jahre jünger."

Gina starrte Vera entgeistert an. „Das ist hoffentlich kein Argument, das gegen ihn spricht?"

„Na ja."

Gina griff ihre Hand. „Süße! Hallo! Wir sind nicht mehr in den Fünfzigern, oder wann das mal eine Rolle spielte. Die Hauptsache ist doch, ob er dir guttut?"

Vera nickte. Gerne hätte sie angeführt, dass es nicht so einfach war. Dass ein großer Altersunterschied alles verkomplizierte. Doch war das wirklich so, oder wollte sie sich das nur einreden? Gina hatte es auf den Punkt gebracht, und Vera kannte die Antwort auf die Frage, die ihre Freundin aufgeworfen hatte.

Gina warf ihr einen Blick zu, und wechselte dann das Thema. Auch wenn sie Klatsch und Tratsch liebte und häufig ihren Willen durchsetzte, Gina war eine loyale Freundin, die wusste, wann sie sich zurücknehmen musste. Noch nie hatte sie in einer solchen Situation nachgebohrt. Sie würde darauf warten, dass Vera von sich aus auf sie zukam.

Einen weiteren Prosecco und ein reichhaltiges Frühstück später waren sie so weit, das Treffen aufzulösen, Vera hatte sich vorgenommen, ihre Wohnung gründlich zu reinigen und Zeit mit Migosch verbringen. Der arme Kater kam seit Wochen zu kurz.

Nachdem Gina die Rechnung geordert hatte, fiel Vera ein, dass sie ihre Freundin noch etwas fragen wollte. „Du, sag mal. Kennst du die Autorin Juli Jaspers?"

Gina runzelte die Stirn. „Die diese Liebesschmonzetten schreibt?"

„Genau die."

Gina musterte sie zweifelnd. „Muss ich mir Sorgen machen? Bevor du Rat in solchen Büchern suchst, meldest du dich lieber bei mir."

Vera grinste. „Keine Sorge. Das ist es nicht. Vielmehr ..." Sie rang mit sich, was sie Gina sagen wollte und konnte. Auf deren Verschwiegenheit konnte sie sich verlassen, dennoch widerstrebte es ihr, derart wichtige Informationen herauszugeben.

Gina winkte ab. „Ich lasse dir heute deine Geheimniskrämerei durchgehen. Sogar schon das zweite Mal." Sie fasste Veras Hand. „Aber eines sage ich dir. Beim nächsten Mal bist du offener."

Vera presste die Lippen zusammen und nickte.

Gina lächelte ihrerseits. „Du weißt doch, wie ich das meine?"

„Klar. Und du hast recht."

„Gut." Gina überlegte kurz. „Soweit ich weiß, ist Jaspers eine Bestseller-Autorin. Hat Millionen von Büchern verkauft, und das, obwohl sie ein Phantom ist."

„Weiß tatsächlich niemand, wie sie aussieht?" Vera hielt das in Zeiten sozialer Medien, in denen die Menschen sich bereitwillig in die Totalüberwachung begaben, für unwahrscheinlich.

„Vielleicht ist sie das wirklich." Gina griff nach ihrer Jacke, die sie, wie Vera, über die Lehne des Barhockers gehängt hatte.

„Was ist sie wirklich?"

„Ein Phantom."

„Was willst du damit sagen?"

„Wäre nicht das erste Mal, dass sich hinter einem Pseudonym etwas völlig anderes verbirgt."

„Etwas völlig anderes?"

„Es sind seltsame Zeiten. Einerseits nehmen Bestrebungen der Political Correctness mittlerweile fast schon groteske Formen an, man denke nur an das Gendern in der Sprache, andererseits herrschen konservative Denkmuster bei den Verlagen vor."

„Wie meinst du das?"

„Es gibt Verlage, die meinen, dass bestimmte Genres nur von einem Geschlecht bedient werden können. Fantasy und Science-Fiction können nur Männer schreiben, Romance-Titel nur eine Frau."

„Das heißt also, dass sich hinter Juli Jaspers auch ein Mann verbergen könnte?"

„Oder eine Gruppe von Autoren. Es gibt Romanreihen, die vermeintlich von einem Autor geschrieben werden, also unter einem Namen erscheinen, aber in Wirklichkeit wird jedes Buch von einer anderen Person verfasst."

„Das ist ein wichtiger Punkt, den ich noch gar nicht bedacht habe."

„Es muss somit keine Juli Jaspers geben." Gina nahm den letzten Schluck ihres Proseccos.

Auch wenn ihr angesichts dessen schwindelte, war Vera ihrer Freundin dankbar für diese Anstöße. Ein Pseudonym und die Möglichkeiten, die sich daraus ergaben, hatte sie nicht in Erwägung gezogen.

Draußen vorm Eingang des Edge umarmten sie einander. „Und tu mir einen Gefallen. Ruf Morris an." Gina sah Vera eindringlich an. „Es ist ohnehin schon passiert. Ich kann es in deinen Augen sehen. Gerade, weil du kaum etwas von ihm erzählt hast", „Was meinst du?"

„Du liebst den Kerl. Zumindest bist du verknallt."

Vera errötete und wusste nicht, was sie antworten sollte, womit sie alles sagte.

„Süße, du machst es dir unnötig schwer. Was soll denn schlimmstenfalls passieren? Wenn es nicht klappt, hast du ein paar Wochen Herzschmerz und musst wieder aufs Pferd, falls er aber der Richtige ist ..." Sie schenkte Vera einen vieldeutigen Blick. „Ganz egal, wie es ausgeht, ich bin immer zur Stelle. Das weißt du hoffentlich?"

„Klar, weiß ich das." Wieder meldete sich Veras schlechtes Gewissen, denn das entsprach der Wahrheit, während umgekehrt sie eben nicht in gleicher Weise für ihre Freundin da war. Würde sich Gina an sie wenden, wenn sie ein Problem hätte? War diese Freundschaft nicht schon seit einiger Zeit in Schieflage geraten und das Kentern unausweichlich?

„Ich weiß, dass es umgekehrt ebenso gilt. Aber du hast nun mal einen Job, der dich sehr fordert. Mach nicht auch noch daraus ein Problem." Gina zwinkerte ihr zu, und Vera drückte sie fest an sich. Es störte sie nicht, dass Gina in ihr las wie in einem offenen Buch, ganz im Gegenteil. Sie betrachtete es als Geschenk, solch eine Frau zur Freundin zu haben.

„Hab dich lieb. Sehr sogar", flüsterte sie Gina ins Ohr.

„Ich dich auch, Süße."

Sie verabschiedeten sich voneinander, und Vera trat den Heimweg an. Ihre Gedanken kreisten um Juli Jaspers. Wer verbarg sich dahinter? Ob Pseudonym oder nicht, ihr Bedürfnis, die Antwort auf diese Frage zu finden, wurde immer drängender.

14

Der Junge:

Warum schweigt Mutter nicht? Ständig diese Stimme, die ihm sagt, was er tun soll, dass er eine verachtenswerte Existenz darstellt. Ihre Stimme ist der Fingernagel auf der Tafel, der spitze Finger, der an seinen Nervensaiten zupft, um ihn nach ihrem Wunsch tanzen zu lassen.

Er weiß das. Hasst sie dafür und kann sich dennoch nicht des Verlangens entledigen, von ihr geliebt zu werden. Nur einmal möchte er ihrem Anspruch genügen. Doch sie sitzt nur da, in ihrem Stuhl, den Blick zum Fenster gerichtet. Das graue Haar zu einem Knoten zusammengezurrt. Würdigt ihn keines Blickes.

Mit den Jahren hat er gelernt, sich katzengleich zu bewegen. Die Füße mit Bedacht aufzusetzen, um nicht ihre Aufmerksamkeit zu erregen. Denn sosehr er sich die im Positiven wünscht, wird sie ihm nur im Negativen zuteil. Dann, wenn Mutter ihre Spiele mit ihm treibt.

Ihr Lieblingsspiel nennt sie „heiße Hand", womit seine Hand gemeint ist, die er auf die Herdplatte legen muss, die sie dann Schritt für Schritt heißer stell. Da er, für ihren Geschmack, zu schnell die Hand fortzieht, legt sie fortan ein Küchenmesser an seinen Penis und

droht, diesen abzuschneiden, wenn er die Hand weg-
zöge.

Scheint ihr Hass auf ihn selbst schon groß, hasst sie
das Ding zwischen seinen Beinen umso mehr. Schon
als er klein war, verklebte sie seine Genitalien mit Kle-
beband, um deren Anblick nicht ertragen zu müssen,
wenn sie ihm die Kleidung wechselte. Mit Erreichen
des zwölften Lebensjahres, zwingt sie ihn, dies selbst
durchzuführen.

So lernt er, sich dafür zu hassen, dass er ist, wie er ist.
Einige Male greift er selbst zum Küchenmesser, um das
zu amputieren, was ihn in den Augen seiner Mutter so
abscheulich macht. Doch er fürchtet den Schmerz und
fühlt sich anschließend nur noch minderwertiger.

Die Einzige, die ihn zu verstehen scheint, ist Julia. Alles würde er geben, um ihr nahe sein zu können.

15

„Kein Zweifel?"

„Was das anbelangt, nein."

„Und wir können herausfinden, woher die Zugriffe auf das Profil erfolgten?"

„Über die IP-Adresse."

„Kümmerst du dich darum?"

Victor nickte.

„Was ist mit dem Laptop des anderen Opfers?", fragte Vera.

„Da bin ich dran, aber ich könnte Verstärkung gebrauchen. Das sind zu viele Daten für eine Person." Victor zeigte seine Handflächen, als hätte Vera ihn mit einer Waffe bedroht, und er würde sich ergeben.

„Ist mir schon klar. Ich rede mal mit Barmer. Ihm ist sehr an der Aufklärung des Falls gelegen, und wenn ich ihm klarmache, dass das nur gelingt, wenn die Auswertung der digitalen Daten voranschreitet, stehen die Chancen auf Unterstützung für dich nicht schlecht."

„Aber keinen übermotivierten Jungspund."

Vera lachte. „Darauf werde ich kaum Einfluss haben. Mir wird auch nur junges Gemüse an die Seite gestellt." Sie musste an Peters denken und hatte ein schlechtes Gewissen, dass sie so über ihn sprach. Schließlich hatte er sich in letzter Zeit nicht nur Mühe gegeben, sondern auch gute Arbeit geleistet. „Aber andererseits sind junge Menschen nicht so eingefahren, noch formbar."

Victor hob die Brauen. „Hört sich an, als wärst du nicht so unzufrieden mit dem jungen Gemüse."

Vera zuckte mit den Schultern. „Wir werden sehen."

Auf dem Rückweg zu ihrem Büro dachte sie über das nach, was Victor ihr berichtet hatte. Wie zu erwarten, handelte es sich bei Jannik um einen Fake-Account. Die Bilder waren die eines Models, die gegen ein Entgelt bei einem Anbieter heruntergeladen werden konnten. Victor hoffte, über die IP-Adresse herauszufinden, von wo sich die Person, die ihn betrieb, in den Account eingeloggt hatte. Denn seine Aktivitäten waren kurz vor Luisas Tod zum Erliegen gekommen, nachdem sie über Kurznachrichten ein Treffen vereinbart hatten.

Neue Spuren, denen Vera nachgehen musste, und sie hoffte, dass die mehr zutage förderten als die zuvor. Der Steiner Verlag entpuppte sich als schwieriger Fall. Selbst der hartnäckigen Linda war es bisher nicht gelungen, jemand Verantwortlichen an die Strippe zu bekommen. Auch die Kerzen- und Rosenspur, falls sie jemals eine gewesen war, hatte sich als Sackgasse herausgestellt. Zwar hatte die Verkäuferin, die Peters gegenüber von einem seltsamen Kunden, der Kerzen kaufte, gesprochen hatte, eine Beschreibung abgegeben, aber die war viel zu allgemein, um damit eine Person aufzuspüren. Und selbst wenn, war es von dort aus noch ein weiter Weg bis zu einem Tatverdacht.

Erschwerend kam hinzu, dass heute die Pressekonferenz anstand, für die ihr Chef diesen PR-Berater engagiert hatte, der auch seinen Freund, den Bürgermeister, beriet und vertrat. Vera hatte dennoch vor, anwesend zu sein und notfalls einzugreifen. Zwar lag ihr der Medienzirkus nicht, aber es war ihr Name, der im Zusammenhang mit den Ermittlungen erwähnt werden würde. Es war ihr Fall, und damit gehörte auch dieser Teil dazu.

Zum wiederholten Mal sah sie auf das Display ihres Smartphones. Obwohl sie wusste, was oder vielmehr wer der Grund dafür war, redete sie sich ein, dass dem nicht so wäre. Sie wollte sich nicht eingestehen, dass sie auf eine Nachricht von Morris hoffte, wohl wissend, dass die nicht eintreffen würde. So gut kannte sie ihn mittlerweile, dass er zu seinen Entscheidungen stand und zu dem, was er sagte. Es war an ihr, sich Gedanken zu machen und sich bei ihm zu melden. Nicht umgekehrt.

Zurück in ihrem Büro sah sie auf die Uhr. Fast zwölf. Die Pressekonferenz war für zwei Uhr angesetzt. Sie schlug die Akte über Nathalie Becker, die auf ihrem Schreibtisch lag, auf und las die Informationen, die sie bislang gesammelt hatten. Anders als bei Luisa Bosner schien es keinen Angehörigen zu geben, nicht einmal Freunde, die sie hätten befragen können.

„Armes Ding", murmelte Vera. Gab es das? Menschen, die derart einsam waren? Frau Beckers Eltern waren, laut Unterlagen, vor vier Jahren bei einem schweren Autounfall ums Leben gekommen. Geschwister hatte sie keine. Sie hatte für die Telefonhotline eines Logistikkonzerns von zu Hause aus gearbeitet, womit auch Arbeitskollegen wegfielen. Womöglich ein Grund, weshalb sie vom Täter ausgewählt worden war? Ein derart isoliert lebender Mensch gab ein gutes Ziel ab.

Das Klingeln des Telefons riss sie aus ihren Gedanken. Es war Harald Thompson von der Spurensicherung. „Wir haben etwas Interessantes gefunden. Am Tatort, an dem Luisa Bosner ermordet wurde."

„Bin ganz Ohr."

„Pflanzenteile."

„Pflanzenteile?"

„Blätter, um genau zu sein."

„Okay?" Vera wusste nicht, was sie mit der Information anfangen sollte.

„Wir haben einen Botaniker hinzugezogen, der sie genauer untersucht. So viel kann ich Ihnen schon sagen: Es ist keine Pflanzenart, die in der Stadt vorkommt."

Veras Miene hellte sich auf. Das war eine weitere wertvolle Spur. „Hört sich nach einem guten Hinweis an."

„Ich hoffe, dass es das ist. Ansonsten haben wir nämlich nicht viel. Keine Fingerabdrücke."

„DNS?"

„Da sind wir noch dran."

„Alles klar. Dann halten Sie mich auf dem Laufenden?"

„Selbstverständlich, gerne."

Vera lehnte sich in ihrem Schreibtischstuhl zurück und klopfte mit dem Kuli in ihrer Hand auf die Tischkante. Dies war der Augenblick, der ihr an der Arbeit besonders gefiel: Wenn das Knäuel, das einem die Tat präsentierte, bei genauerer Betrachtung einzelne Fäden aufwies, die verfolgt und entwirrt werden konnten. Zwar wusste man nie, an welchem Faden man ziehen musste, um das ganze Knäuel zu entwirren, aber zumindest hatte sie nun ein paar Fäden in der Hand, die sie nachverfolgen konnte.

Ihr fiel die Pressekonferenz ein. Sie musste ihre Strategie ändern, um wieder in eine aktive Rolle zu kommen. Sie sprang auf und warf den Kuli auf den Schreibtisch. Genau das würde sie jetzt tun! Forschen Schrittes verließ sie ihr Büro und steuerte auf das ihres Chefs zu.

Sie klopfte an, wartete das obligatorische „Herein" ab und genoss seine verdutzte Miene, als sie eintrat. „Ich habe nachgedacht", sagte sie, bevor Barmer etwas sagen konnte. „Sie haben recht, was die Informationspolitik angeht." Innerlich musste sie sich einen Schubs geben, um den nächsten Satz auszusprechen, doch sie wusste, dass er entscheidend war, um das Ego ihres Chefs ausreichend zu bauchpinseln. „Sie haben in diesen Angelegenheiten ja auch einen größeren Weitblick als ich."

Ihr Chef sah sie über den Rand seiner Lesebrille an, nahm diese ab und fixierte sie weiter. Vera verfluchte sich bereits, zu dick aufgetragen zu haben, wodurch ihr Chef Lunte gerochen hatte, doch dann zeigte dieser ein breites Grinsen. „Ich bitte um Entschuldigung, Kommissarin Winter. Ich musste nur sichergehen, dass Sie es sind, die hier in meinem Büro steht und diese Worte spricht."

„Das kann ich verstehen, in diesem Punkt bestand ja selten Konsens zwischen uns. Was hauptsächlich an meiner falschen Einschätzung der Situation lag."

„Es ehrt Sie, dass Sie Ihren Fehler nicht nur vor sich selbst, sondern sogar vor mir eingestehen." Barmer lächelte immer noch.

Es war Zeit, die eigentliche Absicht ihres Plans in die Tat umzusetzen. In dieser Stimmung würde Barmer ihr wahrscheinlich alles zusagen. „Ich würde Sie gerne bei der Pressekonferenz unterstützen."

„Sie möchten dabei sein?"

Vera schluckte den Ärger herunter, den diese Frage auslöste, denn die offenbarte, dass ihr Chef sie tatsächlich von der Konferenz hatte ausschließen wollen. Und das als ermittelnde Kommissarin. Eine Frechheit! Doch sie würde alles zerstören, was sie gerade aufgebaut hatte, wenn sie ihm das an den Knopf knallte.

Also rang sie sich ebenfalls ein Lächeln ab. „Ganz genau. Ich könnte mich mit dem PR-Berater abstimmen. Sogar etwas von ihm lernen." Sie hoffte, dass ihr Chef nicht bemerkte, wie ihre Mundwinkel zitterten, da sie Schwierigkeiten hatte, das falsche Grinsen beizubehalten.

„Frau Winter, das ist eine prima Idee."

Vera suchte im Gesichtsausdruck ihres Chefs nach einem Hinweis auf Sarkasmus, fand aber nichts dergleichen. „Am besten wäre es, wenn ich den Herrn gleich kennenlerne, um zu erfahren, was seine Informationsstrategie ist."

Barmer nickte eifrig, sah dann auf seine Armbanduhr. „Er müsste jeden Augenblick eintreffen, eine Stunde vor Beginn der Pressekonferenz. Wir besprechen uns in meinem Büro. Ich rufe Sie dann dazu."

Vera verließ Barmers Büro. Selbstverständlich hatte sie ihre Haltung nicht geändert, wie sie ihren Chef glauben gemacht hatte. Aber, ob es ihr gefiel oder nicht, die Presse war stets ein wichtiger Faktor, manchmal sogar von entscheidender Bedeutung. Sie musste dafür sorgen, dass sie weiterhin den Einfluss in diesem Bereich behielt, zumindest vorab Bescheid wusste, was herausgegeben wurde, da alles andere ihre Arbeit erschweren würde. Daher blieb ihr nichts anderes übrig, als, zumindest vordergründig, sein Spiel mitzuspielen.

Sie wollte nicht riskieren, dass er ihren Handlungsspielraum womöglich weiter einengen, ihr schlimmstenfalls den ganzen Fall entziehen würde.

Auf dem Weg zu ihrem Büro dachte sie an Morris und warum sie sich nicht einfach bei ihm meldete? Stolz? Nein, das ist es nicht, dachte sie, als sie sich auf den Schreibtischstuhl fallen ließ.

Sie zog das Handy aus der Tasche. Warum rufst du ihn nicht einfach an oder schreibst ihm? Sie kaute auf ihrer Unterlippe, während in ihrem Innern ein Kampf ausgefochten wurde. Auf der einen Seite ihre Sehnsucht nach seiner Nähe, die Dinge, die Gina gesagt hatte. Den Gegner auf der anderen Seite konnte sie immer noch nicht klar erfassen, war sich jedoch sicher, dass dies der Schlüssel zur Klärung des Konflikts wäre.

Seufzend steckte sie das Handy zurück in die Tasche. Noch war sie nicht so weit.

16

Die Pressekonferenz ging besser über die Bühne, als Vera erwartet hatte. Sie musste sogar zugeben, dass sie Benno Führgrabe, den PR-Berater, innerlich beglückwünschte. Hatte der es doch geschickt verstanden, den Reportern das Gefühl zu geben, Neuigkeiten zu erfahren, ohne zu viel preiszugeben. Damit eignete er sich perfekt für die politische Bühne, wie Vera bissig dachte.

Gut war, dass nun die öffentliche Neugierde ein wenig befriedigt war, da Benno vermitteln konnte, dass die Polizei tatkräftig und schnell die Ermittlungen vorantrieb. Auch die großen sozialen Netzwerke konnten dazu bewogen werden, die Aufnahmen, die Schaulustige von der aus dem Fenster baumelnden Leiche Nathalie Beckers gemacht hatten, von ihren Plattformen zu löschen. Dennoch waren die Fotos online gewesen, was das ohnehin schon große Interesse weiter geschürt hatte.

Zurück in ihrem Büro, beschloss Vera, Sputnik anzurufen. „Haben Sie schon den toxikologischen Befund der zweiten Leiche, Nathalie Becker?"

„Habe ich, Frau Kommissarin. Und sicherlich wird Sie interessieren, dass der für eine Verbindung zwischen den beiden Opfern spricht."

„Nämlich?"

„Gammahydroxybuttersäure."

„Das gleiche Betäubungsmittel wie bei Luisa Bosner."

„Exakt."

„Könnte eine Verbindung sein."

„Aber muss es natürlich nicht." Offenbar interpretierte Sputnik Veras Zögern richtig.

„Gammahydroxybuttersäure wird häufig nachgewiesen?", fragte Vera.

„Zumindest ist es als Partydroge verbreitet und somit auch eine Substanz, zu der Vergewaltiger gerne greifen."

„Also nicht schwer zu beschaffen?"

„Frau Kommissarin, meiner Erfahrung nach gibt es nichts Illegales, was in diesem Lande schwer zu beschaffen wäre. Im Grunde haben wir den Kampf gegen die Drogen verloren."

Vera nickte. „Sonst noch etwas?"

„Der Tod trat durch Strangulation ein, wie vermutet."

„DNS?"

„Braucht noch etwas. Das Labor hat Personal-engpässe."

„Die haben wir auch. Können Sie bitte etwas Druck machen, sodass wir die Ergebnisse bald haben?"

„Ich werde knurren und notfalls mein Bein heben."

Vera konnte sich ein Grinsen nicht verkneifen. Obwohl ihr Sputniks trockener Humor häufig Schwierigkeiten bereitete, oftmals war er durchaus amüsant.

Kaum hatte sie aufgelegt, klingelte ihr Telefon.

„Ich habe es vollbracht." Linda klang euphorisch.

„Da bin ich aber gespannt." Vera wusste nicht, worauf Linda hinauswollte, war aber bereit, das Spiel mitzumachen.

„Ich habe tatsächlich jemanden vom Steiner Verlag in der Leitung."

„Du bist 'ne Wucht!"

„Wenn du jetzt noch hörst, wen, wirst du noch dankbarer sein."

„Bin ganz Ohr."

„Winfried Karger. Keinen Geringeren als den Big-Boss."

Vera stieß einen Pfiff aus. „Jetzt hast du definitiv etwas gut bei mir."

„Mache doch nur meinen Job."

„Und das herausragend."

„Danke schön."

Vera verabschiedete sich und wartete, dass sie Karger zu ihr durchstellte. Sie nahm sich vor, Linda dennoch eine Aufmerksamkeit zu besorgen. Sie empfand es nicht als selbstverständlich, wenn jemand stets so viel Engagement zeigte wie ihre Kollegin.

„Kommissarin Winter, guten Tag. Spreche ich mit Herrn Karger?"

„So ist es." Das klang selbstgefällig und genervt. So sprach ein Mann, der sich über alles und jeden erhaben fühlte.

„Ich danke Ihnen, dass Sie sich die Zeit nehmen."

„Hatte ja kaum eine andere Wahl. Sie können sehr hartnäckig sein."

Vera schluckte eine spitze Erwiderung herunter. Am liebsten hätte sie Karger zurechtgewiesen, aber gleich zu Beginn des Gespräches eine Eskalation herbeizuführen, wäre unklug. „Ich untersuche einen Mordfall, in dem die Werke einer ihrer Autorinnen eine Rolle zu spielen scheinen. Juli Jaspers."

„Mordfall?" Karger lachte auf, was humorlos, eher verachtend klang. „Frau Jaspers schreibt für uns äußerst erfolgreiche Liebesromane. Wie die mit einem Mordfall zu tun haben sollen ..."

„Herr Karger." So langsam wurde ihr der Kerl unangenehm, und sie befand, dass es nun doch an der Zeit sei, ihn einzubremsen. „Bitte beantworten Sie nur meine Fragen. Sollte ich an Ihrer Einschätzung eines Sachverhalts interessiert sein, werde ich Ihnen das mitteilen."

Endlich herrschte Schweigen auf der anderen Seite der Leitung.

„Nun. Wir haben zwei Mordopfer, die offenbar Leserinnen und Fans von Juli Jaspers waren. Sagen Ihnen die Namen Luisa Bosner oder Nathalie Becker etwas?"

„Nein. Und muss ich doch noch mehr dazu sagen, damit Sie einen Eindruck bekommen? Die Romane von Frau Jaspers erreichen eine Auflage von fünf Millionen Exemplaren, je Roman. Sie können sich sicherlich vorstellen, dass ich da nicht jede einzelne Leserin beim Namen kenne."

Vera schloss die Augen. „Wie ist es mit Emilia Bleis."

Vera erwartete erneut einen herablassenden Kommentar, doch zu ihrer Überraschung klang Kargers Stimme nahezu freundlich. „Frau Bleis ist mir selbstverständlich ein Begriff."

„Ach so?" Vera konnte sich ihrerseits eine gewisse Herablassung nicht verkneifen. Sie hatte Karger, obwohl sie nie ein Foto von ihm gesehen hatte, vor Augen. Grau meliertes, nach hinten gekämmtes Haar, einen leichten Seidenschal schwungvoll um den Hals geworfen und über dem Sportsakko tragend.

„Sie müssen wissen, dass Frau Jaspers ein intensiver Kontakt zu ihren Lesern wichtig ist."

„Tatsächlich? Nach meinen Informationen tritt sie öffentlich nicht in Erscheinung."

Karger räusperte sich und atmete dann hörbar ein und aus. Die Antipathie schien auf Gegenseitigkeit zu beruhen. „Frau Jaspers ist eine scheue Person, die die Einsamkeit schätzt, dennoch liegt ihr viel an ihren Lesern. Und heutzutage muss es ja nicht unbedingt der persönliche Kontakt sein. Was angesichts der Verkäufe, die Frau Jaspers verzeichnet, völlig absurd wäre."

„Darf ich dann fragen, wie sie in Kontakt tritt?"

„Natürlich über die sozialen Medien."

„Dennoch existiert kein Bild von ihr."

„Wir sind bereits dabei, dies zu ändern."

„Tatsächlich?" Vera hob die Brauen. Geschah dies wirklich aus freien Stücken?

„Wäre es möglich, dass ich Frau Jaspers ein paar Fragen stelle zu ihren Werken?"

„Weshalb?"

„Wie ich schon sagte, sie scheinen eine Rolle zu spielen in der Mordserie, die ich ..."

Dieses Mal unterbrach Karger sie. „Hören Sie, Frau Kommissarin. Es mag Ihnen seltsam erscheinen, aber unsere Autoren sind Künstler und haben meist spezielle Persönlichkeiten. Wir als Verlag respektieren das. Zumal Sie Ihre Fragen auch mir stellen können oder einem Mitarbeiter unseres Verlagsteams."

Es widerstrebte Vera, aber sie musste Karger recht geben. Es war nicht zwingend notwendig, Jaspers persönlich zu treffen, aber erneut meldete sich ihr Bauchgefühl, dass es wichtig wäre. Oder entsprang dies ihrer Neugierde? Dass sie wissen wollte, wer hinter dieser ominösen Autorin steckte, die die Öffentlichkeit nicht zu Gesicht bekam?

„Gut." Vera schloss die Augen. Konzentrierte sich darauf, tief durchzuatmen und vor allem, ruhig zu bleiben. „Dann würde ich mich gerne mit Ihnen persönlich unterhalten."

„Meine Sekretärin schaut mit Ihnen nach einem Termin."

Noch ehe Vera etwas entgegnen konnte, hatte Karger sie in die Warteschleife gedrückt. „Der hat ja wohl den Arsch offen!", rief Vera. Hier half auch kein Atmen mehr.

„Wie bitte?", ertönte eine Frauenstimme aus dem Hörer.

Vera musste die Kiefer zusammenpressen, um nicht aufzulachen. Die Situation war absurd und entbehrte nicht einer gewissen Komik. „Ich würde gerne einen Termin für ein Gespräch mit Herrn Karger vereinbaren", flötete Vera.

„Ich schaue kurz in seinen Kalender."

Was für ein arrogantes Arschloch! Vera konnte den Augenblick kaum erwarten, ihm das bei einem persönlichen Treffen unter die Nase zu reiben. Selbstverständlich nicht mit diesen Worten, aber sie hatte Erfahrung im Umgang mit solchen Alphatieren, die meinten, die Welt drehe sich allein um sie.

Nachdem sie mit der Sekretärin einen Termin vereinbart hatte, nahm sie erneut die beiden Jaspers-Romane zur Hand und betrachtete die Coverbilder. Das von *Rosenlippen* zeigte, wie zu erwarten war, ein Paar Lippen, die aus Rosenblütenblättern geformt waren. Vera stieß die Luft aus. Wer kaufte ein Buch mit einem solchen Cover?, fragte sie sich und führte sich dann die Verkaufszahlen vor Augen, die Karger genannt hatte und die sich mit dem deckten, was sie über Juli Jaspers gelesen hatte. Es erschien ihr unvorstellbar, aber in Deutschland gab es Millionen von Menschen, die ihre Ansicht nicht teilten.

Sie nahm den zweiten Roman in die Hand und stellte fest, dass das Cover auch nicht besser war. *Ranken der Liebe* zeigte tatsächlich eine nicht näher zu bestimmende Rankpflanze, deren Blätter eine Herzform aufwiesen. Die beiden Bücher nebeneinanderhaltend, konnte sie nicht sagen, welches Cover sie abscheulicher fand.

Manchmal benötigten Erkenntnisse, obwohl sie offensichtlich waren, Zeit, bis sie dem Unterbewusstsein entstiegen, um sich im bewussten Denken zu verankern. Vera fragte sich dennoch, warum es ihr nicht früher aufgefallen war. Luisa Bosner in einem Zimmer, das von verstreuten Rosenblättern geziert wurde. Der dafür die Lippen weggeschnitten wurden. Und Nathalie Becker, die stranguliert zwischen Efeuranken baumelte. Das war die Parallele zwischen den beiden Morden.

Je länger sie die Cover betrachtete, desto klarer wurde die Gewissheit, dass der Mörder auf äußerst makabre Weise, Juli Jaspers' Werke imitierte und damit pervertierte. Wer auch immer die Morde verübt hatte, er kannte nicht nur die Romane, zumindest deren Titel und Cover, sondern auch die Vorliebe seiner Opfer für die Autorin. War die sogar der Grund, dass er sie ausgewählt hatte?

Sie sah auf die Uhr und war erstaunt, dass sie wieder einmal dabei war, Überstunden zu machen. Dieser Tag war an ihr vorbeigeflogen, dennoch konnte sie einige Erfolge verbuchen.

Sie nahm ihr Handy in die Hand, wählte Morris' Kontakt und betrachtete den Eintrag sekundenlang. Was wollte sie? War ihre Angst, verletzt zu werden, sich an jemanden zu binden, derart groß, dass sie niemanden an sich heranlassen konnte? Gerne hätte sie diese Frage verneint. Ebenso die, ob Morris sich in dieser Angelegenheit nicht deutlich erwachsener verhielt als sie. Und das trotz des Altersunterschiedes, der einzig von ihr beschworen wurde.

Sie seufzte und legte das Handy auf den Schreibtisch. Es war an der Zeit, sich ebenfalls erwachsen zu verhalten. Und das bedeutete, sich erst wieder bei Morris zu melden, wenn sie ihm sagen konnte, zu welchem Entschluss sie gelangt war. Das wäre nicht nur erwachsen, sondern auch das Mindeste, was sie ihm schuldete.

17

Der Junge:

„Heiße Hand" wird Mutter irgendwann langweilig, und so ersinnt sie ein neues Spiel. Um sein „widerliches Gehänge" legt sie eine Drahtschlinge, die sie über einen Nagel hoch in der Wand führt, um am anderen Ende eine Waagschale zu befestigen. Sie stellt ihm Fragen, deren Antworten er nicht kennt. Meist über historische Ereignisse, von denen er noch nie etwas gehört hat. Jede falsche Antwort bedeutet ein Gewicht mehr auf der Waagschale, was die Schlinge enger zieht.

An einem Abend treibt Mutter das Spiel so weit, dass sich das „widerliche Gehänge" blau verfärbt, dann fast schwarz wird. Die Schmerzen sind so unerträglich, dass er schreit und schließlich bewusstlos wird.

Sie bringt ihn in ein Krankenhaus, wo er behandelt und das „widerliche Gehänge" gerettet wird. Die Wochen in der Klinik gehören zu den glücklichsten in seinem Leben. Die Schwestern und Ärzte zeigen Mitgefühl. Etwas, das ihm noch nie zuteilwurde. Er kennt nur Scham und Schmerz, hat gelernt, dass er verabscheuungswürdig ist. Bestrafung verdient.

Das Klinikpersonal verurteilt ihn nicht. Hier schätzt und kümmert man sich liebevoll um ihn. Das verwirrt ihn und anfangs fürchtet er, die Stimmung kippe jeden Augenblick. Sei nur ein Trugbild, hinter dem eine weit perfidere Bestrafung lauere, sogar schlimmer als die von Mutter. Je länger die jedoch ausbleibt, desto mehr fasst der Junge Vertrauen.

Mutter besucht ihn täglich, erinnert ihn daran, was ihm geschehen wird, erzählte er von der Situation zu Hause. Als sie Zeugin seiner liebevollen Betreuung durch die Schwester wird, bringt sie am nächsten Tag Wärmesalbe mit, die sie nutzt, um ihre schmerzende Muskulatur zu lockern. Was nicht der Grund ist, weshalb sie diese mit sich führt.

Sie zwingt ihn, die Hose herunterzuziehen und verteilt die Salbe großzügig auf dem „widerlichen Gehänge" und seinem After. Sieht ihm dann dabei zu, wie ihm Tränen die Wangen hinunterkullern, während sie ihm einbläut, nicht zu schreien, niemandem von seinen Schmerzen zu berichten, da sie dann zu anderen Maßnahmen greifen werde. So behält er für sich, dass er Qualen leidet, gelitten hat und ihm weitere bevorstehen.

Als er entlassen wird, hofft er darauf, dass Mutter ihn bald erneut verletzen wird, um wieder in die Obhut der Klinik zu gelangen.

18

„Ein weiterer Fake-Account?" Vera seufzte. Zwar hatte Victor ihr die Frage noch nicht beantwortet, sie befürchtete jedoch, die Antwort bereits zu kennen.

„Gut möglich. Muss ich checken."

Victor hatte Vera zu sich gerufen, da es ihm gelungen war, Nathalie Beckers Social-Media-Account aufzurufen. Wie Luisa Bosner hatte sie mit einem Mann Kontakt gehabt, nur dass der nicht Jannik hieß, sondern Lorenzo. Wie der Protagonist des Romans *Ranken der Liebe* von Juli Jaspers. Die Vermutung, dass eine Verbindung zwischen den beiden Morden bestand, schien sich mehr und mehr zu erhärten.

„Gibst du mir eine Rückmeldung, sobald du das herausgefunden hast?"

„Na klar."

Es sind kleine Schritte, aber sie führen in die richtige Richtung, sagte sie sich. Keine Weisheit von ihr, sondern von Stammer, ihrem Ausbilder. Der hatte stets mit Veras Ungeduld gehadert. In jungen Jahren war die noch ausgeprägter gewesen, doch auch heute musste sie sich anstrengen, um das Drängen in Zaum zu halten, das sie empfand. Der heutige Termin beim Steiner Verlag würde, so hoffte sie, Neuigkeiten bringen. Nach den Erfahrungen aus dem Telefonat mit Verlagschef Karger fiel es ihr jedoch schwer, zuversichtlich zu sein.

Zurück in ihrem Büro setzte sie sich an ihren Schreibtisch und dachte nach. Beide Opfer hatten mit jemandem Kontakt gehabt, der hieß wie der Protagonist des Romans, nach dessen Vorbild sie getötet wurden. Das zeigte zwar die Parallele auf, auch das Vorgehen, jedoch nicht das Motiv. Beide Opfer waren der Scheinwelt der Romane verfallen, womöglich dadurch leichtgläubig? Sie hatten sich mit der Person getroffen, die die falschen Accounts angelegt hatte und mit großer Wahrscheinlichkeit war diese Person auch der Mörder.

Das Telefon klingelte, und Vera nahm den Anruf entgegen.

„Jetzt habe ich etwas, das Sie umhauen wird." Der fast gleichgültige Tonfall, mit dem Sputnik das sagte, stand in klarem Kontrast zum Inhalt.

Vera war klar, dass eine solche Äußerung nur über seine Lippen kam, wenn er tatsächlich etwas gefunden hatte, und hielt die Luft an. „Schießen Sie los."

„Ich konnte ein paar Haare an Luisa Bosners Leiche finden und habe das Ergebnis."

„DNS?"

„Tatsächlich ja. Wir haben Glück, dass es inklusive Haarwurzel vorlag."

„Jetzt rücken Sie schon raus damit." Vera schnaubte.

„Die DNS führte zu keinem Treffer in der Datenbank, aber ..."

Vera biss sich auf die Zunge. Das war typisch für Sputnik. Eines seiner Spiele, die er gerne spielte.

„Die DNS gehört zu einer Frau."

„Eine Frau?"

„Eine Frau."

Sputnik hatte recht, das war eine Neuigkeit, die das Potenzial barg, Vera umzuhauen. Ein Gedanke schoss ihr in den Kopf. Die Aussage des Rezeptions-mitarbeiters im Black-River-Hotel!

„Muss ich mir Sorgen machen?", fragte Sputnik, da er von Vera nichts mehr hörte.

„Nein, aber Sie haben mich wirklich umgehauen."

„Sage ich doch."

Vera kramte aufgeregt auf ihrem Schreibtisch herum. „Sonst keine DNS-Spuren an der Leiche?"

„Leider nein."

„Auch nicht unter den Fingernägeln?"

„Auf diese Idee bin ich noch gar nicht gekommen."

Vera schloss die Augen. Es war nachvollziehbar, dass Sputnik es als anmaßend empfand, dass sie ihm erzählen wollte, wie er seine Arbeit machen solle. Er war lange genug im Geschäft. Dennoch hatte sie manchmal das Gefühl, nachhaken zu müssen.

„Wie sieht es bei Nathalie Becker aus?", fragte sie.

„Auch bei ihr habe ich Haare gefunden."

„Schon ein Ergebnis?"

„Was denken Sie?"

Sie verabschiedete sich und legte auf. Sie war heute nicht in der Stimmung für derartige Gespräche, und Sputnik würde sich melden, sobald er Neuigkeiten hatte. Vera fragte sich, ob es nicht seltsam war, dass bei beiden Opfern Haare gefunden wurden. DNS von Hautschuppen oder eben auch Haare fanden sich meist an Leichen, wenn die sich zur Wehr gesetzt hatten. Unter den Fingernägeln beispielsweise, wenn sie den Täter gekratzt hatten. Da beide Opfer aber bewusstlos gewesen waren, hatte es vermutlich keine oder zumindest kaum Gegenwehr gegeben. Wofür auch sprach, dass sich nichts unter den Fingernägeln befand.

Andererseits, wenn die Hypothese zutraf, dass es keinen Kampf gegeben hatte, woher stammten dann die Haare? Natürlich konnten die auch so ausgefallen sein. Aber bei beiden Opfern? Das wirkte fast, als hätte der Täter sie mit Absicht platziert. Aber aus welchem Grund? Um sie auf eine falsche Fährte zu locken?

Ihr fiel wieder ein, wonach sie während des Telefonats mit Sputnik auf ihrem Schreibtisch gekramt hatte: ihre Notizen von der Vernehmung des Hotelmitarbeiters. Ihr Schreibtisch glich einem Schlachtfeld, und sie musste leider zugeben, dass das meist so war. Du könntest ruhig mal wieder aufräumen, dachte sie, wusste aber sogleich, dass die Ordnung nicht lange vorhalten würde. Wie lautete noch gleich der Spruch? Der Kleingeist hält Ordnung, das Genie regiert das Chaos. Sie musste grinsen.

Endlich fand sie die Unterlagen. Sie blätterte durch die Notizen, um schließlich zu entdecken, wonach sie Ausschau gehalten hatte. Mit dem Finger fuhr sie den Eintrag ab und sagte laut: „Zwei Frauen seien in die Lobby gekommen. Die eine habe die andere gestützt." Sie las es noch mal und erinnerte sich, dass es ihr gleich seltsam vorgekommen war und sie vermutet hatte, der junge Kerl habe nicht aufmerksam hingeschaut.

War das wahrscheinlich? Dass eine Frau die Täterin war? Konnte einer Frau solch eine körperliche Anstrengung gelingen, insbesondere, was den Mord an

Nathalie Becker anbelangte, die aus ihrem Wohnungsfenster geworfen und stranguliert wurde? Schwer vorstellbar, jedoch nicht unmöglich.

Sie warf einen Blick auf die Uhr an ihrer Bürowand. Sie musste los, wollte sie nicht zu spät zum Termin im Steiner Verlag erscheinen. Dies hätte sie zwar aus Prinzip am liebsten getan, aber da sie auf Informationen von dessen Seite angewiesen war, wäre es unklug, es sich gleich zu Anfang mit ihm zu verscherzen.

Ihr Weg zum Ausgang führte sie durch das Großraumbüro und sie trat an Peters Schreibtisch, der bemerkenswert ordentlich war. „Haben Sie Zeit für mich?"

„Selbstverständlich."

„Sie möchten gar nicht nachfragen, worum es geht?" Vera verzog die Mundwinkel zu einem spöttischen Grinsen.

Peters schlug die Augen nieder. „Also."

Vera berührte ihn am Arm. „Ich mach nur Spaß." Beruhigt registrierte sie Peters' Lächeln. Ihr war es gelungen, die Situation etwas aufzulockern. „Ich würde mich freuen, wenn Sie mich zur Zeugenbefragung begleiten würden."

„Tatsächlich?" Peters umschloss mit der rechten Hand den linken Ellenbogen. „Gerne."

„Ein weiteres Paar Ohren kann nicht schaden. Zumal Winfried Karger, der Chef des Verlags, der Jaspers' Bücher herausbringt, kein angenehmer Zeitgenosse ist."

„Danke." Die Aufrichtigkeit in Peters' Entgegnung rührte Vera und sie war froh, dem jungen Kollegen, der sich immer mehr bewährte, dadurch ihre Wertschätzung aussprechen zu können.

Sie gingen zum Parkplatz und stiegen dort in einen Wagen. „Kein einfacher Fall", sagte Vera. „Die Art, wie die Morde inszeniert sind, selbst, wenn man sich um professionelle Distanz bemüht, lässt es einen nicht kalt." Sie warf Peters einen Seitenblick zu und bemerkte, wie der seine Hände fixierte. „Das fällt auch mir nicht leicht." Als sie sich erneut ihrem jungen Kollegen zuwandte, trafen sich ihre Blicke. „Am Anfang war es natürlich noch schwerer."

„Es ist paradox." Peters' Kiefer mahlten. „Ich verabscheue Gewalt und solche Taten lassen mich nicht los." Er verzog den Mund zu einem humorlosen Grinsen. „Jetzt werden Sie mir sicherlich sagen, dass ich dann nicht hätte Polizist werden sollen. Aber gerade weil ich verhindern will, dass die Täter davonkommen, habe ich diesen Beruf gewählt." Erneut betrachtete er seine Hände. „Ist das ein Fehler?"

Die Frage und die Aufrichtigkeit, die ihr innelag, rührten Vera. „Nein!" Sie schaltete in einen niedrigeren Gang, als sie auf den Parkplatz vor dem Verlagsgebäude einbog. „Ganz im Gegenteil." In einer freien Parklücke hielt sie und stellte den Motor ab. Sie wandte sich ihrem jungen Kollegen zu. „Diese Motivation ist besser als die, sich profilieren zu wollen, ein Held zu sein." Sie legte ihm eine Hand auf die Schulter. „Wissen Sie was?"

Peters schüttelte den Kopf.

„Wir sind uns in diesem Punkt sehr ähnlich. Sie dürfen nur nicht zulassen, dass die Eindrücke sich zu tief in Ihrer Seele einnisten."

Peters presste die Lippen zusammen. „Manchmal fürchte ich, dem nicht gewachsen zu sein."

„Das geht allen so von Zeit zu Zeit." Veras Hand drückte kurz die Schulter des jungen Mannes. „Aber die wenigsten haben den Mut, das zuzugeben." Vera stieß die Fahrertür auf. „Kommen Sie. Fühlen wir diesem Karger mal auf den Zahn."

19

Das Verlagsbüro war in einem verglasten Gebäude untergebracht und spiegelte die unterkühlte Arroganz wider, die Vera bei Winfried Karger bereits im Telefonat unangenehm aufgefallen war. Abgerundet wurde das Bild von der Sekretärin, die mit ihrer Wespentaille, den langen Beinen und dem perfekt geschnittenen Gesicht auch als Covermodel eines Modemagazins durchging. Sie wies Vera und Peters an, auf einem der Stühle vor ihrem Schreibtisch Platz zu nehmen. Dabei zeigte sie weder den Anflug eines Lächelns noch eine sonstige Gefühlsregung. Entweder ein Einstellungskriterium oder ein Schönheitsdoktor hatte sämtliche Mimik mit Botox lahmgelegt.

Endlich teilte ihnen die Dame mit, dass ihr Chef empfangsbereit sei. Zehn Minuten nach der vereinbarten Zeit und sicherlich beabsichtigt. Doch Vera hatte vor, sich weder auf Provokationen noch derartige Machtdemonstrationen einzulassen, und betrat Kargers großzügiges Büro mit sicheren Schritten. Peters folgte ihr.

Karger entsprach dem Bild, das Vera in ihrem Kopf von ihm gefertigt hatte. Ein Mann von Anfang sechzig, sehr gut in Form, mit leichter Gesichtsbräune, die von dem dunklen Haar mit grau melierten Schläfen betont wurde. Veras Fazit: George Clooney in aalglatt.

„Wie kann ich Ihnen weiterhelfen?", fragte Karger, nachdem sie auf gegenüberstehenden Sesseln im vorderen Bereich seines Büros Platz genommen hatten.

„Wie ich Ihnen am Telefon bereits mitteilte, bearbeiten wir einen Fall, in dem die Werke Ihrer Autorin Juli Jaspers eine Rolle spielen."

Kargers Augen verengten sich. „Das habe ich nicht vergessen, und bitte fragen Sie mich nicht erneut, ob ich Leserinnen von Frau Jaspers kenne."

Vera atmete tief durch. Sie hatte kaum mit der Befragung begonnen und würde dem Kerl schon am liebsten den Hals umdrehen. „Sie sagten aber, dass Sie Frau Bleis, die Vorsitzende des Fanclubs, kennen."

„Nicht persönlich natürlich. Aber wir korrespondieren hin und wieder."

„Was ist der Anlass?"

„Wenn Neuerscheinungen anstehen oder sonstige PR-Maßnahmen."

„Auch mal ein Treffen?"

„Was meinen Sie?"

„Wie ich erfahren habe, und Sie bestätigten es, lebt Frau Jaspers zurückgezogen. Macht sie gegenüber ihrem Fanclub eine Ausnahme?"

Karger sah sie verständnislos an.

„Ich meine, ob Frau Jaspers Mitglieder ihres Fanclubs persönlich trifft oder getroffen hat?"

„Frau Kommissarin. Zum letzten Mal – Frau Jaspers trifft niemanden persönlich."

„Auch nicht Sie?"

Karger sah Vera an, als hätte die eine völlig dämliche Frage gestellt. „Selbstverständlich habe ich sie schon getroffen."

„Sie können also bestätigen, dass sie existiert?"

„Besteht daran Zweifel?"

Jetzt war es an Vera, Karger einen irritierten Blick zuzuwerfen. „Reden wir offen. Juli Jaspers ist ein Phantom. Niemand hat sie gesehen, es existieren keine Fotos von ihr, und das in Zeiten von Social Media und Kameras, die nahezu den gesamten öffentlichen Raum überwachen."

„Und, ist das nicht schön?" Karger breitete die Arme.

„Wie bitte?" Vera fragte sich, ob der Verlagschef noch alle Tassen im Schrank hatte.

„Ist es nicht schön, dass eine bekannte Person sich gegen diesen Trend stellt? Gerade den jungen Lesern und der ganzen Welt zeigt sie, dass es möglich ist, erfolgreich zu sein, ohne sich selbst zur Schau stellen zu müssen?"

„Das ist doch überhaupt nicht die Frage!"

„Dann stellen Sie die mir endlich mal. Meine Zeit ist knapp."

Vera schluckte die hochkochende Wut herunter, die sie mitzureißen drohte, um Karger die ein oder andere Verwünschung an den Kopf zu werfen. Doch das würde nichts nutzen, im Gegenteil. Jemand wie er beschäftigte sicherlich eine Schar fähiger Anwälte, die Vera dann zusätzlich das Leben schwer machen würden.

Sie entschloss sich daher zu einer anderen Taktik. „Was ich Ihnen nun sage, muss unter uns bleiben, da es Ermittlungsinterna sind, die noch nicht an die Öffentlichkeit gedrungen sind. Sollten Sie sich nicht daran halten, werden diese Morde ein Problem für Sie." Zufrieden registrierte Vera ein Zucken in Kargers Gesicht.

Nur einen kurzen Augenblick, in dem er seine arrogante Fassung verlor. „Der Killer hat die Leichen und die Tatorte arrangiert."

„Wie meinen Sie das?"

„Er hat sozusagen die Romane nachgestellt, zumindest die Titel."

Karger zog die Brauen zusammen. „Wie habe ich mir das vorzustellen?"

„Ich werde und möchte nicht weiter ins Detail gehen, aber man könnte sagen, dass er die Titel *Rosenlippen* und *Ranken der Liebe* pervertiert hat."

Karger sog die Luft ein. Mit Genugtuung beobachtete Vera sein Gesicht, da er die möglichen Konsequenzen bedachte, sollte dies bekannt werden. „Die Presse weiß nichts davon?"

„Nein. Und es ist auch nicht in meinem Sinne oder dem der Kripo, dass dies geschieht." Vera lehnte sich im Sessel zurück. „Deshalb ist es von größter Wichtigkeit, dass Sie mit mir kooperieren."

Karger nickte kaum merklich, während er die Lippen zusammenpresste.

„Ich muss mit Frau Jaspers sprechen. Ich vermute, dass der Täter jemand ist, der ihrem Ruf schaden möchte. Gibt es jemanden, der sie erpresst oder bedroht hat?"

„Viele."

„Was sagen Sie?"

„Dass es viele Personen gibt, die Frau Jaspers schaden wollen, ihr den Erfolg nicht gönnen. So ist das. Erfolg ruft stets Neider auf den Plan."

„Das ist mir klar, aber das hier geht weit darüber hinaus und ist, meiner professionellen Einschätzung nach, etwas Persönliches."

„Inwiefern?"

Vera lehnte sich vor und stützte sich auf ihren Oberschenkeln ab. „Die Verbrechen sind zugeschnitten auf Frau Jaspers und ihre Werke, beziehungsweise verkehren die ins Gegenteil, indem aus einem romantischen Titel ein Mord wird."

Karger sah sie entgeistert an. Die Überheblichkeit, die zuvor seine Gesichtszüge dominiert hatte, war daraus getilgt.

Vera wusste, dass sie ihn nun so weit hatte. „Deshalb ist es so wichtig, dass ich mit Frau Jaspers persönlich sprechen kann."

Karger rieb sich die Stirn. „Ich werde versuchen, ein Treffen zu arrangieren."

Vera unterdrückte das Lächeln, das sich in ihre Mundwinkel stehlen wollte. „Das wäre großartig, Herr Karger."

„Es ist von großer Wichtigkeit, dass das nicht bekannt wird." Karger war blass, und Vera hatte fast Mitleid mit ihm. Innerhalb weniger Sekunden schien er um Jahre gealtert. „Ich muss mich darauf verlassen, dass Sie diese Parallelen nicht an die Presse geben."

Vera hob die Hände, sodass sie ihm die Handflächen zeigte. „Das haben wir nicht vor. Wie ich bereits sagte, ist dieser Punkt außerhalb der Kripo nur Ihnen bekannt. Und es gibt keinen Grund, damit an die Öffentlichkeit zu gehen."

Karger wirkte erleichtert. „Wer tut so etwas?"

„Das gilt es natürlich herauszufinden." Vera erhob sich. „Ich möchte Ihre Zeit nicht länger in Anspruch nehmen. Bitte melden Sie sich bei mir, sobald Sie mit Frau Jaspers sprechen konnten."

„Selbstverständlich."

Vera schüttelte Kargers Hand, die er Peters vorenthielt, und verließ, den jungen Kollegen im Schlepptau, das Büro. Im Vorzimmer warf sie noch einen Blick auf die mimikfreie Sekretärin und musste dabei an Kargers eindeutige Mimik denken, als sie die Parallele zwischen den Romanen und den Morden erwähnte. Sie durfte nicht vergessen, dass es um viel Geld ging. Summen, weit jenseits der Beträgen, für die bereits Morde verübt wurden.

„Was halten Sie von ihm?", fragte sie Peters, als sie wieder im Wagen saßen.

„Aalglatt der Typ. Irgendetwas stimmt da nicht."

„Sagt auch meine Intuition und der sollte man stets trauen."

20

Der Junge:

Die vergangenen Jahre haben ihn äußerlich verändert. Innerlich aber, ist er der Junge geblieben. Der Wunsch, sein Mut täte es dem Körper nach und wüchse ebenso, verhallt ungehört. In der Gestalt des Heranwachsenden kauert er sich zusammen, ohne Schutz zu finden. Schlimmer noch. Die deutlicher hervortretende Männlichkeit schürt Mutters Hass und er wünscht, sie abstreifen zu können. Wie ein zu großes Kleidungsstück.

Doch heute ist etwas geschehen: Sie hat ihn angesehen. Ein kurzer Augenblick des Glücks, den er niemals vergessen wird. Nicht nur, weil es guttut, ihre Aufmerksamkeit geschenkt zu bekommen, sondern da es ihm das Gefühl der Zugehörigkeit vermittelt. Sein elementarster Wunsch, dessen Erfüllung er herbeisehnt. Während andere hervorstechen, besonders sein wollen, verzehrt er sich nach Normalität. Will darin eintauchen und versinken, keine Angriffsfläche mehr bieten, an der Blicke haften und auf die Worte prallen.

Doch er befindet sich fern jeder Normalität, seit er sich erinnern kann. Mutter hat auch dafür gesorgt. Womöglich ist es für sie ebenfalls ein Spiel, bei dem er stets versucht, den Kopf einzuziehen und sich zu verbergen, dass sie ihn mit umso auffälligeren Details versieht, um diese Bemühungen zu torpedieren. Ja, sie hat auch hier ihre Methoden: Kleidung oder vielmehr unpassende Kleidung, zu groß, zu klein, zu alt, zu schmutzig und nicht zu einem Heranwachsenden seines Alters passend, exponiert ebenso wie ein seltsamer Haarschnitt oder Narben an auffälligen Stellen. Und er vereint alle genannten Punkte in sich. Dank Mutter.

Julias Blick erscheint dennoch anders, tastet nicht die ihm aufgezwungenen Äußerlichkeiten ab, um ihm damit die Gewissheit, anders zu sein, tiefer einzuimpfen. Ihre Augen finden seine. Sie sieht ihn, dessen ist er sicher.

Von diesem Moment an macht er sich zur Aufgabe, ihre Aufmerksamkeit zu erringen.

Am liebsten für immer.

21

„Von derselben Person?" Vera ahnte bereits die Antwort, die ihr diese Frage einbrachte, konnte dennoch
nicht anders, als sie zu stellen.

„Spreche ich undeutlich, Frau Kommissarin?" Nicht
einmal, wenn er genervt war, verlor Sputniks Tonfall
die Gleichförmigkeit.

Vera sparte sich die Antwort, ebenso die Frage, ob es
nicht naheliegend war, dass der Täter die Haare ab-
sichtlich auf dem Opfer platziert hatte. Das konnte
auch Sputnik nicht beantworten. Die Schlussfolgerung
drängte sich aber auf. Zwei Leichen, bei denen Haare
derselben unbekannten Frau gefunden wurden und
ansonsten keine DNS-Spuren. Das war kein Zufall!

„Danke." Vera legte auf. Warum sollte sie den Be-
nimmspieß nicht mal rumdrehen?

Sie betrachtete ihre verschränkten Hände, die sie auf
die Schreibtischplatte gelegt hatte, und resümierte:
Zwei Opfer, beide Leserinnen von Juli Jaspers, wurden
umgebracht. Die Morde wurden inszeniert wie eine Ne-
gativversion der Romantitel. Beide Frauen hatten kurz
vor ihrem Tod Kontakt mit einem Mann, der sich den
gleichen Namen gab wie der Protagonist des Romans,
nach dessen Vorbild sie getötet wurden. Zu guter Letzt
wurden bei beiden Leichen die DNS beziehungsweise
Haare derselben Frau gefunden.

Das waren wichtige Indizien, und dennoch – Vera konnte sie nicht zu einem Gesamtbild zusammenfügen. Etwas sagte ihr, dass ein entscheidender Hinweis fehlte.

Sie nahm einen Kugelschreiber in die Hand und tippte damit auf die Tischplatte. Was verband die beiden Opfer, abgesehen von der Vorliebe für Jaspers' Romane? Gab es da noch etwas? Stammer hatte so etwas als „glühendes Eisen" bezeichnet. Ein Fakt, der zu heiß war, um ihn anfassen zu können, und dessen Gestalt sich noch ändern konnte, wie glühendes Eisen, das durch einen Schmied bearbeitet wurde. Leider half ihr dies nicht weiter.

Dann hatte sie eine Idee. Sie wählte die Nummer von Emilia Bleis und war froh, dass die schon nach dem ersten Klingeln abnahm.

„Sie wollte ich ohnehin anrufen." Bleis schien aufgeregt.

Vera beschloss, zunächst zu hören, was Bleis zu sagen hatte. „Schießen Sie los."

„Sie fragten beim letzten Mal, ob es jemanden im Fanclub gab, der mehr Kontakt zu Luisa pflegte, und ich habe bei den Mitgliedern nachgefragt." Sie seufzte. „Es ist mir unangenehm, aber auch wenn ich die Vorsitzende bin, bekomme ich nicht alles mit, was vorgeht."

„Es geht mir nicht um Schuldzuweisungen, Frau Bleis."

Emilia Bleis seufzte ein weiteres Mal. „In der Tat hatte Luisa mehr Kontakt zu einer Dame, die sich als Mitglied bewarb, mit der es jedoch ein Problem gab."

Vera spürte ein Kribbeln in der Magengegend. Sie konnte das glühende Eisen förmlich sehen, dessen

Hitze auf ihrem Gesicht spüren. Gleich war es so weit, betrachtet und angefasst zu werden. „Haben Sie einen Namen für mich?"

„Habe ich. Es war eine Nathalie. Nathalie Becker."

Obwohl Vera dies geahnt hatte, verschlug es ihr die Sprache.

„Hallo? Frau Kommissarin?"

„Ich bin noch dran." Vera rieb sich die Augen. „Wissen Sie, was das war, dem Luisa auf der Spur war?"

„Leider nein. Auch im Club weiß das niemand. Sie wollte damit nur rausrücken, wenn jemand ihr Unterstützung zusicherte."

„Wie lange war Nathalie Becker denn Club-Mitglied?"

„Das ist ebenfalls komisch. Das war sie gar nicht."

„Wie bitte?"

„Sie gehörte zu den Kandidatinnen, die direkt abgewiesen werden. Sie hatte einige Beiträge in den sozialen Medien, die wir grenzwertig fanden."

„Auch zu Juli Jaspers?"

„Speziell zu Juli Jaspers. Sie kritisierte den Aspekt, dass Frau Jaspers zurückgezogen lebt, zweifelte sogar an, dass sie existierte."

„Und wie kam dann der Kontakt zwischen ihr und Frau Bosner zustande?"

„Das geht auf mein Konto oder vielmehr meine Unachtsamkeit. Als ich Nathalie Becker die Absage schickte, sandte ich die aus Versehen auch an Luisa Bosner. Das war mir natürlich unglaublich peinlich, insbesondere, da ich viel Wert auf Datenschutz lege und darauf, dass niemand öffentlich bloßgestellt wird. Ich habe mich sofort bei Nathalie entschuldigt, aber Luisa bekam so nicht nur ihre Kontaktdaten, sondern auch den Grund, warum Nathalie nicht bei uns aufgenommen wurde."

„Da sie Juli Jaspers' Existenz bestritt?"

„Unter anderem, ja."

Vera verabschiedete sich von Emilia Bleis.

Sie hatte jetzt nicht nur eine Verbindung, was die Ermordung anbelangte, sondern die Gewissheit, dass die Opfer Kontakt miteinander gehabt hatten. Beide glaubten, etwas über Juli Jaspers herausgefunden zu haben, und dann war ein Unbekannter in ihr Leben getreten, bevor sie, im Abstand von nur wenigen Tagen, umgebracht wurden.

Vera wählte Victors Nummer. „Kannst du bitte nach einem E-Mail-Austausch zwischen Luisa Bosner und Nathalie Becker suchen? Vielleicht findet sich der auch in den sozialen Netzwerken."

„Ich setze mich gleich ran."

Vera rief Linda in der Telefonzentrale an. „Kannst du versuchen, Angela Berk zu erreichen? Luisa Bosners Freundin?"

„Klar, kann ich das."

„Und, Linda?"

„Ja?"

„Hat schon jemand vom Steiner Verlag angerufen?"

„Nicht dass ich wüsste."

Vera konnte nicht sagen, wie schnell sie mit Kargers Rückmeldung hinsichtlich eines Treffens mit Juli Jaspers rechnen konnte, da jedoch nach den neuen Erkenntnissen alles darauf hindeutete, dass die Fäden hier zusammenliefen, gestand sie sich Ungeduld zu. „Würdest du bitte dort anrufen und nachfragen?"

„Nach was fragen?"

„Klar, sorry." Vera lachte auf. Linda konnte nicht wissen, worum es ging. „Das Treffen mit Juli Jaspers."

„Der Romanautorin?"

„Du kennst sie?"

„Nicht persönlich." Jetzt lachte Linda. „Meine Schwester verschlingt die Romane förmlich. Wenn du mich fragst, absoluter Schrott, aber die Geschmäcker sind ja glücklicherweise verschieden."

Nachdem sie aufgelegt hatten, dauerte es nicht lange, bis Veras Telefon klingelte und Linda ihr meldete, dass Angela Berk in der Leitung sei.

„Gibt es Neuigkeiten?", fragte Berk.

Vera hatte ihr gegenüber immer noch ein schlechtes Gewissen, da sie die junge Frau zur Identifizierung der Leiche geschickt hatte, ohne sie auf den Anblick vorzubereiten. Normalerweise war sie schonungslos, was das anbelangte, aber Berk hatte ihr leidgetan. Ironischerweise hatte sie ihr damit keinen Gefallen erwiesen, sondern die junge Frau quasi ins Messer laufen lassen.

„Wir haben tatsächlich neue Informationen. Sagt Ihnen der Name Nathalie Becker etwas?"

Berk schien kurz nachzudenken. „Nein", antwortete sie dann.

„Sie sagten, dass Sie Luisa kurz vor ihrem Tod nicht mehr gesehen hätten?"

„Bei unserem letzten Treffen erzählte sie mir von diesem Jannik. Das muss mehr als eine Woche vor ihrem Tod gewesen sein. Moment, ich muss das Handy kurz vom Ohr nehmen, okay? Dann kann ich in meinen Kalender schauen."

„Klar."

Kurzes Rascheln dann: „Samstag, der achte April.“

„Zehn Tage vor ihrem Tod.“

Berk schluckte vernehmlich. „Ja.“

„Ist Ihnen bei dem Treffen etwas aufgefallen? Verhielt sich Luisa ungewöhnlich? Anders als sonst?“

„Das habe ich mich auch schon gefragt und es fällt mir schwer, das klar zu beantworten. Wissen Sie, mit dem jetzigen Wissen färbe ich die Erinnerung möglicherweise ein.“

„Ich verstehe.“ Vera war beeindruckt, wie reflektiert die junge Frau war. Sie hatte vollkommen recht mit ihrer Einschätzung, doch den wenigsten Zeugen war das bewusst. „Dennoch bin ich an Ihren Gedanken interessiert.“

„Ich hatte schon länger das Gefühl, dass Luisa in eine Parallelwelt abdriftet.“

„Inwiefern?“

„Alles schien sich nur noch darum zu drehen, wie verkehrt diese Welt ist, da es ihr an echter Romantik, echten Gefühlen fehle.“

Vera wusste, worauf das hinauslief. „Deshalb tauchte Luisa in Juli Jaspers' Romanwelt ab?“

„Anfangs ja, und wahrscheinlich ist es meine Schuld, dass uns das entzweite. Wie ich Ihnen bereits sagte, bin ich in diesem Punkt vollkommen anders.“ Eine Pause entstand und Vera konnte Berk am anderen Ende der Leitung atmen hören. „Ich war nicht ganz ehrlich zu Ihnen, als ich sagte, dass Luisa und ich uns nah waren. Zumindest nicht, was die letzten Wochen und Monate anbelangte. Wir hatten uns schon länger voneinander entfernt.“

Vera blätterte in ihren Notizen. „Sie erwähnten etwas von einem Streit wegen eines Mannes, mit dem Luisa eine Affäre hatte?"

„David hieß der, genau."

„Kennen Sie auch den Nachnamen?"

„Uff. Da müsste ich mal überlegen."

„Wie lange ist das denn her?"

„Ein halbes Jahr circa."

„Okay." Vera hielt dies nicht für eine Spur, die es wert war, weiterverfolgt zu werden. Was sollte dieser David für ein Motiv haben und welche Verbindung zu Nathalie Becker? „Und Sie gerieten in Streit?"

„Ich habe es nur gut gemeint. Luisa war dabei, sich völlig aufzugeben für diesen Kerl. Und als auch noch herauskam, dass er verheiratet ist und Kinder hat ..." Berk schnaubte.

„Neigte Luisa zu diesem Verhalten gegenüber Männern?"

„Sie meinen, sich einem Kerl an den Hals zu werfen?" Berk stieß ein humorloses Lachen aus. „Leider ja. Wenn ein Typ bei ihr die richtigen Knöpfe drückte, konnte er sich Luisas bedingungsloser Hingabe sicher sein."

Das würde erklären, warum der Killer ein leichtes Spiel mit seinem Opfer gehabt hatte, dachte Vera und fürchtete, dass dies bei Nathalie Becker nicht anders war.

„Ohne Wertung, es ist also zutreffend, dass sie zuletzt kein inniges Verhältnis mehr zu Luisa hatten, somit auch nicht alles erfuhren, was in ihrem Leben vorging?"

„Das ist leider richtig."

„Danke, Frau Berk. Vorerst habe ich keine weiteren Fragen an Sie."

Kaum hatte Vera aufgelegt, klingelte das Telefon abermals.

„Du hast morgen einen Termin mit keiner Geringeren als Juli Jaspers." Lindas Stimme klang aufgeregt. „Da hast du wirklich das Unmögliche möglich gemacht. Soweit ich weiß ..."

„Hat niemand Jaspers je getroffen", sagte Vera.

Linda lachte. „Dachte ich mir doch, dass du schon wieder im Bilde bist."

„War auch nicht einfach, dieses Treffen durchzusetzen."

„Das kann ich mir vorstellen."

Vera wollte sich schon verabschieden, da fiel ihr etwas ein. „Konntest du inzwischen die Eltern von Luisa Bosner erreichen?"

„Leider noch nicht."

Das würde eine furchtbare Urlaubsrückkehr werden, dachte Vera und verabschiedete sich von Linda.

22

Vera war aufgeregt, obwohl sie sich immer wieder sagte, dass es schwachsinnig war. Sie traf einen Menschen, eine Zeugin, wie schon unzählige Male zuvor. Und doch war es mit Juli Jaspers etwas anderes. Ob es daran lag, dass sie einen Prominentenstatus hatte, oder dass ihre Existenz fast schon mythenumrankt war? Darauf wusste sie keine Antwort, letztlich war es für das Kribbeln in ihrem Bauch, das sich verstärkte, als sie erneut das verglaste Verlagsgebäude betrat, unwesentlich.

Sie hatte überlegt, Peters zu dieser Befragung mitzunehmen, sich dann aber doch dagegen entschieden. Sie wollte einen scheuen Menschen, wie Jaspers, nicht durch die Anwesenheit eines weiteren Fremden verschrecken.

Die Sekretärin empfing sie mit gewohnt unbewegter Miene, ließ sie jedoch dieses Mal unmittelbar zu Kargers Büro vor.

Die Klinke noch in der Hand stockte Vera, denn was sie erblickte, war überraschend: Drei Personen erwarteten sie. Karger, den sie bereits kannte, eine Frau, die Vera mit ihrer zierlichen Gestalt und dem blassen Gesicht unter den dunklen, kurzen Haaren fast an ein Kind erinnerte, und ein weiterer Herr, den Vera ebenfalls noch nie gesehen hatte.

Eine seltsame Energie floss zwischen den drei Personen, als hätten sie bis kurz vor ihrem Eintreten ein konspiratives Gespräch geführt, wären sich aber dennoch fremd. Schon seit sie denken konnte, verfügte Vera über Intuition für derartige Situationen, die Jahre im Beruf hatten diese weiter geschärft. Sie nahm diesen Eindruck somit ernst.

Vera beschloss, sich nichts anmerken zu lassen. Sie schloss die Tür hinter sich und setzte ein Lächeln auf.

Karger kam mit ausgestreckter Hand auf sie zu. „Frau Kommissarin Winter." Er schüttelte Veras Hand, dann machte er eine ausholende Geste. „Darf ich Ihnen Frau Juli Jaspers vorstellen?"

Jaspers machte einen Schritt auf Vera zu und ergriff deren Hand. Die Art, wie sie Vera von unten anschaute und den Blick aus ihren großen braunen Augen kurz darauf niederschlug, erinnerte Vera an einen geprügelten Hund. Dass diese Frau kontaktscheu war, verriet nicht nur die geduckte Haltung, sondern auch, wie sie Veras Hand ergriff, als wäre die ein nasses Handtuch. Ihr Mund bewegte sich, doch Vera vermochte nicht zu sagen, ob sie etwas sagte oder nur so tat. Die Art, wie sich Jaspers bewegte, ließ sich so beschreiben: Als wäre sie die Marionette eines ungeübten Puppenspielers.

Vera sah den ihr unbekannten Mann an, dann Karger, der verstand, indem er sagte: „Und dann stelle ich Ihnen noch Herrn Hagen Regener vor."

Vera schüttelte dem dunkelblonden Mann mittleren Alters die Hand. Der feste Händedruck passte zu dem klaren Blick aus blaugrauen Augen.

„Es ist mir eine Freude", sagte Regener. „Sicherlich fragen Sie sich, wer ich bin und was ich hier mache?"

„Wenn ich ehrlich bin: In der Tat."

Sie gingen zu der Sitzgruppe herüber. Karger und Regener nahmen auf dem Sofa Platz, Vera und Jaspers auf den Sesseln, die seitlich der Couch einander gegenüberstanden. Obwohl die Sessel nicht tief waren, versank Jaspers darin.

„Wie Sie wahrscheinlich schon gehört und selbst recherchiert haben, lebt Frau Jaspers zurückgezogen." Regener deutete in Jaspers' Richtung, als wäre die ein Gegenstand, über den er einen Vortrag hielt. „Eine echte Künstlerseele könnte man sagen. Zart und filigran und den Anforderungen der harten Welt nicht gewachsen."

Vera warf Jaspers einen Blick zu, ob sie protestieren oder zumindest ein Lebenszeichen zeigen würde, dass sie mitbekommen hatte, was über sie gesagt worden war. Doch die kauerte in sich zusammengesunken im Sessel, der sie zu verschlucken schien.

„Deshalb bin ich sozusagen Frau Jaspers' Sprecher", sagte Regener.

„Sie kann aber schon sprechen?", fragte Vera.

„Pardon?" Regener legte den Kopf schief.

„Ob Frau Jaspers sprechen kann?" Vera ärgerte sich über sich selbst, dass sie nun ebenfalls über die anwesende Frau sprach, als wäre die nicht da oder höchstens Teil der Einrichtung.

Regener lachte auf. Ein überheblicher Laut, ohne die Spur von Humor. „Selbstverständlich kann sie sprechen, sie schätzt es nur nicht besonders."

Vera, der die nächste sarkastische Bemerkung bereits auf der Zunge lag, bemühte sich um einen neutralen

Gesichtsausdruck. Sie nahm sich vor, dieses Schmie-rentheater mitzumachen, um zu sehen, wie weit sie kam. So erhielt sie womöglich mehr Informationen, als wenn sie gleich auf Konfrontation ging.

Vera wandte sich an die Autorin. „Frau Jaspers, ich be-arbeite einen Doppelmord, bei dem der Täter nach Vor-bild Ihrer Romane vorging." Vera machte eine Pause, da sie davon ausging, dass Jaspers ihre Worte zunächst verarbeiten musste, insbesondere, da sie keine Krimis oder Thriller schrieb, sondern Liebesromane. Doch Jas-pers zeigte keine Reaktion, starrte nur auf ihre Hände, die sie auf die Oberschenkel gelegt hatte.

„Ich habe Frau Jaspers und Herrn Regener bereits in-formiert hinsichtlich der Thematik." Karger lehnte sich vor und stützte seinerseits die Unterarme auf den Ober-schenkeln ab. „Ich ging davon aus, dass dies in Ihrem Sinne sei, Frau Kommissarin?"

Vera nickte, ohne den Blick von Jaspers zu nehmen. Dass sie persönlich vor ihr saß, sich jedoch derart ver-hielt, ließ sie nahezu noch mysteriöser erscheinen als zuvor. Erneut wurde Veras Ehrgeiz geweckt. Ihr war es gelungen, Jaspers zu einem persönlichen Treffen zu be-wegen, sie würde ihr auch noch Worte entlocken. Egal wie.

„Frau Jaspers, woher nehmen Sie die Inspirationen für Ihre Werke?" Vera registrierte ein kurzes Zucken im Gesicht der Autorin und war einerseits froh, endlich eine Reaktion zu erkennen, wunderte sich jedoch, dass die nicht auf ihre vorherige Frage erfolgt war.

„Die schöpft Frau Jaspers aus sich selbst", entgegnete Regener.

Vera, die bereits damit gerechnet hatte, starrte weiterhin Jaspers an. „Frau Jaspers, ich bin mir sicher, dass Sie selbst meine Fragen beantworten können."

Jaspers zog die Mundwinkel nach unten, und einen unwirklichen Augenblick lang befürchtete Vera, sie würde jeden Moment in Tränen ausbrechen. „Es ist so", murmelte sie.

„Wie bitte?" Vera rückte im Sessel vor, um Jaspers näher zu kommen.

„Sie stimmt mir zu." Regener schien sich nicht zu bemühen, einen entnervten Unterton aus seinem Tonfall herauszuhalten.

Am liebsten hätte Vera die beiden Herren des Büros verwiesen, um mit Jaspers alleine zu sprechen. Aber mit welcher Begründung? Weder war die junge Frau eine Tatverdächtige noch eine Augenzeugin. „Haben Sie Kontakt mit Ihren Lesern?"

„Wie meinen Sie das?", fragte Regener.

Obwohl es ihr widerstrebte, schien die einzige Möglichkeit, an Informationen zu gelangen, das Gespräch mit Karger und Regener zu führen. „Ich weiß, dass Frau Jaspers zurückgezogen lebt, aber es kann doch sein, dass sie zu einigen besonders treuen Lesern einen Kontakt pflegt?"

„Nein." Regeners Tonfall ließ keinen Zweifel zu.

„Wie darf ich mir den Alltag vorstellen? Frau Jaspers sitzt alleine in einer einsamen Berghütte und schreibt den ganzen Tag?"

Regener bleckte die Zähne zu einem humorlosen Grinsen. „Das Autorendasein besteht aus mehr als nur Schreiben. Aber natürlich macht das einen wesentlichen Teil der Tätigkeit aus."

„Gibt es jemanden, mit dem Frau Jaspers Streit hatte, der ihr schaden will?"

„Frau Kommissarin, womöglich machen Sie sich ein falsches Bild von Frau Jaspers' Status. Erfolg ruft stets Neider auf den Plan. An der Spitze ist es einsam."

Regener und sein selbstgefälliger Tonfall gingen Vera gehörig auf die Nerven. „Ich werte das mal als Ja", sagte sie und holte ihren Notizblock heraus. Die Chance, hier etwas Nützliches zu erfahren, sah sie immer mehr schwinden. „Wurde Frau Jaspers mal bedroht?"

„Es gibt immer mal wieder Anfeindungen", sagte Karger. „In der Regel nehmen wir das aber nicht ernst."

„Sie können nicht auf jeden Wirrkopf eingehen." Regener schüttelte den Kopf.

Vera wandte sich an den Verlagschef „Herr Karger, es ist auch in Ihrem Sinne, dass der Fall zügig aufgeklärt wird. Ich vermute, dass es sich bei dem Täter um jemanden handelt, der Frau Jaspers und ihrem Ansehen schaden will. Deshalb müssen wir Personen in den Fokus nehmen, die durch Anfeindungen, so absurd Sie Ihnen auch erscheinen mögen, auffällig wurden."

„Ich verstehe." Karger sah Regener an. „Es ist wohl am besten, wenn Sie das mit Frau Jaspers besprechen und sich bei Kommissarin Winter melden."

„Selbstverständlich."

Innerlich seufzte Vera. Es führte wohl kein Weg an Regener vorbei, und sie hatte ebenso das Gefühl, dass sie Jaspers so schnell nicht mehr zu Gesicht bekommen würde. Andererseits, da die ohnehin keine Anstalten machte, etwas von sich zu geben, was nützte es ihr?

Sie betrachtete die kauernde Gestalt und überlegte, was sie noch fragen konnte. Als würde sie in einem anfahrenden Zug sitzen, Jaspers stünde am Bahnsteig, und jeden Moment wären sie zu weit voneinander entfernt, um sich austauschen zu können.

Doch ihr fiel keine Frage mehr ein. Sie verabschiedete sich und hatte das Gefühl, eine Chance verpasst zu haben, ohne dass sie die hätte näher beschreiben können.

23

Der Junge:

Er irrt sich nicht. Die innere Stimme schweigt nicht. Ruft den Gedanken wieder und wieder in seinen Schädel, von dem er wie ein Echo zurückgeworfen und verstärkt wird, bis er es selbst glaubt und das, was er erkennt, dem unterordnet.

Dies ist Mutters wichtigste Lektion, die sie ihm früh einbläute, mit Gürtel, der bloßen Hand oder weitaus Schlimmerem: Es liegt nur an einem selbst, die Dinge so zu verändern, dass sie der Vorstellung entsprechen. Mutter verdeutlichte ihm dies an ihm selbst und lässt nicht nach, es ihm erneut zu veranschaulichen, was passiert, verließe er den vorgegebenen Weg.

Als die Stimme im Kopf zu einem Orkan anschwillt, reißt sie die Bedenken mit fort. Die Sicht dafür, wie Julia sich unter seinem Blick wegduckt, umkehrt, wenn er sich von der anderen Seite des Flurs nähert. Macht ihn blind für das Flackern in ihren Augen, sobald sie ihn ansieht.

Die Welt ist so, wie man sie wahrnimmt.

Und in seiner Wirklichkeit gibt es nur Julia, und für Julia darf es nur ihn geben.

24

Vera ging in ihrem Büro auf und ab. Das Gespräch ließ sie nicht los. Jaspers' Anblick und der Eindruck, dass etwas faul war. Sie war dankbar, als das Telefon klingelte und sie aus ihrer Gedankenspirale riss.

„Eine schlechte Nachricht, leider", sagte Victor.

„Die brauche ich gerade noch."

„Was ist los?"

„Ich komme eben zurück von einem mehr als seltsamen Treffen mit Frau Juli Jaspers."

„Der Autorin mit dem Fanclub?"

„Genau der."

„Und was war so seltsam?"

„Die Person an sich ist ein Mysterium. Es existieren keine Fotos, und ich bin eine der Ersten, die sie überhaupt jemals getroffen hat."

„Hört sich wirklich mysteriös an."

„Heute habe ich sie zwar getroffen, aber im Grunde kein Wort mit ihr gewechselt. Sie saß die ganze Zeit mehr oder weniger stumm da. Nur ihr Verleger und ein Kerl, der sich als ihr Sprecher vorstellte, haben meine Fragen beantwortet."

„Eine echte Künstlerin? Die haben manchmal ziemlich schräge Anwandlungen."

„Vielleicht", entgegnete Vera, war davon jedoch nicht überzeugt. „Was wolltest du mir mitteilen?"

Victor seufzte. „Wie ich bereits sagte, leider keine guten Nachrichten. Ich habe doch versucht, über die IP-Adresse herauszufinden, von wo dieser Jannik sich einloggte."

„Und?"

„Leider nutzte er einen Proxyserver."

„Das heißt?"

„Das ist quasi ein dazwischengeschalteter Rechner, der die IP-Adresse des Nutzers verschleiert."

„Also ist das eine Sackgasse."

„Ich fürchte ja."

„Schon was von den Mails oder Nachrichten zwischen Bosner und Becker?"

„Bin ich dran, benötige aber noch ein bisschen Zeit. Leider stapeln sich bei mir gerade die Aufgaben."

„Kann ich mir vorstellen." Vera beendete das Gespräch und hatte eine Idee.

Sie rief Peters in ihr Büro. „Versuchen Sie, möglichst viel über einen Hagen Regener herauszufinden."

Peters notierte sich den Namen.

„Besonderes Augenmerk sollten Sie auf dessen Verbindung zum Steiner Verlag, dem Verlagschef Winfried Karger und Juli Jaspers legen."

„Die Autorin, deren Bücher die Opfer gelesen haben?"

„Genau die." Vera wurde bewusst, dass sie Peters noch nicht auf den aktuellen Stand gebracht hatte. „Der Mörder scheint seine Opfer nach Vorbild der Bücher umzubringen oder zumindest die Leichen so zu arrangieren."

Peters verzog den Mund. „Und Sie vermuten, dass Jaspers etwas damit zu tun hat?"

„Zumindest jemand, der ihr schaden oder irgendeine Botschaft, die sie betrifft, vermitteln möchte."

Peters notierte auch das auf seinem Notizblock. „Und dieser Hagen Regener?"

„War mir bis gestern völlig unbekannt. Er wurde mir als Jaspers' Sprecher vorgestellt, und so hat er sich auch gebärdet. Ein unangenehmer und seltsamer Kerl."

„Ich mache mich gleich an die Arbeit." Peters verließ das Zimmer, und Vera freute sich über dessen Eifer. Er fasste nach und nach Fuß, was sie hoffen ließ. Aus ihm konnte ein fähiger Beamter werden.

Kaum hatte Peters ihr Büro verlassen, klopfte es an der Tür.

„Herein!" Vera war überrascht, dass Harald Thompson von der Spurensicherung hereinkam.

„Wir haben etwas Interessantes gefunden, und ich dachte, ich überbringe Ihnen die Nachricht persönlich. Sie erinnern sich doch an die Blätter, die wir bei Luisa Bosner gefunden haben?"

„Tue ich."

„Es handelt sich um das Frühlings-Adonisröschen. Laut dem Botanik-Experten eine ursprünglich in Sibirien beheimatete Pflanze, die erst am Ende der letzten Eiszeit nach Mitteleuropa gelangte und in Deutschland nur selten vorkommt. Sogar vom Aussterben bedroht ist."

„Selten bedeutet?"

„Dass sie nur in wenigen Regionen Deutschlands wächst. Darf ich Ihnen das zeigen?"

Vera nickte und stand von ihrem Schreibtischstuhl auf. Thompson nahm darauf Platz, nachdem er um den Schreibtisch herumgegangen war. Er rief eine Website namens *Botanika-Deutschland.de* auf.

„Diese Seite hat mir der Botaniker empfohlen. Über die lassen sich die Orte auffinden, an denen das Vorkommen der gesuchten Pflanze vermerkt wurde." Er tippte „Frühlings-Adonisröschen" in das Suchfeld, woraufhin sich eine Kartenansicht Deutschlands öffnete. Rote Markierungen gaben den Standort der Pflanze an, wie Vera vermutete.

Sie setzte sich auf die Schreibtischkante und brachte das Gesicht näher an den Bildschirm heran. „Das ist nicht weit weg." Vera deutete auf eine Markierung.

Thompson klickte darauf. „Ganz genau."

„Ensdorf", las Vera den Namen vor, der sich auf Thompsons Klick zeigte.

„Ungefähr fünfzig Kilometer entfernt."

„Und Sie sind ganz sicher, dass diese Pflanze sonst nirgendwo vorkommt?"

„Das habe ich den Botanik-Experten ebenfalls gefragt und wie zu erwarten, sagte er, dass es keine einhundertprozentige Garantie gibt. Wenn Personen eine Blumenart beispielsweise in ihren Garten pflanzen, dann ist die in dieser Ansicht nicht automatisch vermerkt."

„Wie entsteht diese Karte?"

„Ein Netzwerk aus Naturliebhabern, Förstern und Wanderern, die per Smartphone eine Sichtung melden, die dann eingepflegt wird."

„Somit aktuelle Daten?"

„Sollte so sein. Wahrscheinlich könnte man das erfragen."

Vera winkte ab. „Nicht nötig. Ensdorf, auch wenn ich noch nie davon gehört habe, ist nicht weit entfernt. Ich werde mich dort mal umsehen."

„Hier." Thompson reichte ihr einen Ausdruck. „Das ist ein Foto vom Frühlings-Adonisröschen, für alle Fälle."

Vera grinste. „Da hat wohl jemand kein Vertrauen in meine Botanikkenntnisse?"

Thompson lachte. „Ich wollte Ihnen nicht zu nahe treten. Bin nur von mir ausgegangen, und für mich sehen alle Blumen gleich aus."

„Da können wir uns die Hand reichen. Insofern", Vera nahm den Ausdruck entgegen und hielt ihn hoch, „kann ich das gut gebrauchen."

***

Ensdorf war, wie der Name bereits vermuten ließ, ein Dorf. Ein Ort, in dem sich Katz und Maus Gute Nacht sagten, wie Veras Vater gesagt hätte. Etwas, das Vera zutiefst suspekt war. In solch kleinen Orten, in denen jeder den anderen kannte, war ihr, als würde auch jeder den anderen im Blick haben.

Das Gefühl, überwacht zu werden, fraß sich in ihren Hinterkopf in dem Augenblick, als sie aus dem Auto ausstieg, und würde sie begleiten, bis sie wieder einstieg, um fortzufahren. Sie hatte an einer Stelle angehalten, die wie ein Marktplatz aussah. Ein kopfsteingepflastertes Rund, das von zweistöckigen Häusern umgeben war, die allesamt alt wirkten, ohne einen entsprechenden Charme zu versprühen. Womöglich lag es daran, dass sie allesamt baufällig wirkten, die Dächer unter der Last der vielen Jahre durchgebogen. Die Fenster blind in gelb stichigen Rahmen und Mauerwerk, das unter herunterbröckelndem Putz sichtbar wurde.

Der ganze Ort schien auseinanderzufallen. Und dennoch wähnte Vera hinter jedem der Fenster, einige mit altmodischen Gardinen verhangen, gaffende Augen, die jeden ihrer Schritte beäugten. Unter dem bohrenden Gefühl des Beobachtet-Werdens wanderte sie durch die Gassen, einige eng und Reste einer vergangenen Schönheit in sich tragend, die den Ort einmal ausgemacht hatte.

Wenige der Häuser verfügten über kleine Gärten, die meist verwildert waren. Immer wieder zog Vera den Ausdruck des Frühlings-Adonisröschens aus der Tasche, um eine neu entdeckte Pflanze damit abzugleichen, aber die gesuchte schien nicht dabei zu sein.

Sie beschloss, ihre Suche auf das umliegende Gebiet auszudehnen. Das Dorf lag idyllisch, umgeben von einer spärlich mit Bäumen und Büschen bewachsenen Graslandschaft, an die sich, in einigen Hundert Metern Entfernung, ein Waldgebiet anschloss. Dass es sich um ein Haus handelte, fiel Vera erst auf, als sie sich in dessen unmittelbarer Nähe befand. Es war derart von Efeu und sonstigen Pflanzen und Bäumen zugewuchert, dass sie zunächst glaubte, es sei ein Wäldchen, das sich aus der Pampa hob.

Bei näherer Betrachtung erkannte sie einen hölzernen, hüfthohen Zaun, der den Vorgarten vom Gelände abgrenzte. Dieser befand sich ebenfalls im Würgegriff diverser Kletterpflanzen, nur der Efeu hatte diesen Bereich noch nicht für sich erschlossen. Eine Frage der Zeit, bis sich die Natur das Anwesen vollkommen einverleibt haben würde.

Aufgeregt zog Vera den Ausdruck hervor, nachdem sie den Zaun überstiegen und den Vorgarten betreten hatte. Ihre Vermutung bestätigte sich: Hier wuchs das Frühlings-Adonisröschen. Es flankierte einen Weg, der mehr eine Schneise war, die das übrige Gestrüpp teilte, und nahelegte, dass sich regelmäßig jemand zum und vom Haus bewegte. Ansonsten hätte Vera geschworen, dass das Haus unbewohnt war.

Sie ging auf die Haustür zu, von der die rote Farbe größtenteils abgeblättert war. Die Hand bereits zur Klingel ausgestreckt, auf deren verwittertem Schild kein Name mehr lesbar war, überlegte sie es sich anders und ging zum Fenster links der Tür. Die Hände ans Gesicht gelegt, versuchte sie, im Innern des Hauses etwas zu erkennen. Vor das Fenster waren jedoch Vorhänge gezogen, sodass sie nicht hineinschauen konnte.

Auch wenn es mühsam war, sich einen Weg durch das dichte Gestrüpp um das Haus zu bahnen, kämpfte sich Vera durch, um an jedem Fenster erneut ihr Glück zu versuchen. Doch überall bot sich ihr das gleiche Bild. Kurz überlegte sie, einen Baum mit knorrigem Stamm, der neben dem Haus stand, zu erklimmen, um einen Blick in die obere Etage werfen zu können, verwarf den Gedanken aber wieder. Es nutzte nichts, wenn sie sich bei einer unüberlegten Aktion die Knochen brach. Zumal sie nicht abschätzen konnte, ob es den Aufwand lohnte.

Doch obwohl sie sich das sagte, sooft sie wollte – die Ahnung, schon an Gewissheit grenzend, dass dieser Ort ein Geheimnis barg, war übermächtig. Erneut ging sie auf die Tür zu und betrachtete die genauer. Die abgeblätterte Farbe ließ auf den ersten Blick vermuten, dass sie mit einem forcierten Tritt aus den Angeln zu schleudern wäre, das Schloss jedoch, das offenbar später angebracht worden war, wirkte neu und robust.

Vera kehrte dem Haus den Rücken, um zurück ins Dorf zu laufen. Ein Ziehen stahl sich in ihren Hinterkopf, stärker als im Dorf, und sie musste sich zwingen, nicht zurückzuschauen. Sei nicht töricht!, schalt sie sich, ohne die Überzeugung abschütteln zu können, dass sie beobachtet wurde.

25

Der Junge:

Schließlich willigt sie ein, und er schreibt es dem Werben um sie zu. Dass er sie beobachtet, um sie und ihre Vorlieben kennenzulernen, sie abzupassen und ihr nahe zu sein. Ist sie anfangs wie eine Blume, die er gerne betrachtet, wächst sie sich zu seinem Begehr aus. Wird dann zur Luft, die er atmen muss, um überleben zu können.

Der Teil in ihm, der sich beständig dem Mantra entzieht, er könne alles so gestalten, wie er es will, bemerkt, wie sie zurückzuckt, wenn seine Finger ihre Haut berühren. Wie sie sich verspannt, sobald er sich ihr nähert, während ihr Blick die Ferne sucht. Doch dieser Teil bildet die Minderheit seines Selbst. Eine Stimme gegenüber einem Chor, der im Gleichklang singt, dass Julia zu ihm gehört, dies einem Naturgesetz gleicht.

Sie ist Sein.

26

Die Verheißung des bald nahenden Wochenendes gab dem Freitag stets eine gewisse Leichtigkeit. Normalerweise. Denn ihr Kopf war überfüllt mit Beobachtungen, Ahnungen und Thesen. Ein verworrenes Knäuel, ohne dass sie wusste, an welchem Faden sie zuerst ziehen musste, um es zu entwirren. Das seltsame Haus in Ensdorf ging ihr ebenso wenig aus dem Kopf wie Jaspers und ihr seltsames Verhalten.

Sie blätterte Luisa Bosners und Nathalie Beckers Akten durch, wahrscheinlich zum hundertsten Mal, als es an ihrer Tür klopfte.

„Ich hoffe, ich störe nicht?", fragte Peters, nachdem Vera ihn hereingebeten hatte.

„Nein. Insbesondere, da ich hoffe, Sie haben etwas herausgefunden?" Sie lächelte Peters freundlich an.

„Ja und nein." Peters rieb sich die Stirn.

„Raus damit, was immer es ist." Vera behielt das Lächeln auf den Lippen, in der Hoffnung, Peters Nervosität ein wenig aufzulösen.

„Hagen Regener wird tatsächlich auf der Verlagswebsite des Steiner Verlags als Sprecher der Autorin Juli Jaspers geführt."

„Tatsächlich?" Vera runzelte die Stirn. „Daran kann ich mich gar nicht erinnern."

Peters sah sie fragend an.

„Vor wenigen Tagen, als ich selbst etwas über Jaspers herausfinden wollte, habe ich auch auf der Verlagswebsite nachgeschaut, kann mich an diesen Eintrag aber nicht erinnern."

Peters zuckte mit den Schultern. „Wurde womöglich geändert?"

Vera wiegte den Kopf. „Womöglich. Aber warum?" In ihrem Kopf drehte sie das Knäuel aus Beobachtungen, Ahnungen und Thesen. Ihr war, als würde sich schon bald ein Faden zeigen, an dem sie ziehen konnte.

„Das ist so ziemlich alles, was ich zu Herrn Regener herausfinden konnte."

„Okay. Suchen Sie auf jeden Fall weiter. Da ist sicherlich noch mehr."

„Meinen Sie, dass Regener extra angeheuert wurde?"

„Gut möglich."

„Dann wären die Ermittlungen der Grund?"

„Das vermute ich. Und es wäre nicht ungewöhnlich." Vera musste an den Pressesprecher denken, den ihr Chef für den Fall ins Rennen geführt hatte. „Immerhin können die Mordfälle sowohl der Reputation des Verlags als auch der von Juli Jaspers massiven Schaden zufügen."

„Ich bleibe dran an der Sache." Peters wandte sich zum Gehen.

„Peters?"

Der junge Beamte blieb in der Tür stehen und sah Vera zweifelnd an.

„Gute Arbeit."

Peters lächelte. „Danke schön."

„Und nicht nur das. Sie haben auch eine gute Kombinationsgabe. Das ist sehr viel wert und kann Sie weit bringen in diesem Job."

Peters bedankte sich ein weiteres Mal und verließ Veras Büro.

Zwar hatte sie weiterhin das Gefühl, dass sich ein Faden, um zumindest einen Teil des Knäuels zu entwirren, zeigen würde, aber noch war es nicht so weit. Sie nahm ein Blatt Papier und schrieb die Namen „Juli Jaspers, Hagen Regener und Winfried Karger" darauf. In welcher Beziehung standen diese drei Personen zueinander? Dem Augenschein nach ließ sich diese Frage leicht beantworten, aber Veras Gefühl sagte ihr, dass mehr dahintersteckte.

Sie nahm ihr Handy vom Schreibtisch, rief die Messenger-App auf und wählte den Chatverlauf mit Morris. Es war nun eine Woche her, dass er ihre Wohnung verlassen hatte, und sie hatte immer noch nichts von sich hören lassen. Wie lange würde er warten? Und wie lange konnte sie ihm zumuten zu warten?

Was sich der Entscheidung, mit Morris zusammen zu sein, entgegenstellte, war in den letzten Tagen für sie greifbarer geworden und auf den ersten Blick könnte man es als Stolz bezeichnen. Doch es war mehr als das. Schon früh hatte sie gelernt, sich behaupten zu müssen, besonders in ihrem Beruf. Unabhängigkeit und Stärke waren Güter hohen Wertes. Sich von einem Menschen abhängig zu machen, selbst rein emotional, ängstigte sie. Doch dies war ebenfalls nur ein Teil der Wahrheit. Morris' Sicherheit und Ruhe, sein Gespür für die richtigen Worte und Handlungsweisen ließen sie fühlen, als wäre sie die Jüngere und Unerfahrene in der Beziehung. Nicht dieses Gefühl ließ sie zurückschrecken, sondern, dass es ihr gefiel. Gerne ließ sie sich, zumindest in einigen Bereichen ihres Lebens, unterstützen und stand nicht in erster Reihe, andererseits fürchtete sie, dadurch neben der emotionalen in eine tiefgreifendere Abhängigkeit zu geraten.

Nachdem sie die ersten Worte einer Nachricht getippt hatte, legte sie das Handy zurück auf den Schreibtisch. Sie wollte erst sicher sein, bevor sie die abschickte. Obwohl sie das bereits war, nahm sie sich vor, ihre Entscheidung noch ein wenig auf sich wirken zu lassen, um sich ihrer möglichen Konsequenzen bewusst zu werden.

Sie griff nach dem Ausdruck des Frühlings-Adonisröschens und fragte sich, ob es sich tatsächlich um die Sichtung vor dem unheimlichen Haus handelte, die auf der Karte im Internet vermerkt war. Letztlich spielte es keine Rolle. Es war nur ein Indiz, unmöglich, nachzuweisen, dass die Blätter exakt von einem bestimmten Standort stammten, oder?

Sie wählte Thompsons Nummer. „Ich habe etwas entdeckt in Ensdorf", sagte Vera.

„Das Frühlings-Adonisröschen?"

„Eben das. Und genau dazu habe ich eine Frage an Ihren Botaniker."

„Bin ganz Ohr."

„Lässt sich bei Pflanzen ebenso ein genetischer Fingerabdruck erstellen wie bei Menschen?"

„Wir lassen DNS-Analysen auch von Pflanzen anfertigen."

„Aber primär, um festzustellen, was das für eine Pflanze ist, oder?"

„Stimmt."

„In diesem Fall wissen wir das. Die Frage ist, ob wir nachweisen können, dass die am Tatort gefundenen Blätter von eben jener Pflanze stammen, die ich ausfindig gemacht habe."

„Verstehe. Sehr gute Idee. Ich kläre das gleich mal mit dem Botaniker und dem Labor ab. Kann aber sein, dass ich Ihnen die Informationen erst nächste Woche durchgeben kann."

Veras Blick fand die Uhr. Bald Mittagszeit und damit wäre ihr Arbeitstag ebenfalls in wenigen Stunden rum. „Das ist mir klar und zu verschmerzen, denke ich. Ich muss sowieso noch mal hinfahren, da ich versäumt habe, eine Probe mitzunehmen."

„Alles klar. Dann schaue ich, was ich in Erfahrung bringen kann."

Ihr war danach, ein paar Schritte zu gehen. Sie stand auf, verließ ihr Büro und suchte Victor auf, dessen Tür offen stand. Mit den Knöcheln klopfte sie dagegen. „Die Nervensäge ist da."

Victor sah auf und lächelte sie an. „Wenn ich ehrlich bin, du bist mir die liebste Nervensäge."

Vera berührte mit den Fingerspitzen der rechten Hand ihr Dekolleté. „Mein Herr, so etwas Nettes hat noch nie jemand zu mir gesagt", sagte sie mit verstellt hoher Stimme:

Sie lachten beide, was guttat. Bei einer Arbeit, die daraus bestand, in menschliche Abgründe zu blicken, war Humor ein wichtiges und notwendiges Ventil.

„Du willst wissen, ob ich schon etwas herausgefunden habe?"

„Bin ich so leicht durchschaubar?"

Victor grinste. „In diesem Falle schon." Er nahm einen der Stühle vor seinem Schreibtisch und stellte ihn neben seinen. Anschließend klopfte er auf die Sitzfläche. „Na, komm. Ich kann dir tatsächlich etwas zeigen."

Vera nahm Platz, und Victor öffnete Luisa Bosners, dann in einem weiteren Fenster daneben Nathalie Beckers Facebook-Profil.

„Juli Jaspers – wer steckt dahinter?", las Vera. „Was ist das?"

„Eine Facebook-Gruppe, die sich auf die Fahnen geschrieben hat, herauszufinden, wer Juli Jaspers ist."

„Das gibt es?"

„Da gibt es noch ganz anderes, da gehört diese Gruppe noch zu zahmen Varianten."

Vera musste daran denken, dass Emilia Bleis davon gesprochen hatte, dass die Social-Media-Aktivitäten der Mitglieder und auch der Anwärter kontrolliert wurden. Womöglich war die Mitgliedschaft in dieser Gruppe der Grund, warum Nathalie Becker gar nicht erst aufgenommen wurde? „Kannst du nachschauen, wann sie der Gruppe beitraten?"

„Habe ich bereits", entgegnete Victor. „Und das ist interessant."

Vera rückte auf der Sitzfläche nach vorne, um dem Bildschirm näher zu kommen.

„Nathalie Becker gehörte der Gruppe bereits an, als Luisa Bosner Mitglied wurde."

Das ist ein Faden!, dachte Vera. „Luisa Bosner hatte etwas herausgefunden, was Nathalie und die anderen Mitglieder der Gruppe bereits vermuteten."

„Mehr noch." Victor rief die Nachrichtenkorrespondenz zwischen Luisa Bosner und Nathalie Becker auf. „Sie behauptete, dass sie einen Beweis für ihre Vermutung gefunden habe."

„Und worin bestand diese Vermutung?"

„Dass Juli Jaspers nicht existiert."

Obwohl es nur die Bestätigung dessen war, was Vera bereits vermutet hatte, traf sie die Aussage wie ein Schlag in die Magengrube. Konnte das stimmen? Und falls ja, wen hatte sie gestern beim Steiner Verlag getroffen?

27

Es war ein schweres Los, einen Job zu haben, in dem man durcharbeiten musste. Dennoch zwang sich Vera seit einigen Jahren, die Wochenenden und gewisse Arbeitszeiten einzuhalten. Als sie anfing, verbrachte sie die ersten Jahre nahezu ununterbrochen im Revier und war irgendwann so am Ende, dass sie am Rande eines Zusammenbruchs war. Damals hatte sie sich sogar professionelle Hilfe gesucht, die ihr dringend riet, mehr auf sich und entsprechende Erholungszeiten zu achten. Bei der Arbeit wusste niemand davon. Hier galt Vera als die toughe Kommissarin, die sich stets durchkämpfte, egal, wie unerbittlich ihr der Wind entgegenwehte.

Sie fuhr nicht nach Ensdorf, obwohl der Drang groß war, die Blätter vom Frühlings-Adonisröschen für die DNS-Analyse zu beschaffen. Nachdem sie erfolglos versucht hatte, Winfried Karger im Steiner Verlag zu erreichen, nahm sie ihr Handy in die Hand und schrieb Morris, dass sie ihn gerne treffen würde.

Sie verließ ihr Büro und machte sich auf den Heimweg, hoffend, dass ihre Gedanken bald aufhören würden, um Luisa Bosner, Nathalie Becker und natürlich Juli Jaspers zu kreisen. Dieses Wochenende war für ihr Privatleben reserviert.

Kaum hatte sie das Revier verlassen, verkündete ihr Handy den Eingang einer Nachricht. Mit klopfendem Herz sah Vera auf das Display. Es handelte sich um

Morris' Antwort, dass er sich gleich auf den Weg zu ihr machen würde. Auch wenn sie es selbst albern fand, dass sie derart aufgeregt war, genoss sie das Gefühl, da sie sich dadurch jünger fühlte. Wann hatte ein Mann in den letzten Jahren solche Gefühle in ihr ausgelöst? Ja, sie tat das Richtige, davon war sie überzeugt.

Sie schwang sich auf ihr Fahrrad, trat in die Pedale und erreichte schon bald das Haus, in dem ihre Wohnung lag. Sie mochte den schlichten Sechziger-Jahre-Bau mit der hell verputzten Fassade und dem schmalen Vorgarten, der von der im Erdgeschoss lebenden Eigentümerin, Frau Erbach, liebevoll gepflegt wurde.

Sie beeilte sich, die Treppe hoch und in ihre Wohnung zu kommen, um zumindest notdürftig aufzuräumen, bevor Morris eintraf. Diesen Punkt hatte sie nicht bedacht, aber sie hatte sich Sorgen gemacht, Morris einen Dämpfer auf seine spontane Zusage zu verpassen, wenn sie ihn um ein späteres Treffen gebeten hätte.

Sie hatte gerade Migosch Futter und frisches Wasser hingestellt, da klingelte es bereits. So viel zum Aufräumen!, dachte sie und ging zur Gegensprechanlage. Ohne abzuheben, betätigte sie den Türöffner, ging ins Schlafzimmer, warf die verteilten Kleidungsstücke in den Schrank, befand, dass es so reichen musste und kehrte zurück in den Flur, um Morris' Ankunft zu erwarten.

Als sie seine Schritte vor der Tür hörte, musste sie tief durchatmen. Je mehr ihr bewusst wurde, welchen Entschluss sie gefasst hatte, desto besser fühlte es sich an. Doch zunächst musste sie dies Morris erst einmal mitteilen. Sie öffnete die Tür, und da kam er, nahm gerade die letzten Stufen und sah sie an. Die Worte, die sie sich zurechtgelegt hatte, wurden aus ihrem Kopf gefegt. Ihr Blick schien das Sprechen zu übernehmen, denn Morris kam auf sie zu, umfing sie mit seinen starken Armen, um sie im nächsten Augenblick zu küssen. Sie öffnete ihren Mund, empfing seine Zunge, genoss das wohlige Erschaudern, das sie durchfuhr.

Wie hatte sie daran zweifeln können, dass sie Morris wollte? Die Frage blitzte nur einmal auf, dann zog sie ihn in ihre Wohnung und weiter ins Schlafzimmer. Als sie seine Haut auf ihrer spürte, seine Wärme, die Berührung seiner Lippen auf ihrem Körper, schwieg ihr Kopf endlich. Sie ließ sich fallen in ihre Begierde, ihre Liebe zu diesem Mann, dem sie endlich die Pforte in ihr Leben geöffnet hatte.

Dass sie irgendwann voneinander abließen, war der Tatsache geschuldet, dass sie schlichtweg ausgepowert waren. Was für ein wunderbarer Sport Sex doch war, dachte Vera. Da konnte Laufen nicht mithalten. Sie hatte ihren Kopf auf Morris' Brust gelegt und strich ihm mit dem Finger durch den feinen Streifen Haars, der von seinem Nabel zu seinem Schambereich führte. Ansonsten waren Morris' Brust und Bauch unbehaart, und diese Kombination war nur einer der Punkte, die Vera an ihm unwiderstehlich fand.

Sie setzte sich auf und drehte sich zu ihm, registrierte sein Bedauern mit einer gewissen Freude, aber sie wollte ihm etwas sagen, musste etwas sagen. Ihr war klar, dass die falschen Worte alles zerstören konnten. Deshalb hatte sie überlegt, es schlicht und kurz zu halten. „Entschuldige, dass ich dich so lange hingehalten habe. Dass ich so lange gebraucht habe, um zu begreifen, wer du für mich sein willst. Und danke für deine Geduld mit mir."

Morris lächelte sie an, zog sie an sich, um ihr einen Kuss zu geben. „Es hat sich ja ausgezahlt", flüsterte er ihr ins Ohr.

Sosehr Vera sich über seine Reaktion freute, das Bedürfnis, dies zu klären, sich eindeutig zu positionieren, war größer. „Ich möchte, dass du weißt, dass ich mich für dich entschieden hab und es ernsthaft mit dir versuchen möchte." Sie kaute auf der Unterlippe. „Wir müssen nur einen Weg finden, der für uns beide funktioniert."

Morris zuckte von ihr zurück, und Vera bedauerte, dass sie den letzten Satz gesagt hatte. Da war er. Der Stimmungskiller. „Ich bin froh, dass du das ansprichst", sagte Morris und die Anspannung, die Vera erfasst hatte, löste sich. „Genau darüber habe ich mir ebenfalls Gedanken gemacht."

„Ich hoffe, du verstehst das nicht als Zurückweisung, aber ich würde mich nicht als den klassischen Beziehungsmenschen bezeichnen."

Morris lachte. „Meine Liebste, ob du es glaubst oder nicht, ich konnte mir bereits ein Bild von dir machen, und hätte mir nicht gefallen, was ich erkannt habe, wäre ich unter Garantie nicht hier."

Das beruhigte Vera, dennoch war sie nicht bereit, von diesem Punkt abzulassen. Es war ihr wichtig, dass dies gleich zu Anfang geklärt war. „Ich brauche meine Freiheit. Nicht im Sinne einer offenen Beziehung oder so was, sondern im Hinblick auf meinen Alltag."

Morris machte eine Geste, als wischte er sich Schweiß von der Stirn ab und grinste. „Da bin ich schon mal froh, dich nicht teilen zu müssen." Sein Gesicht wurde ernst. „Ich verstehe dich und denke, dass wir uns in dem Punkt mehr ähneln, als du glaubst. Ich bin weder ein Klammerer noch jemand, der mit der Partnerin Bett und Tisch teilen muss."

„Das heißt ja nicht, dass wir uns nicht regelmäßig sehen."

„Das will ich hoffen."

„Nur benötige ich meinen Raum, gerade unter der Woche."

Morris strich ihr eine Strähne aus der Stirn. „Was hältst du von folgendem Deal: Für den Anfang meldest du dich, wenn du dich mit mir treffen möchtest, und sofern ich Zeit habe, setzen wir das um."

„Sofern du Zeit hast?", fragte Vera und knuffte ihm in die Seite.

Morris schob die Unterlippe vor. „Immerhin habe ich ja auch einen Alltag."

„Schon verstanden." Sie drückte ihm einen Kuss auf den Mund.

„Dafür werde ich belohnt?"

Vera dachte kurz nach, dann nickte sie. „Ganz genau. Für deine Eigenständigkeit. Ich finde das gut."

„Werde ich mir merken."

„Darfst du."

Morris streckte sich. „Noch eine Runde?" Er verzog den Mund zu einem spitzbübischen Grinsen.

Veras Fingerspitzen fuhren über seinen Bauch. „Nicht dass ich das ablehnen würde, aber ich fürchte, ich muss erst mal ein paar Kalorien zu mir nehmen."

„Einverstanden. Pizza im Bett essen und anschließend darin wieder abtrainieren?"

„Hört sich großartig an."

28

„Ich könnte das ganze Wochenende mit dir im Bett verbringen." Morris verschränkte die Hände hinter dem Kopf und warf einen zufriedenen Blick zur Zimmerdecke.

„Hmm", machte Vera. Mehr war angesichts ihrer widerstreitenden Gefühle nicht drin, denn einerseits hätte sie nichts dagegen gehabt, weiter mit ihm im Bett zu bleiben, aber die Gedanken an den Fall ließen sie nicht los.

Morris' Augen verengten sich, als er sie betrachtete, und sein Mund verzog sich zu einem spöttischen Grinsen. „Da hat doch eine schon wieder Hummeln im Hintern."

Vera hatte den Kopf auf seinem Bauch abgelegt und fuhr durch sein blondes Haar. „Bin ich so leicht zu durchschauen?" Sie war dankbar, dass sie offen mit ihren Stimmungen und Gefühlen umgehen konnten.

Morris zuckte mit den Schultern. „Zumindest mir ist klar, was da oben vor sich geht." Er tippte ihr sanft an die Stirn. „Aber ist schon okay. Schließlich müssen wir uns ja irgendwann wieder in die Welt da draußen eingliedern."

Vera dachte einen Augenblick nach und kam dann auf eine Idee. „Was hältst du von einem Ausflug?"

Morris hob die Brauen. „Du möchtest nicht etwas für die Arbeit erledigen?"

Wie er mich durchschaut, dachte Vera und Wärme stieg ihr in die Wangen.

„Habe ich es mir doch gedacht." Morris grinste. „Ist schon in Ordnung, Süße. Dann machen wir den Ausflug ein anderes Mal."

Er wollte aufstehen, aber Vera hinderte ihn daran. „Warte. Es besteht die Möglichkeit, beides miteinander zu kombinieren."

„Da bin ich gespannt."

„Kennst du Ensdorf?"

Morris schüttelte den Kopf. „Sollte ich?"

„Nicht unbedingt. In meinen Augen kein Ort, an dem man gewesen sein muss, aber idyllisch gelegen."

„Und vor allem?" Morris sah sie erwartungsvoll an.

„In dem Fall, den ich gerade bearbeite, spielt eine Pflanze eine Rolle."

„Die Pflanze ist der Killer?"

„Blödmann!" Vera lachte. „Das nicht, aber es geht um Blätter, die am Tatort sichergestellt wurden."

„Und diese Pflanze gibt es nur in ..."

„Ensdorf", entgegnete Vera. „Nicht nur in Ensdorf, aber zumindest ist die Pflanze so relativ selten, dass es eine Seite im Internet gibt, die die Orte ausweist. Übrigens passt sie sehr gut zu dir."

„Ach, wirklich? Und warum das?"

„Weil es das Frühlings-Adonisröschen ist."

„Das nehme ich mal als Kompliment."

„So war es gemeint."

„Dann mache ich dir folgenden Vorschlag. Dein Adonis vergeht sich noch einmal an dir, und dann machen wir uns fertig?"

„Sehr guter Plan."

Ihr Adonis verging sich noch zwei Mal an ihr, bevor sie duschten und sich dann in Richtung Ensdorf aufmachten. Niemals hätte Vera das zugegeben, aber Morris' Anwesenheit gab ihr Sicherheit, vor allem, da sie nicht vergessen hatte, wie unheimlich ihr das Haus erschienen war.

Erneut haftete sich der Eindruck des Beobachtet-Werdens an sie. Gerne hätte sie Morris gefragt, ob es ihm ebenso ging. Doch ihr war bewusst, dass diese Frage ein falsches Signal aussenden würde. Als wäre sie ihrer Arbeit nicht gewachsen. Wortlos schritten sie durch die Dorfstraßen, die am Feiertag ebenso leer gefegt waren wie am letzten Freitag. Zu dem Haus, das außerhalb des Dorfes lag, führte ein Feldweg, der prinzipiell mit dem Auto befahrbar war, aber eine Ahnung riet Vera, so wenig Aufmerksamkeit wie möglich zu erregen. Die Annäherung zu Fuß erfüllte diesen Vorsatz.

Als sie das kleine, sich im festen Griff der Ranken befindende Haus erreichten, reichte ein Seitenblick auf Morris, um zu wissen, dass seine Empfindung Veras glich. Dieser Ort strömte eine unheilvolle Präsenz aus, die zugleich den Impuls, zu fliehen, aber auch Faszination schürte.

„Das ist es", flüsterte Vera Morris zu, während sie auf die gelben Blüten deutete.

„Ist das erlaubt?", fragte Morris.

Vera sah ihn irritiert an. „Was meinst du?"

„Na, dass du eine Probe nimmst. Immerhin betrittst du damit doch das Grundstück?"

Morris hatte recht. Ohne einen hinreichenden Verdacht bewegte sie sich zumindest in einer Grauzone, aber sie wollte nicht ohne die Probe hier verschwinden.

So entschied sie sich zu einer Notlüge. „Das ist schon okay", entgegnete sie und stieg über den Holzzaun.

Intensiver als am Freitag brannte der Blick eines Unbekannten auf ihr, von dem sie nicht sagen konnte, ob es ihrer Einbildung oder Intuition entsprang. In Morris' Begleitung hätte sie sogar gewagt, auf den Baum zu klettern, um einen Blick in die Fenster der oberen Stockwerke zu werfen, wollte aber sein Entgegenkommen nicht überstrapazieren. Zumal sie ihm ansah, wie unangenehm ihm die gesamte Situation war.

Auf dem Weg zur Pflanze blieb sie abrupt stehen. Hatte sich der Vorhang im Fenster links der Haustür bewegt? Sie zwang sich, weiterzugehen, um Morris nicht noch mehr zu beunruhigen, während sie das Fenster im Blick behielt. Aber nichts rührte sich dort.

Sie zupfte wenige Blätter des Frühlings-Adonisröschens, die sie in ihre Tasche steckte, und ging dann zügig zurück zum Zaun. Morris half ihr beim Darübersteigen, dann wandten sie sich zum Gehen.

Wie auf dem Hinweg sprachen sie kein Wort, auch nicht, als sie das Dorf erreichten. Erst als sie im Auto saßen und Morris den Motor anließ, sagte er: „Das ist ein schlechter Ort."

Gerne hätte Vera einen Scherz gemacht. Morris' Äußerung ins Lächerliche gezogen, doch es war ihr unmöglich. Zu kalt fuhr sie ihr in die Knochen und kitzelte ein Gefühl, das als Knoten tief in ihren Eingeweiden saß, seit sie das erste Mal hier gewesen war. Eine kindliche Angst, wie die vorm schwarzen Mann, der in den Schatten auf einen lauert, löste dieses Haus in ihr aus, und dass es nicht nur ihr so ging, sondern auch Morris, ließ sie schaudernd zusammenfahren.

„Bitte, versprich mir eine Sache." Morris warf ihr einen Blick zu. „Geh dort nicht noch einmal alleine hin."

Erneut eine Äußerung, die sie wie ein Schwall kalten Wassers traf. Was sollte sie darauf sagen? Dass Morris sich albern verhielt?

„Versprich es mir." Er ergriff ihre Hand.

Vera nickte. „Okay. Ich verspreche es dir." Schon während sie das aussprach, war ihr bewusst, dass sie log.

Morris schien dies nicht zu bemerken oder vielmehr wollte es nicht.

29

Der Junge:

Wie Mutter reagieren wird, kann er nicht vorhersehen. Nach all den Jahren, die sie miteinander verbrachten, in denen er ihren Quälereien und Züchtigungen schutzlos ausgeliefert war, bleibt sie ihm fremd und ein unkalkulierbares Risiko. Dennoch sehnt er sich immer noch nach ihrer Nähe. Hofft weiterhin darauf, irgendwann Zuspruch zu erfahren, wie ein Hund, der das Stück Fleisch in den Händen seines Herrchens nicht aus den Augen lässt. Er ist der Junge, der sich bis zum Zerreißen streckt, um seinen fast erwachsenen Körper ausfüllen zu können und um Mutters Liebe zu gewinnen.

Es gab Momente, da schien es im Bereich des Möglichen, dass sich sein Wunsch erfüllte, und obwohl ihm bewusst ist, dass das Schüren dieser Hoffnung Teil von Mutters perfidem Plan ist, kann er nicht davon ablassen, weiter darauf zu warten, trotz aller Vergeblichkeit.

Julia dringt in die Gefühlswelten seiner Mutter vor, die ihm nicht zugänglich sind. Mit ihr lacht sie, berührt sie in liebevoller Weise und nicht, um ihr Schmerz zuzufügen. Mehr und mehr begreift er, dass Julia Mutter das geben kann, was er nicht vermag. Sie hat nicht das grässliche Ding zwischen ihren Beinen, das Mutter anwidert. An ihr sitzen die Kleider, die Mutter näht. Sie kann ihr die Tochter sein, die er niemals sein wird.

Die anfängliche Bitterkeit dieser Erkenntnis weicht Erleichterung. Seit Julia in seinem Leben ist und Mutters Begehr nach einer Tochter befriedigt, entlädt sich die nicht mehr in gewaltsamen Attacken gegen ihn.

Die Frage, ob er sich gegen Mutter zur Wehr setzen könnte, beschäftigt ihn immer wieder. Eine verbotene Frucht, von der er sich nicht zu kosten traut. Selbst wenn dem so wäre, Mutters Liebe wäre ihm dann auf ewig verwehrt.

Das darf er nicht riskieren. Es kann ihm gelingen, wenn er sich richtig anstrengt, Mutter keinen Anlass zum Ärger gibt. Besser noch: Wenn er sich ihren Wünschen fügt.

30

Der freie Tag mit Morris war viel zu schnell vorübergegangen, dennoch war die Aufregung größer als die Enttäuschung darüber, als Vera tags darauf das Büro betrat. Sie rief Peters zu sich und drückte ihm den Plastikbeutel mit Blättern in die Hand.

„Was ist das?", fragte er.

„Das, verehrter Kollege, sind Blätter eines Frühlings-Adonisröschens."

„Aha."

„Blätter dieser Pflanze wurden an den Tatorten gefunden."

Peters betrachtete den Beutel. „Von dieser Pflanze?"

„Das gilt es herauszufinden. Deshalb bringen Sie die bitte ins Labor."

„Alles klar."

„Haben Sie etwas über Regener herausgefunden?"

„Leider nein. Zumindest scheint er nicht in der Gegend gemeldet zu sein."

Vera nickte. Das hatte sie erwartet, dennoch auf ein anderes Ergebnis gehofft. „Sie können etwas für mich tun."

Peters sah sie erwartungsvoll an.

„Diese Blätter da, habe ich vor einem Haus gepflückt. Es steht in der Nähe eines Dörfchens namens Ensdorf. Bringen Sie in Erfahrung, wem das Haus gehört."

„Eine Adresse haben sie nicht?"

„Nein. Ich muss ehrlich sagen, dass ich nicht weiß, ob es sich überhaupt um eine reguläre Straße handelt, an der es liegt. Ist eher ein Feldweg." Vera hatte eine Idee, rief Google Maps auf und gab „Ensdorf" ein. Die Karte zeigte das Dorf. Es kostete Vera Mühe, das Haus auszumachen, was daran lag, dass der Weg nicht in der Karte vermerkt war. Sie musste die Satellitenansicht aufrufen und genau hinsehen, um das Häuschen inmitten der Vegetation auszumachen.

„Sieht aus wie eine zugewucherte Ruine." Peters, der neben sie getreten war, starrte ebenfalls auf den Bildschirm.

„Das habe ich ursprünglich auch gedacht. Aber an der Haustür befindet sich ein hochwertiges und nicht altes Schloss."

„Okay. Ich schaue mal, was ich in Erfahrung bringen kann." Peters ging zur Tür, zögerte kurz, als wollte er noch etwas loswerden, verließ dann ohne weitere Äußerung das Büro.

Sein Verhalten spiegelte, was Vera empfand. Es war, als gäbe es noch eine Information, die es auszutauschen galt, die sie jedoch nicht fassen konnte. Immer noch hatte sie, allenfalls, ein diffuses Bild vom Täter und ebenso vom Motiv.

Sie überlegte, Karger anzurufen, sich erneut mit ihm zu treffen, um ihn mit dem Vorwurf, dass sowohl Jaspers als auch Regener lediglich Staffage seien, zu konfrontieren, aber etwas hielt sie davon ab. Sagte ihr, dass es besser war, den Eindruck zu wahren, das Schauspiel zu schlucken, das Karger, aus welchen Gründen auch immer, initiiert hatte.

Womöglich kannte sie die Gründe, war endlich bereit, den rosaroten Elefanten zu bemerken, der die ganze Zeit im Raum gestanden hatte. Angenommen, ihre Vermutungen trafen zu, wurde erheblicher Aufwand betrieben, um das Konstrukt Juli Jaspers aufrechtzuerhalten. Natürlich ging es, wie meist, um Geld. Eine Autorin, die einen Bestseller nach dem anderen schreibt, war für einen Verlag wie ein Dukaten scheißender Esel. Eine Umschreibung, die Veras verstorbener Vater gerne mit einem Grinsen bemüht hatte.

Wie weit wäre ein Betrieb bereit zu gehen, um diesen Esel zu schützen? Sogar zu morden? An sich war das vorstellbar. Aber die Art der Inszenierung passte nicht dazu. Angenommen, Karger hätte die Morde beauftragt, um die Identität seiner wichtigsten Autorin zu schützen, weshalb sollte er die so arrangieren lassen, dass es gerade deren Ansehen schadete?

Nein. Karger oder sonst jemand vom Steiner Verlag steckte nicht hinter den Morden. Dafür aber hinter dem Konstrukt Juli Jaspers und das, da war Vera sicher, hing mit Luisa Bosners und Nathalie Beckers Tod zusammen.

„Das war wohl Gedankenübertragung. Ich hätte dich gleich angerufen", sagte Vera, nachdem sie den Hörer ihres klingelnden Telefons abgehoben hatte. Es war Victor.

„Möchtest du vorbeikommen? Das ist in der Tat spannend."

„Aber klar doch." Sie marschierte los in Victors Büro und meinte, eine rot glühende Fährte vor sich zu sehen. Sie näherte sich der Lösung des Falls, dessen war sie sicher.

Victor hatte bereits einen Stuhl neben seinem postiert und winkte sie heran. „Du hattest recht mit deiner Vermutung."

„Jetzt bin ich gespannt."

„Sorry." Victor, der noch auf einem Bissen seines Brots kaute, das in Alufolie eingeschlagen auf dem Schreibtisch lag, schluckte. „So, jetzt geht es mit leerem Mund weiter. Hatte heute nur keine Zeit fürs Frühstück."

„Alles gut." Vera setzte sich auf den bereitgestellten Stuhl.

„Pass auf." Victor klickte mit der Maus und öffnete ein E-Mail-Fenster. „Diese Mail schrieb Luisa Bosner an den Steiner Verlag."

„Das war vor drei Monaten", sagte Vera mit Blick auf das Datum.

„Exakt. Ohne genauen Einblick in den Mailverkehr des Verlags zu haben, würde ich diese Nachricht als typische Fanpost bezeichnen. Frau Bosner berichtet, wie toll sie Jaspers' Romane findet, dass die ihr Leben verändert haben et cetera, et cetera."

„Okay."

„Und natürlich fragt sie nach einer Möglichkeit, Jaspers persönlich kennenzulernen. So weit, so gewöhnlich für den Verlag, vermute ich."

„Aber?" Vera war gespannt, was Victor ihr nun offenbaren würde.

„Ich weiß nicht, wie viele dieser Mails täglich beim Verlag eingehen. Unter Garantie jedoch mehr als eine. Man müsste jemanden anstellen, wollte man die bearbeiten."

„Ich weiß nicht, worauf du hinauswillst?"

„Dass ich ein bisschen recherchiert habe und es durchaus unterschiedliche Arten gibt, wie Prominente mit Fanpost umgehen. Einige lesen sie gar nicht, da geht alles direkt in den Papierkorb, andere beschäftigen PR-Firmen, die antworten, aber selbstverständlich eher allgemein und unpersönlich."

„Nachvollziehbar."

„Eben." Victor deutet auf den Bildschirm. „Es scheint aber eine weitere Möglichkeit zu geben."

„Und die wäre?"

„Dass Nachrichten selektiert werden."

„Was meinst du damit?"

„Jemand schaut, ob in dem Wust interessante Nachrichten sind, welche, die zu beantworten sich lohnt."

„Und Luisa Bosners Nachricht fiel in diese Kategorie?"

„Wie gesagt, es ist nur eine Mutmaßung, was den Ablauf anbelangt. Aber Fakt ist, dass Luisa eine Antwort erhielt."

„Kannst du mir die zeigen?"

„Deshalb sitzt du da." Victor öffnete ein weiteres Fenster.

Liebe Frau Bosner,

vielen Dank für Ihre Nachricht, die Frau Jaspers gefallen hat. Wie Sie wissen, lebt Frau Jaspers zurückgezogen und trifft nur selten Leserinnen. In Ihrem Fall könnte sie sich jedoch ein Treffen vorstellen. Zuvor müssten Sie sich mit Frau Jaspers' Sprecher treffen, um einige Dinge vorab zu besprechen und abzuklären. Wir

weisen Sie darauf hin, Stillschweigen über diese Kom-
munikation zu bewahren. Sollte etwas davon nach au-
ßen dringen, ist jedwede Möglichkeit eines Treffens
vom Tisch.

Mit freundlichen Grüßen

Steiner Verlag."

Sie verengte die Augen, als sie Victor ansah. „Von wem die E-Mail stammt, lässt sich bestimmt nicht herausfinden?"

„Zumindest nicht von hier aus. Es handelt sich um die allgemeine E-Mail-Adresse des Verlages."

„Okay." Vera rieb sich die Augen. „Gibt es weitere Korrespondenz?"

„Allerdings. Es wurde sogar ein Treffen vereinbart. Am zehnten Februar in einem Café in der Bahnhofstraße. Böhmers heißt das Café."

Vera notierte sich den Namen. Es war zu lange her, um noch eine verwertbare Zeugenaussage zu bekommen, besonders, sollte bei dem Treffen nichts Auffälliges passiert sein. Aber man konnte nie wissen.

„Damit sind wir aber noch nicht am Ende." Victor öffnete weitere E-Mails. „Bosner muss bei diesem Treffen etwas erfahren haben."

„Und das wäre?"

„Sie drückt sich nebulös aus, aber es betrifft Juli Jaspers. Wie du bereits vermutet hast, steckt jemand anderes dahinter. Juli Jaspers ist ein Pseudonym. Der Verlag kreierte eine Existenz, eine Kunstfigur, die gar nicht existiert."

„Dann inszenierte der Verlagschef Karger tatsächlich ein Schauspiel für mich." Vera schüttelte den Kopf. Das war doch nicht zu fassen.

„Es scheint für den Verlag von äußerster Wichtigkeit zu sein, das aufrechtzuerhalten. Dies belegt auch die weitere Korrespondenz. Bosner ist anscheinend hinter Jaspers' Geheimnis gekommen und hat den Steiner Verlag damit erpresst, alles auffliegen zu lassen."

„Und schon kommen wir einem Motiv näher." Vera trommelte mit den Fingern auf die Schreibtischplatte. „Wann hat Luisa diese Nachricht versendet?"

„Am ersten April."

„Der Verlag hielt es womöglich für einen April-scherz?"

„Kann ich nicht sagen. Sie erhielt darauf keine Antwort."

„Erster April ist etwas mehr als zwei Wochen vor ihrer Ermordung."

„Und nur wenige Tage, bevor der ominöse Jannik in ihr Leben trat." Victor verschränkte die Arme vor der Brust.

„Derjenige, der Luisa den Hinweis gab, gab sich später als Jannik aus? Das erscheint mir unlogisch." Vera zog die Brauen zusammen.

„Nur eine Vermutung, die nicht zutreffen muss. Aber der zeitliche Zusammenhang lässt etwas in der Art vermuten."

„Zumindest könnte Jannik vom Steiner Verlag initiiert worden sein als Versuch, Luisa zum Schweigen zu bringen. Bei dem, was inszeniert wurde, um mich zu täuschen, ist das keine abwegige Überlegung." Vera dachte kurz nach. „Du hast gesagt, dass es außerdem Kontakt zwischen Luisa und Nathalie Becker gab?"

„Schon an dem Tag nach ihrem Treffen mit dem unbekannten Jannik hat Luisa in der Facebook-Gruppe nach einer Verbündeten gesucht."

„Die Gruppe, die sich auf die Fahnen geschrieben hat, Jaspers' Identität zu enttarnen?"

„Genau die. Eines muss man Bosner lassen, sie ging sehr subtil vor."

„Das heißt?"

„Sie hat nicht eine Bombe in der Gruppe platzen lassen im Sinne von, ich habe unglaubliche Neuigkeiten oder so ähnlich. Sie hat nur gefragt, ob es jemanden aus der Stadt gibt, mit dem sie sich außerhalb der Gruppe austauschen kann."

„Und das war Nathalie Becker."

„So ist es."

Vera klatschte in die Hände. „Das ist es. Das ist die Verbindung. Mit dem Wissen, das die beiden teilten, waren sie eine Gefahr für Jaspers und/oder den Verlag."

„Nathalie Becker ist anscheinend noch einen Schritt weiter gegangen."

„Das hört ja gar nicht mehr auf." Das war die Art von Aufregung, nach der Vera süchtig war. Die Mischung aus Faszination, Erschrecken und dem Gefühl, schon bald das Dunkel mit Licht erhellen zu können.

„Nathalie Becker hat versucht, Luisa zu erreichen, nachdem die bereits tot war, und hat dann jemanden kontaktiert."

„Jemanden?"

„Ich vermute, dass es sich um einen Journalisten handelt."

„Wieder kein Name?"

„Die Damen waren vorsichtig, haben vielleicht sogar vermutet, dass sie sich in Gefahr begaben. Tragischerweise hat ihnen das nichts genutzt."

„Und dieser Journalist? Es gibt keine Hinweise, wer das sein könnte?"

„Es gibt nur zwei Mails. Eine von Nathalie Becker an ihn am neunzehnten April. Der Tag, nachdem Luisa Bosner umgebracht wurde. Und nur einen Tag vor Nathalie Beckers Ermordung."

„Und die zweite Nachricht?"

„War die Antwort des Journalisten, der sich Hans nennt, aber auch anders heißen kann. Er wollte sich mit Nathalie Becker persönlich treffen, aber dazu kam es nicht mehr."

„Was sie ihm erzählen wollte, steht wahrscheinlich nicht in der E-Mail?"

„Leider nein."

Vera dachte nach. „Ich muss diesen Journalisten treffen."

„Soll ich ihn anschreiben?"

„Jemand, der Wert auf Geheimhaltung legt, meldet sich womöglich nicht auf eine E-Mail der Kripo."

„Und, wenn sie nicht von der Kripo kommt, sondern einer Freundin von Becker, mit der sie die Informationen teilte?" Victor grinste spitzbübisch.

„Hey, da steckt ja ganz schön viel Verschlagenheit in dir." Vera grinste ebenfalls. „Eine gute Idee."

„Heißt nicht, dass er anbeißt, aber versuchen können wir's."

„Okay." Vera ging bereits gedanklich die nächsten Schritte durch. Das war dieser Moment, der prickelte und einen mitriss: So viele Spuren, denen sie nachgehen konnte. Sie wusste, dass sie nun umso mehr darauf achten musste, einen Schritt nach dem anderen zu machen. Denn es war auch der Moment, in dem Fehler gemacht werden. Als hätte man endlich die Treppe entdeckt, die hinunterführt, und renne die vor lauter Freude über die Entdeckung überhastet herunter. Ein falscher Schritt, und sie würde hinabstürzen.

Sie verabschiedete sich von Victor und ging zurück in ihr Büro. Kramte Klebezettel aus der Schublade, die sie mit Hinweisen versah, und dann auf ihre Pinnwand klebte. Sie musste sich zunächst eine Übersicht verschaffen, und dann das weitere Vorgehen planen.

Sie betrachtete ihr Werk und überlegte in aller Ruhe, dann wusste sie, was der nächste Schritt sein musste.

31

„Jetzt rücken Sie schon mit der Sprache raus. Verdammt noch mal! Ein derartiges Schmierentheater zu veranstalten und eine Kommissarin zu täuschen." Vera ließ die Faust auf die Lehne des Sessels niedergehen. Sie hatte sich vorgenommen, ruhig zu bleiben, aber Kargers Art, sich ahnungslos zu geben, machte ihren Vorsatz zunichte.

„Frau Kommissarin. Ich musste Maßnahmen ergreifen."

„Was für Maßnahmen meinen Sie? Herr Karger, ich verlange, dass Sie offen und ehrlich mit mir sprechen."

Karger seufzte und rieb sich die Augen. „Es ist zutreffend, dass wir eine E-Mail bekamen, in der angekündigt wurde, das Pseudonym Juli Jaspers als solches zu entlarven."

„Na bitte", entgegnete Vera. „Aber da ist noch mehr."

„Sie müssen wissen und berücksichtigen, dass wir täglich derartige Nachrichten erhalten. Juli Jaspers ist ein Mysterium und andererseits ein Multi-Millionen-Euro-Phänomen. Natürlich lockt das Erpresser auf den Plan."

„Dennoch wurden die nicht umgebracht." Vera schnaubte und atmete durch. „Wer hat die Nachricht von Frau Bosner beantwortet?"

„Das kann ich Ihnen nicht sagen."

„Warum nicht? Wieder Ihre krude Geheimhaltungspolitik?"

„Nein. Die E-Mail ging an den allgemeinen Account, der von verschiedenen Personen eingesehen und bearbeitet wird. Sicherlich können Sie sich vorstellen, dass täglich unzählige E-Mails eingehen."

„Und dennoch fand diese Beachtung. Finden Sie das nicht seltsam?"

„Ich …"

„Eine andere Frage. Wie werden die E-Mails bearbeitet?"

„Was meinen Sie?"

„Wird jede Nachricht gelesen und beantwortet?"

„Das ist nicht möglich, wie ich ja bereits erwähnte …"

„Das habe ich verstanden", sagte Vera. „Das bedeutet also, dass selektiert wird." Sie sah Kargers fragenden Blick. „Sie verschaffen sich einen groben Überblick, und die Nachrichten, die interessant erscheinen, werden bearbeitet."

Karger nickte, obwohl Vera den letzten Satz nicht wie eine Frage intonierte.

„Die Frage, die sich stellt, ist, warum wurde gerade Luisa Bosners E-Mail als interessant eingestuft?"

Karger zuckte mit den Schultern. „Das wollen Sie wahrscheinlich nicht hören, aber nur, weil ich der Verlagschef bin, bin ich nicht in jeden Prozess involviert. Das ginge auch gar nicht."

„Das ist mir klar. Dennoch werden Sie doch irgendwelche Regularien festgelegt haben, nach denen die Bearbeitung durchgeführt wird?"

„Frau Kommissarin. Auch das kann nicht alles von mir vorgenommen werden. Sie können aber gerne mit der zuständigen Mitarbeiterin der PR-Abteilung sprechen."

„Ich bitte darum." Vera räusperte sich. „Außerdem würde ich gerne wissen, wer die Frau war, die Sie mir als Juli Jaspers vorstellten. Und wer dieser Hagen Regener ist, der ebenfalls beim Treffen dabei war." Vera bemerkte Kargers Zögern. „Herr Karger, wir haben bereits geklärt, dass es ebenso in ihrem Sinne ist, den Fall aufzuklären. Außerdem ist der Verlag durch die neuesten Enthüllungen ins Fadenkreuz meiner Ermittlungen geraten. Wenn Sie sich nicht kooperativer zeigen, werde ich die Staatsanwaltschaft kontaktieren. Zur Not erwirken wir einen richterlichen Beschluss, der Sie zur Aussage zwingt. Das wird sich kaum ohne eine entsprechende Wahrnehmung durch die Öffentlichkeit bewerkstelligen lassen."

Karger hob die Hand. „Ist ja gut." Er klang mehr alarmiert als genervt, was Vera zuversichtlich stimmte. „Es ist schon korrekt, dass Hagen Regener der Sprecher von Juli Jaspers ist. Nur dass die Frau, die sie trafen, nicht die Autorin ist."

„Sondern?"

„Eine Mitarbeiterin aus der Personalabteilung."

„Der Sie auftrugen, hier zu schauspielern?" Vera war fassungslos.

„Frau Kommissarin, Sie müssen sich klarmachen, worum es hier geht. Juli Jaspers ist das Zugpferd meines Verlags. Und neben den Romanen ist die Geschichte, das Bild der Autorin, von wesentlicher Bedeutung. Leser kaufen heute nicht mehr nur einen Roman, den sie losgelöst von der Person, die ihn geschrieben hat, lesen.

Sie wollen ebenso Anteil nehmen an der Welt des Autors."

„Mir erschließt sich nicht, wie das bei einer Autorin gelingt, an deren Leben niemand teilnehmen kann."

„Das war unvorhersehbar, wie ich zugeben muss. Wir haben sozusagen aus der Not eine Tugend gemacht, oder ein vermeintlicher Nachteil wurde zum PR-Instrument." Er verschränkte die Hände ineinander. „Ich werde Ihnen die Geschichte von Juli Jaspers erzählen, danach werden Sie besser verstehen, warum ich handelte, wie ich es tat." Er hielt inne, schien nachzudenken. „Der Literaturmarkt ist hart umkämpft. Heute noch mehr als vor Jahren. Jedes neue Projekt, jeder neue Autor, ist Risiko und Chance zugleich. Natürlich muss ein Verlag dafür sorgen, dieses Risiko zu minimieren."

„Herr Karger. Ich weiß nicht ..."

Karger hob die Hand, um Vera Schweigen zu gebieten. „Lassen Sie mich das ausführen, bitte. Sie werden erkennen, dass es wichtig ist, um den Sachverhalt zu verstehen."

Vera schlug die Beine übereinander und hoffte, die Unruhe, die sich in ihr ausbreitete, würde sich ihrer nicht vollkommen bemächtigen.

„Wir investieren viel Geld in Marketing, aber auch in die Analyse des Marktes. Was erwarten die Leser? Welches Genre erzielt gute Absätze und weshalb? Diese und ähnliche Fragen stellen und beantworten wir täglich. Vor zwanzig Jahren war es nahezu unerheblich, wer der Autor hinter dem Werk war. Bestseller-Autoren wie zum Beispiel Stephen King verkauften ihre Werke millionenfach, ohne dass jemand wusste, wie sie aussahen oder was sie in ihrem Privatleben trieben. Das ist heute nicht mehr so. Die Leser haben Erwartungen. Science-Fiction oder Fantasy von Frauen haben es schwerer als exakt gleiche Romane von männlichen Autoren. Bei Romance-Titeln ist es umgekehrt."

„Existiert Juli Jaspers?"

„Dazu komme ich gleich. Als vor drei Jahren das Manuskript von Rosenlippen bei uns einging, erkannten wir gleich das Potenzial, das darin steckte. Das Ganze hatte aber einen Haken."

„Nämlich?"

„Der Titel wurde von einer älteren Dame geschrieben."

„Sie wollen mir nicht ernsthaft erzählen, dass sie diesen Aufstand veranstalten, um geheim zu halten, dass Juli Jaspers eine ältere Frau ist."

„So ist es aber. Juli Jaspers heißt Berta Friedemann und ist mittlerweile sechsundachtzig Jahre alt."

Vera hätte lachen wollen, so absurd empfand sie diese Offenbarung. Da sie aber zwei junge Frauen das Leben gekostet hatte, war dies mit Sicherheit nicht die adäquate Reaktion. „Damit ich das richtig verstehe: Sie veranstalten das alles, um geheim zu halten, dass Juli Jaspers in Wahrheit eine ältere Dame ist?"

„Ich weiß, dass Ihnen das absurd erscheinen muss. Aber heutzutage sind Zielgruppen und ein darauf zugeschnittenes Produkt alles. Kein Unternehmen, auch kein Verlag, kann es sich mehr leisten, auf gut Glück einen Roman auf den Markt zu werfen. Und das Drumherum zählt mindestens ebenso viel. Ein Buch wie *Rosenlippen* oder *Ranken der Liebe* hätte keine Chance gehabt, hätten wir offenbart, dass es sich um eine Dame gesegneten Alters handelt, die den Titel geschrieben hat. Besonders nicht bei jüngeren Leserinnen."

Vera wollte entgegnen, dass ihr das blödsinnig vorkam, aber letztlich war das nicht die Frage, die es zu klären galt. „Und diese Frau Friedemann, die kennen Sie persönlich?"

„Na ja."

„Na ja?"

„Um ehrlich zu sein, wir haben nur Kontakt mit Herrn Regener. Was ehrlich gesagt für die Zusammenarbeit, die sehr gut funktioniert, unerheblich ist."

Vera entschied, es hinzunehmen. Es nutzte nichts, erneut auf die Absurdität hinzuweisen, die sie angesichts dessen empfand. Das gehörte nicht hierher. „Wer aus dem Verlag weiß davon? Wer kennt die wahre Geschichte hinter dem Pseudonym Juli Jaspers?"

„Nur ich."

„Und Sie sind auch der Einzige, der mit Herrn Regener in Kontakt steht?"

„Nein. Die Lektoren, die gemeinsam mit den Autoren die Manuskripte bearbeiten, ebenfalls."

„Und zu keinem Zeitpunkt taucht in dieser Kommunikation der Name Berta Friedemann auf? Also, die gesamte Kommunikation läuft über Herrn Regener? Ist das nicht ungewöhnlich?"

„Es ist nicht die Regel. Normalerweise haben die Autoren selbst Kontakt zu den Lektoren, aber wir sind flexibel."

Und letztlich soll der Rubel rollen, dachte Vera bitter, verkniff sich jedoch das Aussprechen dieser Bemerkung. Zynismus brachte sie nicht weiter. „Können Sie den Kontakt zu Herrn Regener herstellen? Ich würde mich gerne noch mal mit ihm unterhalten."

„Selbstverständlich."

„Am liebsten auch mit Frau Friedemann."

Karger presste die Lippen zusammen. „Das kann ich nicht garantieren, aber ich werde ihn darum bitten."

„Und die ganze Zeit, die drei Jahre, die sie nun mit Frau Friedemann und Herrn Regener zusammenarbeiten, gab es niemanden, der Sie mit dem konkreten Verdacht konfrontierte?"

„Ich weiß nicht, worauf Sie hinauswollen?"

„Hat vor Luisa Bosner schon mal jemand versucht, Sie zu erpressen?"

„Wie ich Ihnen schon sagte ..."

„Das weiß ich noch." Vera schnaubte. „Es geht nicht um die Drohungen, die Sie als haltlos abtun. Es geht mir um Personen, die Bescheid wussten."

„Nicht, dass ich wüsste."

Vera glaubte ihm nicht. „Es ist wirklich wichtig. Irgendjemand wusste Bescheid und wollte das Konstrukt Juli Jaspers entlarven. Womöglich sogar jemand aus ihrem Verlagsteam?"

„Sie glauben allen Ernstes, dass der Mörder hier im Verlag arbeitet?"

Vera zuckte mit den Schultern. „Es ist nicht abwegig. Vielleicht jemand, der seine Arbeit nicht ausreichend gewürdigt sieht, oder ein größeres Stück vom Kuchen der Frau Jaspers bekommen möchte."

„Das kann ich mir nicht vorstellen."

„Sie wären überrascht, wie häufig so etwas vorkommt. Was ich auf jeden Fall benötige, ist eine Aufstellung von E-Mails oder Anfragen, in denen etwas in Richtung Pseudonym Juli Jaspers geäußert wurde."

„Werde ich veranlassen."

Vera hoffte, dass Karger Wort halten würde, und verabschiedete sich. Beim Weg durch das Vorzimmer fiel ihr Blick auf den Bildschirm der Empfangsdame, auf dem der Bildschirmschoner lief, der ein Buchcover zeigte. Vera erkannte, dass es sich um einen der Romane von Juli Jaspers handelte, kannte diesen jedoch nicht.

Da die blonde, emotionslose Dame nicht anwesend war, überlegte Vera, bei Karger anzuklopfen, um danach zu fragen. Doch für heute hatte sie genug vom Steiner Verlag.

32

Der Junge:

Erneut versagt er. Die Gewissheit dringt in die tiefen Risse seines Selbstwertgefühls, das unter Mutters Abscheu ihm gegenüber zu kaum noch vorhandener Größe schrumpfte und verdorrte. Wie eine Pflanze der sengenden Sonne ohne Schutz ausgesetzt. Auch Julia entscheidet, dass er nicht liebenswert ist. Sie weist ihn zurück.

Unbarmherziger als die Zurückweisung ist die Art, wie sie ihn zuletzt ansieht. Die sich, obwohl er es aus seiner Wahrnehmung tilgen will, in seinem Unterbewusstsein festsaugt und von dort aus den Gedanken aussendet, der nun zu Klarheit anschwillt: Sie verabscheut ihn ebenso wie Mutter.

Der Teil in ihm, der wie ein Kind Anerkennung und Liebe sucht, zieht sich weiter zurück.

Was bleibt, ist nicht mehr bereit, eine erneute Zurückweisung hinzunehmen.

33

Kaum war Vera zurück im Büro, klopfte es an ihre Tür. Peters trat nach Aufforderung herein.

„Neuigkeiten zum Haus?", fragte Vera.

„Allerdings. Ich konnte herausfinden, wer der Eigentümer ist, oder vielmehr die Eigentümerin." Peters schlug eine Mappe, die er in den Händen hielt, auf und entnahm der einen Ausdruck, den er Vera aushändigte. „Es gehört einer Berta Mühlhaupt."

Vera überflog den Grundbuchauszug. „Sie erbte das Haus von ihren Eltern."

„Genau und das vor sechzig Jahren."

„Und dort lebt sie noch?"

„Zumindest ist sie dort gemeldet."

„Seltsam", sagte Vera, bemerkte Peters' fragenden Blick. „Irgendwie kann ich mir nicht vorstellen, dass eine Frau höheren Alters dort lebt. Diese Frau Mühlhaupt müsste ja an die neunzig sein."

„Neunundachtzig, genau. Sie wurde am fünften März neunzehnhundertdreiunddreißig geboren."

Vera sah auf die Uhr und musste erschrocken feststellen, dass der Arbeitstag sich bereits dem Ende neigte. „Morgen begleiten Sie mich, Peters."

„Wohin?"

„Nach Ensdorf. Wir werden uns dort mal umhören und schauen, ob wir diese Frau Mühlhaupt antreffen."

„Wie, glauben Sie, steht sie im Zusammenhang zum Fall?"

Vera verschränkte die Hände auf der Tischplatte. „Das ist eine gute Frage, aber leider auch eine, auf die ich die Antwort nicht kenne. Noch nicht. Aber die Blätter des Frühlings-Adonisröschens sind zumindest ein Indiz für eine mögliche Verbindung." Vera las in Peters' Gesicht, dass ihm die Frage auf der Zunge lag, die auch ihr durch den Kopf ging: dass die Vorstellung, eine neunundachtzigjährige Frau sei die Mörderin, absurd war. „Sicherlich ist sie nicht die Täterin, aber dieser Fall hat schon die ein oder andere vermeintlich existierende Person als Trugbild entlarvt."

Peters nickte. „Dann treffen wir uns morgen im Büro und fahren gemeinsam?"

„Es ist einfacher, wenn Sie mich abholen. Haben Sie meine Privatadresse?"

Peters verneinte, und so notierte Vera die Adresse und überreichte ihm den Zettel. Nachdem Peters das Büro verlassen hatte, zog Vera das Handy aus der Tasche. „Hey, mein Schöner. Ich wollte fragen, ob du heute Abend verfügbar bist?"

Das Lachen von der anderen Seite war ein derart herzerfrischender Laut, dass Vera einstimmte. „Ich dachte mir schon, dass du dich meldest. Dann will ich mal nicht so sein."

„Wie bitte?", fragte Vera in einem übertrieben empörten Ton. „Komm du mir nach Hause, dann wirst du schon sehen, was du davon hast, so frech zu sein."

„Ich freue mich darauf."

34

Peters' alter Golf erinnerte Vera an ihre Zeit als junge Beamtin. Im Gesicht ihres Kollegen las sie die Aufregung, die auch sie damals ergriffen hatte. „Angespannt?", fragte sie.

Peters zuckte zusammen, was Vera zum Lachen brachte. „Keine Sorge, das ist absolut nachvollziehbar."

Peters nickte, doch sein Lächeln wirkte gezwungen.

„Mit der Zeit stellt sich Routine ein, das ist auch wichtig, um sich nicht aus der Ruhe bringen zu lassen. Die Gedanken besser ordnen zu können."

„Darauf hoffe ich."

„Und es wird so kommen. Und eines Tages sitzen Sie dann neben einem Frischling, bemerken dessen Aufregung und wünschen sich ein wenig davon zurück."

Endlich lösten sich Peters' Gesichtszüge und ein ehrliches Grinsen zeigte sich. „Und dann muss ich mich um einen Frischling kümmern, der mir auf die Nerven geht."

„Spätestens dann werden Sie an meine Worte denken." Vera lächelte kurz, dann wurde ihr Gesicht ernst. „Obwohl ich heute ebenfalls angespannt bin."

„Tatsächlich?"

„Ich bin keine Esoterikerin, aber das Haus strahlt etwas Bedrohliches aus." Sie warf einen Blick aus dem Seitenfenster. „Ich weiß, was Sie meinen", sagte Peters und bog nach links ab.

Vera warf ihm einen Seitenblick zu. „Mein damaliger Ausbilder riet mir, diese Intuition ernst zu nehmen und bislang habe ich auch gut daran getan."

„Werde es mir merken."

Als sie das Dorf erreichten, wies Vera Peters an, auf dem Marktplatz zu parken. „Wir legen den Weg bis zum Haus zu Fuß zurück."

Sie stiegen aus, und augenblicklich kehrte das Unbehagen zurück. Begleitete Vera wie das Schwelen eines sich ankündigenden, fiebrigen Infekts. Wie schon beim Besuch mit Morris, offenbarte ein Seitenblick auf Peters, dass auch er dies empfand

Sie verließen das Dorf schweigend und gelangten über den Feldweg zum Haus. „Ist wirklich schwierig auszumachen", sagte Peters.

„Allerdings." Sie fügte nicht hinzu, dass es gerade dieser Punkt war, der ihrer Meinung nach dieses Haus prädestinierte. Womöglich, da sie nicht in Worte fassen konnte, für welchen Zweck.

Vera verlangsamte ihren Schritt nicht, bis sie den Zaun erreichten. Öffnete dieses Mal das Törchen, das darin eingelassen und sich, trotz gleichen Bewuchses wie der übrige Zaun, erstaunlich leicht öffnen ließ. Das rief in ihr erneut die Erkenntnis wach, dass jemand regelmäßig zum und vom Haus ging, obwohl der Zustand auf den ersten Blick etwas anderes vermuten ließ.

Sie passierten das Frühlings-Adonisröschen, das als dichter Busch im Vorgarten wuchs und erreichten die Haustür. Wieder fiel ihr das robuste Schloss auf, bevor sie den Klingelknopf betätigte. Nichts geschah. Vera versuchte es ein weiteres Mal. Doch am Ergebnis änderte sich nichts.

„Sollen wir zurück ins Dorf und dort die Befragungen beginnen?", fragte Peters.

Widerstand regte sich in Vera. Es wäre der richtige und einzig vernünftige Schritt, doch das Rumoren in ihrer Magengegend hatte zugenommen, ebenso die Ahnung, dass sich in diesem Anwesen Entscheidendes verbarg. Sie wollte nicht noch einmal abziehen, ohne es versucht zu haben.

„Sehen Sie den Baum?" Sie deutete auf den knorrigen Stamm neben dem Haus, der ihr bereits bei ihrem ersten Besuch aufgefallen war und zum Heraufklettern aufforderte. Dieses Mal war sie nicht alleine.

„Ja?" Peters' Tonfall und Gesicht drückten aus, dass er zwar insgeheim wusste, worauf Vera hinauswollte, dies aber nicht wahrhaben wollte.

„Wenn ich den besteige, kann ich einen Blick durch die Fenster der oberen Etage werfen."

„Sollten wir nicht ...?" Peters sah aus wie ein Junge, den man zum Ladendiebstahl verführen wollte.

„Ich weiß, dass wir uns damit in einer Grauzone bewegen", sagte Vera.

Peters trat von einem Fuß auf den anderen. „Wir haben keine Befugnis ..."

Vera hob die Hand. „Ich weiß. Aber es wird schneller gehen. Wer weiß, wann wir hier jemanden antreffen werden, und für einen Durchsuchungsbefehl fehlen uns die Beweise." Sie sah Peters' immer noch zweifelnden Blick, berührte ihn am Arm und sagte: „Vertrauen Sie mir und meiner Erfahrung. Etwas ist in diesem Haus, was mit unserem Fall zu tun hat, und wir haben die Möglichkeit, das jetzt herauszufinden."

„Okay." Peters klang zweifelnd, dennoch folgte er Vera zum Baum und half ihr, daran hochzuklettern.

Die weit ausladende Krone eignete sich perfekt, um darin stabil Platz zu finden. Vera versuchte, durch das Seitenfenster des Hauses zu spähen, doch die einfallenden Sonnenstrahlen wurden davon reflektiert, sodass sie nichts erkennen konnte. Sich am oberen Ast festhaltend, balancierte Vera über den darunterliegenden auf das Fenster zu. Doch auch aus der Nähe konnte sie nicht hineinschauen und erkannte nun auch den Grund dafür: Das Fenster war von innen mit Papier beklebt.

Sie wollte bereits aufgeben und wieder herunterklettern, da erspähte sie einen feinen Spalt zwischen Fenster und Rahmen. „Peters?"

„Ja, alles in Ordnung bei Ihnen?"

„Ja. Sie werden jetzt einen kurzen Augenblick wegschauen, okay?"

„Ähm. Öh." Peters trat von einem Bein auf das andere.

„Sie müssen das nicht wortwörtlich nehmen. Ich meine, dass Sie nichts gesehen haben, aber dennoch aufpassen können, dass ich mir bei der Aktion nicht alle Knochen breche." Vera lächelte, doch ihr Magen krampfte sich zusammen. Was sie vorhatte, barg ein Risiko. Sie näherte sich dem Fenster, wissend, dass der Ast, auf dem sie stand, mit jedem Zentimeter, den sie sich vorarbeitete, dünner wurde. Der Spalt vor ihr, der sie hoffen ließ, das Fenster öffnen und uns Innere gelangen zu können, war jedoch zu verlockend.

Obwohl der Zweig unter ihren Füßen bedrohlich schwankte und sie hören konnte, wie Peters zischend die Luft einsog, bewegte sich Vera weiter voran. Mit der linken Hand sich am Ast über sich haltend, streckte sie die Rechte aus, um gegen das Fenster zu drücken. Nichts geschah. Die Stimme in ihrem Kopf, die ihr sagte, den irrwitzigen Plan aufzugeben, war mittlerweile zum Schreien übergegangen.

Vera schob die Zungenspitze zwischen den Zähnen hervor, während sie auf dem linken Fuß balancierte, um den rechten vorzustrecken. Als der sich bis auf wenige Zentimeter dem Fenster genähert hatte, geriet sie bedrohlich ins Schwanken, zog das Bein blitzschnell zurück und fand wieder Halt. Die Luft, die sie angehalten hatte, ließ sie seufzend entweichen.

„Frau Kommissarin, ich glaube nicht, dass das eine gute Idee ist", sagte Peters unter ihr.

Ihre Dickköpfigkeit obsiegte. Sie hatte sich in den Kopf gesetzt, in dieses Haus zu gelangen, und würde nicht aufgeben. Beim zweiten Versuch erreichte ihr beschuhter Fuß das Fenster und baute Druck auf, bis es endlich aufschwang. Damit war der Weg zwar theoretisch frei, es kostete Vera aber eine weitere akrobatische Leistung, den Fenstersims zu erreichen.

Sie zeigte Peters den ausgestreckten Daumen und fragte sich, was der von seiner Kommissarin hielt. Entweder war sie in seinen Augen irre oder es imponierte ihm, welchen Einsatz sie für die Aufklärung des Falles investierte. Als sie durch das Fenster schlüpfte, streifte sie auch diesen Gedanken ab. Sie fand sich in einem Raum wieder, der an ein Kinderzimmer erinnerte. Das eines Mädchens, um genau zu sein. Die rosafarbene Tapete war verblichen und ließ vermuten, dass sie schon älteren Datums war. Ebenso das Interieur aus Eichenholz. Ein Bett mit rosafarbener Bettwäsche. Ein

Schreibtisch mit Stuhl, der ebenfalls in Rosa gepolstert war.

Wie das Haus von außen wirkte das Zimmer auf den ersten Blick veraltet und verlassen, andererseits, als würde es immer noch aufgesucht. Wie in einem Museum, in dem ein Raum so hergerichtet worden war, wie er zu Lebzeiten einer Person ausgesehen hatte.

Auf dem Nachttisch stand ein gerahmtes Foto, und Vera erkannte darauf eine Dame, sie schätzte sie auf Anfang sechzig, die mit strenger Miene in die Kamera blickte. Welches Kind hier auch zu Hause gewesen sein mochte, es war diesem Alter entwachsen. Was zu der Frage führte, wie alt die Aufnahme und damit die Dame darauf war? Sie beschloss, ein Foto davon zu machen, um dies später den Dorfbewohnern zu zeigen.

Sie öffnete vorsichtig die Zimmertür. Obwohl sie annahm, alleine im Haus zu sein, erschien ihr eine gewisse Vorsicht angebracht. Sie trat auf einen Flur, von dem, ihr gegenüber, zwei Türen abgingen. Rechts vom Kinderzimmer befand sich ein weiterer Raum, worauf eine Tür in der Wand neben ihr hindeutete. Links führte eine Treppe ins Erdgeschoss.

Bevor sie überlegen konnte, ob sie eines der Zimmer hinter den Türen oder aber das Erdgeschoss erkunden wollte, nahmen sie die gerahmten Fotos, deren Anzahl die Wände des Flurs in dichter Folge füllte, gefangen. Auf einigen erkannte sie die Frau wieder, deren Bild sie bereits auf dem Nachttisch im Kinderzimmer betrachtet hatte. Diese Aufnahmen zeigten eine jüngere Version von ihr, auf den meisten war zudem ein Mädchen, vom Säuglings- bis zum Kleinkindalter, zu sehen.

Bei der Frau musste es sich um Berta Mühlhaupt handeln. In den Rahmen, die weiter den Flur hinunter hingen, entdeckte Vera eine weitere Dame. Eine Aufnahme zeigte sie lächelnd im Alter von vielleicht zwanzig Jahren, auf den übrigen Aufnahmen, auf denen Vera sie zehn bis fünfzehn Jahre älter schätzte, wirkte sie angespannt. Sie konnte nicht sagen, wie sie zu dieser Einschätzung gelangte. Nichts, das sich in ihrer Mimik offenbarte, denn sie lächelte auf jedem Foto, es waren ihre Augen, die für diesen Eindruck sorgten. Etwas lag darin. Vera betrachtete sie aus der Nähe und meinte, in den Augen den Wunsch zu erkennen, der Situation zu entfliehen. Womöglich sogar mehr.

Ihr Verstand bremste sie sogleich. Mahnte sie, sich auf die Fakten zu besinnen. Doch Vera war sicher, dass ihre Intuition dies so wertete, da sie auf den Bildern etwas erkannte, dass Veras Verstand nicht in Worte fassen konnte. Es gab nur eine Aufnahme, auf denen beide Frauen gemeinsam abgebildet waren. Vera vermutete, dass es sich bei der jüngeren Frau um Berta Mühlhaupts Tochter handelte, die bereits als Säugling und Kleinkind zu sehen war.

Sie blieb vor der Tür, die in den Raum neben dem Kinderzimmer führte, stehen, zögerte, die Hand auf die Klinke zu legen, die Tür zu öffnen, um einzutreten. Gerne hätte sie es als alberne Furcht abgetan, doch das Gefühl, an einem schlechten Ort zu sein, das sie bereits außerhalb beschlichen hatte, war im Innern niederdrückend. Zudem wollte sie nicht von einer zurückkehrenden Berta Mühlhaupt überrascht werden. So machte sie ein Foto von der Abbildung der jungen Frau und ging zur Treppe, um in das Erdgeschoss zu gelangen.

Ihr fiel ein, dass sie das Fenster noch nicht geschlossen hatte. So ging sie zurück in das Kinderzimmer und warf dort einen weiteren Blick auf das Foto der Frau, das auf dem Nachttisch stand. Abgesehen davon, dass es ihr seltsam vorkam, das Bild der Mutter auf dem Nachttisch stehen zu haben, wunderte sie sich noch mehr darüber, dass, verglichen mit den Aufnahmen im Flur, die Frau auf dem Bild zwar dieselbe, jedoch wesentlich älter war. Davon ausgehend, dass sie sich im Kinderzimmer der Tochter befand und dieses seit deren Kinderzeit nicht mehr verändert worden war, müsste die Mutter auf dem Foto hier nicht wesentlich jünger sein? Eine Frage, die sie nicht beantworten konnte, die ihr aber wichtig erschien und nur zu einem der Punkte gehörte, die in diesem Haus nicht zueinander passten. Sie schloss das Fenster und verließ den Raum.

Über die Treppe gelangte sie ins Erdgeschoss. Alles wirkte staubig, aber ebenfalls nicht verlassen. Keine Bilder an den Wänden, die eine weiße Tapete mit rotem Blütenmuster zierte. Sie wirkte ebenfalls in die Jahre gekommen. Unter der Treppe befand sich eine Tür, die, wie Vera mutmaßte, in den Keller führte. Wie die Eingangstür wies sie ein robustes und nicht alt wirkendes Schloss auf.

Sie verzichtete darauf, die weiteren Räume des Erdgeschosses, wie auch die des ersten Stocks zu inspizieren. Vordergründig, da sie sich unerlaubt hier aufhielt und nicht auffliegen wollte. In Wahrheit aber, da sie eine Bedrohung spürte, die sie nicht fassen konnte. Ihre Intuition riet ihr, hier nicht länger alleine zu sein.

Sie ging zur Haustür, wusste aber bereits, dass die verschlossen war. Ruhe bewahren, mahnte sie sich, doch ihr Puls, der sich bereits seit ihrem Klettermanöver beschleunigt hatte, legte noch mehr zu. Der Eindruck, hier eingeschlossen zu sein, brannte heiß in ihren Eingeweiden. Rechts der Tür trat sie an das Fenster, durch das sie bei ihrem ersten Besuch versucht hatte, hineinzuspähen, zog den schweren Vorhang zur Seite und meinte, einen Geruch wahrzunehmen, der kaum mehr als eine Ahnung war. Sie schnupperte in die Luft, versuchte, seiner habhaft zu werden. Ihn zu ergründen und seine Herkunft zu wittern, doch es blieb bei dem flüchtigen Augenblick.

Das Fenster ließ sich leicht öffnen, und Peters trat an sie heran. „Brauchen Sie Hilfe?"

„Wie man es nimmt." Vera fuhr sich durchs Haar. „Die Haustür ist verschlossen, also ohne Schlüssel nicht zu öffnen. Und wenn ich ehrlich bin, will ich mir die Klettertour nicht noch einmal antun."

Peters nickte. „Kann ich verstehen."

Es war ein Leichtes, aus diesem Fenster zu steigen, nur dann würde sie es geöffnet hinterlassen.

„Und wenn wir im Dorf Bescheid geben?"

Vera runzelte die Stirn. „Wie meinen Sie das?"

„Wir könnten doch sagen, dass wir uns umgesehen haben und dabei bemerkten, dass hier ein Fenster offen steht, und ob jemand der Eigentümerin Bescheid gibt."

Vera musste grinsen. Dass aus Peters ein fähiger Beamter werden würde, erschien ihr immer wahrscheinlicher. „Sie Fuchs, das ist eine gute Idee." Sie machte sich daran, aus dem Fenster zu klettern, zog danach den Vorhang zu und das Fenster ran, sodass es zumindest nicht offen stand. „Das sollte reichen."

35

Der Junge:

Der Junge lebt im Körper eines Mannes. Die Möglichkeit, es zu verbergen, ist aussichtslos. Mutters Ekel, den sie ihm gegenüber empfindet und offenkundig zur Schau trägt, verletzt den Jungen in ihm. Auch wenn ein Teil von ihm die Rolle des Mannes einnimmt, der er hätte sein können, ist es nur eine Fassade. Eine hauchdünne Membran, die den Jungen nicht schützen kann. Er wird immer das geschundene Kind bleiben, der ungewollte Junge.

Dass Julia auf diese Art zurückkehrt, trifft ihn unerwartet. In den Jahren verlor er sie nicht aus den Augen, suchte stets nach einem Weg, sie wieder bei sich zu haben. Dort, wo sie hingehört.

Als sie ihn verließ, verfügte Mutter über etwas Neues, das sie ihm vorwerfen konnte. Es war seine Schuld, dass sie die Ersatztochter verlor. Sie wird nicht müde, den Vorwurf in den Jahren wieder und wieder zu äußern. Anfangs schlägt sie ihn, meist mit dem Gürtel, das Alter lässt sie dann milder werden. Zumindest in Bezug auf körperliche Züchtigung. Was weniger einer Einsicht oder eines Umdenkens geschuldet ist als vielmehr der Tatsache, dass ihr die Kraft fehlt.

Jener Umstand, der dafür sorgt, dass Julia zurückkehrt.

36

Entweder war niemand in Ensdorf zu Hause oder keiner der Bewohner wollte mit ihnen reden. Vera fühlte sich wie eine Staubsaugervertreterin, während sie mit Peters im Schlepptau von Haustür zu Haustür lief, ohne dass ihnen eine davon geöffnet wurde. Nahezu so weit, aufzugeben, trafen sie in einer der letzten Straßen, die sie noch nicht abgeklappert hatten, doch noch eine Dame höheren Alters an, die in einem Haus lebte, das sich in ähnlichem Zustand befand wie das von Berta Mühlhaupt außerhalb des Dorfes.

Sie riss die Augen hinter ihrer Brille auf, als Vera sich als Kommissarin vorstellte, was sie wie eine Karikatur ihrer selbst wirken ließ. „Das hat es hier noch nie gegeben", flüsterte sie. „Dass eine Kommissarin nach Ensdorf kommt. Um Gottes willen." Sie klatschte die Hände zusammen.

„Dürfen wir kurz hereinkommen?", fragte Vera.

„Aber natürlich. Aber natürlich. Ich bin ganz durcheinander." Die Dame, die sich als Frau Wenge vorstellte, wedelte mit der Hand vor dem eigenen Gesicht herum, als müsste sie einen Schwarm Fliegen verscheuchen. „Kommen Sie rein."

Vera und Peters folgten ihr durch einen dunklen Hausflur mit Steinboden in einen Raum, der das Wohnzimmer sein musste. Ein Sofa mit Blümchenmuster und ein dazu passender Sessel gruppierten sich um einen niedrigen Tisch aus dunklem Eichenholz. Der Raum war ebenfalls dunkel, da das einzige Fenster nahezu zur Hälfte durch einen schweren Vorhang verdeckt wurde.

„Möchten Sie einen Kaffee? Ich habe auch Plätzchen. Ganz frisch gebacken."

„Vielen Dank, aber wir möchten Ihnen keine Umstände machen", entgegnete Vera.

Frau Wenge vollführte eine wegwerfende Handbewegung. „Das sind doch keine Umstände. Ich freue mich, wenn meine Plätzchen Abnehmer finden. Wissen Sie, ich backe doch so gerne, und früher hat mein lieber Eduard sie gegessen. Jetzt ist er seit fünf Jahren tot, und ich möchte und kann mit dem Backen nicht aufhören. Habe aber niemanden, der die Plätzchen essen möchte."

Bevor Vera sich dazu äußern konnte, war sie aus dem Zimmer verschwunden, und Klappern verriet, dass sie den Kaffee kochte.

Vera sah Peters an und zuckte mit den Schultern. Der verstand die Geste. Es schadete nicht, der Dame eine Freude zu machen, und Vera musste zudem zugeben, dass ihr nach der Kletteraktion der Magen knurrte.

Frau Wenge kehrte mit einer silbernen Platte zurück, die Vera von ihrer Mutter kannte, die jene aber für das Anrichten des Sonntagsbratens genutzt hatte. Darauf waren verschiedene Plätzchen liebevoll drapiert. „Ich hoffe, Sie sind nicht irgendwie alermisch?"

Vera sah Frau Wenge irritiert an. „Ich verstehe nicht, was Sie meinen?"

„Heutzutage ist doch jeder alermisch. Die Kinder sind nichts mehr gewohnt, bekommen nur noch diesen amerikanischen Donald-Fraß, und da wundern sich die Eltern, dass sie alermisch sind auf Butter und Blumenkohl."

Endlich begriff Vera, worauf die ältere Dame hinauswollte. Sie musste sich auf die Zunge beißen, um nicht in Gelächter auszubrechen und sah aus dem Augenwinkel, dass es Peters ebenso erging. „Keine Sorge. Wir sind nicht ...", sie unterbrach sich selbst, um den Satz umzuformulieren. „Wir vertragen alles, oder, Peters?"

Der nickte eifrig, und Vera war froh, dass es ihr gelungen war, die ältere Dame nicht vorzuführen. Sie wollte die Dame nicht vor den Kopf stoßen.

„Das ist gut." Frau Wenge stellte die Platte mit einem zufriedenen Grinsen auf den Couchtisch und verließ das Zimmer, um den Kaffee zu holen.

„Benötigen Sie Hilfe?", rief Peters hinter ihr her.

„Junger Mann, das ist sehr freundlich, aber schon mein ganzes Leben komme ich gut zurecht und plane, es auch dabei zu belassen", entgegnete Frau Wenge, als sie mit einem Tablett, auf dem drei Tassen und eine Kaffeekanne standen, zurückkehrte. Das Service zeigte dasselbe Blümchenmuster wie Couch und Sessel.

Obwohl es nicht Veras Geschmack war, musste sie zugeben, dass diese Abstimmung Stil hatte. „Frau Wenge, kennen Sie eine Berta Mühlhaupt?", fragte Vera, nachdem sie von einem Plätzchen abgebissen hatte, das fantastisch schmeckte.

„Ich dachte mir schon, dass Sie wegen ihr hier sind." Frau Wenge trank einen Schluck Kaffee und stellte die Tasse zurück auf den Eichentisch. „Ich habe Berta seit Jahren nicht gesehen, aber ich kenne sie."

„Sie wohnt in dem Haus. Hinter dem Dorf?"

„Das ist ihr Haus."

„Lebt sie dort alleine?"

„Hannah lebt bei ihr. Ich glaube, dass sie, er, immer noch bei ihr lebt."

„Sie? Er?", fragte Vera.

Frau Wenge verzog das Gesicht. „Damit kommen wir zu der Geschichte." Sie nahm einen Keks von der Platte, biss jedoch nicht davon ab, sondern wendete ihn zwischen den Fingern. „Wer der Vater war, haben wir nie erfahren. So viele Jahre ist es her. Fünfzig müssen es sein. Wie die Zeit vergeht." Ihr Blick ging in die Ferne, und Vera befürchtete, dass sie das Reden einstellen würde. Dann zuckte Frau Wenge zusammen, als durchführe sie ein Stromschlag. Sie lächelte verlegen. „Ich bitte um Entschuldigung. Manchmal verliere ich mich in der Erinnerung."

„Kein Problem", sagte Vera. „Lassen Sie sich Zeit, wir haben es nicht eilig, und die Geschichte ist interessant für uns."

„Es ist eine seltsame Geschichte. Selbst heute noch, und da denkt man über solche Dinge ja ganz anders." Sie biss nun doch von dem Plätzchen ab. Kaute und schluckte. „Berta war immer allein gewesen. Eine Einzelgängerin, die die meisten Menschen mied. Auch die aus dem Dorf. Deshalb waren wir auch so überrascht, dass sie eines Tages schwanger war."

Vera dachte an die Bilder, die sie im Haus gesehen hatte. „Sie gebar eine Tochter?"

„Das wäre ihr am liebsten gewesen, und es hatte lange Zeit auch den Anschein, dass es so war."

Vera hatte Schwierigkeiten, Wenge zu folgen, die in Rätseln sprach, fürchtete aber, sie durch Nachfragen aus dem Konzept zu bringen. So schwieg sie und hoffte, dass sich erschließen würde, worauf die alte Dame hinauswollte, wenn Vera sie weiterreden ließ.

„Sie bekam dieses Kind, was eine ähnliche Nacht-und-Nebel-Aktion war, wie alles, was mit Berta zu tun hat. Am Anfang waren da nur Gerüchte, dass das Kind geboren sei. Sie müssen wissen, dass bei uns im Dorf jede Geburt gefeiert wird, damit jeder die Möglichkeit hat, das neue Mitglied der Dorfgemeinschaft auf dieser Welt willkommen zu heißen."

Vera hatte Schwierigkeiten, sich das vorzustellen. Sie hatte die Stimmung in Ensdorf bei jedem Besuch als ungastlich empfunden. Oder urteilte sie übereilt? Immerhin hatte Frau Wenge sie überaus freundlich empfangen.

„Ich bekam Hannah zu sehen, als sie noch ein Säugling war. Im Kinderwagen. Berta ging mit ihr immer im Wald spazieren, nie ins Dorf. Es war ein Zufall, dass ich ihr über den Weg lief. Natürlich fiel mir damals nichts auf. Ein Baby ist ein Baby. Allenfalls die Farbe des Strampelanzugs verrät etwas über sein Geschlecht." Sie nahm sich ein weiteres Plätzchen und beäugte es, als wüsste sie nicht, was damit anzufangen sei. „Auffällig wurde es erst in der Schule. Da lässt sich so etwas nicht verheimlichen. Obwohl Berta es versuchte. Ich glaube, Hannah war bereits im zweiten Schuljahr, als ihre Klassenlehrerin, Frau Braun, dahinterkam. Irgendetwas hatte man mit ihr angestellt, dass Hannahs Hose nass wurde. Sie wurde oft gehänselt von ihren Mitschülern. Kinder bemerken gleich, wenn sich jemand seltsam verhält, und sind meist gnadenlos." Sie brach den

Keks in ihren Händen in zwei Teile, die sie gedankenverloren betrachtete. „Die Schule ist zwar im Nachbarort, aber Frau Braun lebte in Ensdorf. Sie war keine Tratschtante, dass Sie da keinen falschen Eindruck bekommen, aber so etwas lässt sich nicht geheim halten. Nicht in einem Dorf, in dem jeder jeden kennt." Sie seufzte, legte die Plätzchenstücke auf ihre Untertasse und wischte sich die Handflächen an ihrem Kleid ab. „Berta hat zunächst versucht, alles abzustreiten. Hat Frau Braun sogar der Lüge bezichtigt. Dann hat sich die Schulbehörde eingeschaltet, und Berta musste das Kind zu einem Arzt bringen, der feststellte, dass Hannah ein Junge ist."

Obwohl zu ahnen gewesen war, worauf die Schilderungen hinausliefen, blieb Veras Mund offen stehen. Hatte diese Frau allen Ernstes einen Jungen jahrelang als Mädchen ausgegeben? Und, da das offenbar so war: Warum tat jemand so etwas?

„Warum, fragen Sie sich?" Frau Wenges Mund war zu einem spöttischen Grinsen verzogen. „Das habe ich Berta gefragt. Wissen Sie, was sie gesagt hat?"

Vera schüttelte den Kopf und Peters, der ebenso irritiert dreinblickte, tat es ihr gleich.

„Weil sie ein Mädchen sein muss. Das hat sie gesagt. Mehr nicht. Ich glaube, sie hat anschließend nie wieder ein Wort mit mir gewechselt. Als hätte ich eine unangemessene Frage gestellt. Und wahrscheinlich habe ich das in ihren Augen."

„Sie sagen also, dass Berta Mühlhaupt einen Jungen zur Welt brachte, den aber jahrelang als Mädchen ausgab, bis es im zweiten Schuljahr aufflog?"

„Sie hat damit nicht aufgehört, ihn als Mädchen auszugeben. Hat ihn weiterhin so gekleidet und Hannah genannt. Für den Jungen muss das ein Albtraum gewesen sein, zumal nun jeder wusste, dass er ein Bube war."

„Wie hieß er?", fragte Peters.

Vera sah ihn an, als wäre sie gerade erwacht, und in gewisser Weise traf das auch zu. Sie war vollkommen in Frau Wenges Erzählung eingetaucht und hatte vergessen, dass Peters da war.

Wenge runzelte die Stirn, sie wirkte ebenfalls so, als würde ihr Peters' Anwesenheit in diesem Moment wieder bewusst werden. „Ich muss zugeben, dass ich Ihnen das nicht sagen kann. Womöglich aufgrund der seltsamen Umstände hat sich der Name Hannah in mein Gedächtnis gegraben, während der andere dort keinen Halt fand."

„Diese Lehrerin." Vera betrachtete die Notizen, die sie während Wenges Schilderungen angefertigt hatte. „Frau Braun. Sie sagten, sie lebt hier im Dorf?"

Wenge nickte. „Ich kann Ihnen die Adresse nennen." Sie diktierte Vera die Anschrift.

„Wann sind Sie Frau Mühlhaupt zum letzten Mal begegnet?", fragte Vera, als sie und Peters sich bereits zum Gehen erhoben hatten.

„Oh." Frau Wenge berührte die Stirn mit den Fingerspitzen der rechten Hand. „Das ist eine gute Frage, die ich Ihnen nicht sicher beantworten kann. Es dürfte aber schon länger her sein."

„Länger bedeutet Jahre?"

„Gut möglich." Frau Wenge rang sich ein unsicheres Lächeln ab. „Es tut mir leid, aber die Jahre gehen so schnell vorbei."

„Sie müssen sich nicht entschuldigen. Sie haben uns mit Ihrem Bericht weitergeholfen", entgegnete Vera.

„Dann bin ich froh."

„Dürfen wir uns bei Ihnen melden. Im Falle einer Nachfrage?"

„Aber selbstverständlich." Frau Wenge schlug sich mit der Hand gegen die Stirn. „Wo habe ich nur meine Gedanken? Ich werde Ihnen die restlichen Plätzchen zum Mitnehmen einpacken."

Vera befürchtete, dass es keinen Sinn hatte, dies abzulehnen, und sie musste zugeben, dass der Eifer, mit dem Frau Wenge ihre Kekse an Frau und Mann brachte, rührend war. So bekamen sowohl Peters als auch sie eine prall gefüllte Tüte in die Hand gedrückt, bevor sie das Haus verließen.

„Eine freundliche Dame", sagte Peters, als sie sich vom Haus entfernten.

„Allerdings, und es stimmt mich nachdenklich, was sie zu berichten wusste."

„Ja, eine seltsame Geschichte. Wie kommt eine Mutter darauf, aus ihrem Sohn ein Mädchen machen zu wollen?"

Vera zuckte mit den Schultern. „Was die psychologischen Hintergründe anbelangt, bin ich überfragt, aber ich kann mir vorstellen, dass das an einem Kind nicht spurlos vorbeigeht."

Peters nickte.

Vera zog ihren Notizblock aus der Tasche. „Ich diktiere Ihnen die Adresse dieser Frau Braun, und sie navigieren uns hin?" Sie hatte vergessen, Frau Wenge nach dem Weg zu fragen, wollte aber nicht erneut bei ihr klingeln, womöglich wurden sie ansonsten noch zum Abendessen eingeladen.

„Klar." Peters tippte die Adresse in sein Smartphone und führte sie den erwartungsgemäß kurzen Weg entlang. Ensdorf war ein Dörfchen, in dem die wenigen Häuser auf engstem Raum vereint waren. Nur eines nicht, dachte Vera, und die Ahnung, dass dies einen Grund hatte, grub sich kalt in ihre Eingeweide.

37

Frau Brauns Haus hob sich von den Nachbarhäusern durch eine rot gestrichene Putzfassade hervor, die zudem gepflegt wirkte. Vera hoffte, dass dieser Eindruck den Charakter der Bewohnerin spiegelte und sie somit ähnlich offen empfangen würden wie von Frau Wenge. Kurz nachdem sie geklingelt hatte, öffnete eine Dame die Tür, die Vera bis zur Schulter reichte und deren blassblaue Augen sie hinter einer großen Brille freundlich anschauten.

„Entschuldigen Sie die Störung. Sind Sie Frau Braun?", fragte Vera.

„Die bin ich. Sind Sie eine ehemalige Schülerin?"

Vera schüttelte den Kopf. „Nein. Mein Name ist Winter, Kommissarin Winter, und das ist mein Kollege Herr Peters. Wir haben Fragen an Sie."

Frau Braun zog die offene Strickjacke, die sie trug, vor der Brust zusammen. „Ich hoffe, es ist nichts Schlimmes?"

„Nur ein paar Fragen zu einem ehemaligen Schüler."

Frau Braun trat zur Seite. „Dann kommen Sie herein."

Vera und Peters folgten der Aufforderung. Das Haus war ähnlich dunkel wie das von Frau Wenge. Überhaupt waren die Anwesen in Ensdorf nach derselben Bauart konstruiert. Einzig die vielen gerahmten, von Kindern gemalten bunten Bilder an den Wänden erhellten die Räume.

Frau Braun führte sie ins Wohnzimmer und ließ sie auf einer grünen Ledercouch Platz nehmen. Sie selbst setzte sich in den Sessel gegenüber. „Kann ich Ihnen etwas anbieten?"

Vera hielt die Tüte mit Plätzchen hoch. „Vielen Dank. Aber Frau Wenge hat uns bereits reichhaltig bewirtet."

Frau Braun lachte. „Das kann Lydia in der Tat sehr gut. Sicherlich war sie dankbar, Abnehmer für ihre Plätzchen gefunden zu haben."

Vera lächelte. „So ist es."

„Die schmecken auch wirklich toll", sagte Peters, und Vera überraschte sich selbst, dass sie seinen Kommentar nicht unpassend, sondern irgendwie niedlich fand.

„Frau Wenge hat uns bereits über Berta Mühlhaupt und ihr Kind berichtet."

Frau Braun zuckte zusammen, als hätte sie etwas erschreckt. „Ich habe das geahnt." Sie strich ihren Rock glatt und fixierte dann ihre Hände. „Schon damals habe ich geahnt, dass ich mich zu der Sache noch einmal würde äußern müssen."

„Wie meinen Sie das?" Vera rückte an die Kante der Sitzfläche.

Frau Braun rang die Hände. „Es war eine seltsame Situation. Wobei das hoffnungslos untertrieben ist. Weder davor noch danach habe ich einen Fall gehabt, der auch nur annähernd vergleichbar gewesen wäre. Auch von Kollegen habe ich niemals Derartiges gehört." Sie atmete hörbar aus. „Bitte verstehen Sie mich nicht falsch. Ich finde es richtig und wichtig, dass diese Thematik endlich Einzug gefunden hat in die Öffentlichkeit und das nicht einzig unter dem Aspekt einer Sensation, aber Hannahs Fall …", sie schluckte, „das war etwas anderes."

„Frau Braun." Vera verschränkte die Hände auf ihren Oberschenkeln. „Beginnen Sie von vorne, indem Sie uns erzählen, wie Hannah in der Schule war und was Ihnen auffiel."

Braun nickte und schob die Brille hoch. „Ich habe meinen Beruf gerne ausgeübt. Es ist ein Privileg und eine große Verantwortung, Kinder auszubilden. Wenn sie in die Grundschule kommen, sind sie noch formbar, was Chancen, aber auch Risiken birgt. Letzteres galt in Hannahs Fall, denn ihre Mutter hatte versucht, das Kind in nahezu grotesker Weise umzuformen." Sie stoppte, schien über ihre Worte nachzudenken. „Ja, umformen ist der richtige Begriff für das, was Frau Mühlhaupt ihrem Kind antat." Sie erhob sich. „Ich könnte eine Tasse Tee vertragen. Sie ebenfalls?"

Obwohl es Vera auf der Seele brannte, dass Braun endlich mit ihren Schilderungen begann, spürte sie, dass es, wie schon bei Frau Wenge, besser war, mit Geduld vorzugehen. Immerhin war die ehemalige Lehrerin nicht mehr die Jüngste, und die Erzählungen schienen sie aufzuwühlen.

„Der Fall scheint ganz schön Wellen geschlagen zu haben", sagte Peters, während Geklapper aus der Küche von Frau Brauns Teezubereitung kündete.

„Nachvollziehbar. Das würde auch heute noch die Aufmerksamkeit auf sich ziehen, und der Fall liegt fünfzig Jahre zurück", entgegnete Vera.

„Ich hoffe, ich halte Sie nicht auf." Frau Braun betrat mit gesenktem Kopf das Wohnzimmer.

„Machen Sie sich keine Gedanken." Vera lächelte und hoffte, dass es die ältere Dame beruhigte. „Sie sind unser letzter Termin für heute, und was Sie zu sagen haben, ist wichtig für uns. Nehmen Sie sich die Zeit, die Sie benötigen."

Brauns Gesicht hellte sich auf, und Vera erkannte, dass sie richtig reagiert hatte. Die Dame verschwand erneut und kehrte mit einem Tablett, auf dem drei Tassen und eine Teekanne platziert waren, zurück. Vera musste ihr einen besseren Geschmack attestieren als Frau Wenge, zumindest entsprach der mehr dem ihren. Das Service war schlicht und weiß, wirkte fast schon modern.

Nachdem sie den Tee eingeschenkt hatte, nahm Frau Braun wieder im Sessel Platz. Sie faltete die Hände auf dem Schoß, als wollte sie beten. „Hannahs Schulzeit begann im August des Jahres neunzehnhundertsechsundsiebzig. Damals waren die Klassen bereits klein, heute ist die Schule geschlossen. Es gibt kaum noch Kinder in den Dörfern, die Menschen leben lieber in oder in der Nähe der Stadt. Ich war die Klassenlehrerin von fünfzehn Schülern. Hannah fiel mir sogleich auf, nicht, weil ich daran zweifelte, dass sie ein Mädchen war, sondern ..." Sie brach ab, suchte nach dem richtigen Wort. „Weil sie ein Schatten war."

„Ein Schatten?", fragte Vera.

Frau Braun nestelte an ihrem Rock herum. „Es hört sich seltsam an, ist aber die beste Umschreibung. Hannah wirkte nicht nur blasser als die übrigen Kinder. Sie hielt sich stets am Rand auf, war still. Ich musste immer zwei Mal hinschauen, um sie zu sehen." Sie sah Vera an. „Verstehen Sie, was ich meine?"

Vera nickte. Das tat sie tatsächlich. Sie musste an die junge Frau denken, die sich als Juli Jaspers ausgegeben hatte, oder vielmehr hatte ausgeben müssen.

„Damals war das Thema Kindesmissbrauch und Kindesmisshandlung noch nicht so präsent wie heute. Und Lehrkräfte wurden nicht entsprechend geschult. Ich hatte zwar das Gefühl, dass etwas nicht stimmt, aber es ist ein Dorf, wissen Sie? Hier kennen die Leute einander oder meinen das zumindest. Einen solchen Verdacht spricht man in so einer Gemeinschaft nicht leichtfertig aus." Sie griff nach ihrer Teetasse. Ihre Hände zitterten. „Im Nachhinein ist man immer schlauer, oder? Mit dem heutigen Wissen, in der heutigen Zeit ... Aber was bringen diese Gedanken?" Sie nahm einen Schluck Tee, starrte dann in ihre Tasse.

„Frau Wenge erzählte, dass es ein Ereignis gab, bei dem sie Hannahs richtiges Geschlecht feststellten. Sie erzählte etwas von einer nassen Hose?" Vera hoffte, dass diese den Gesprächsfaden wieder aufnehmen würde, indem sie über Brauns Selbstvorwürfe hinwegging.

„Richtig." Braun stellte die Teetasse auf den Tisch. „Kinder spüren, wenn ein Altersgenosse anders ist. Wenn sie sehr klein sind, ist das meist noch wertfrei, aber in der Schule wird Andersartigkeit häufig zur Angriffsfläche. Hannah war eine Außenseiterin. In den Pausen stand sie am Rand des Schulhofs. Sie saß allein an einem Tisch für zwei Schüler. Was genau passiert ist, weiß ich nicht. Ich glaube, dass ein Schüler einen Wasserballon mitgebracht hatte und auf Hannah schleuderte. Auf jeden Fall sah ich, dass sie beim Eintreten in die Klasse eine klatschnasse Hose hatte. Ich wollte sie nicht vor der ganzen Klasse darauf ansprechen, es war ihr ohnehin schon peinlich, und es hätte ja auch einen anderen Grund haben können. Obwohl ich aufgrund der Stelle, an der die Hose nass war, nicht davon ausging, dass sie sich eingenässt hatte." Braun fixierte ihre Hände. „Ich verließ mit ihr das Klassenzimmer und ging zum Hausmeister. Wir hatten dort eine Fundkiste, in der Sachen verstaut wurden, die in der Schule liegen blieben. Meist Spielsachen, aber auch Kleidung. Wir fanden eine Hose, die ihr passen musste." Sie atmete durch. „Wenn ich heute zurückdenke, sehe ich vor allem ihre Augen vor mir, den Blick, als fürchtete sie, dass ihr etwas Schlimmes passieren würde, weil sie einen Fehler gemacht hatte. Nicht umgekehrt. Und wahrscheinlich war das auch ihr Alltag."

„Wie haben Sie festgestellt, dass Hannah ein Junge war?"

„Als ich ihr, oder vielmehr ihm, die Hose herunterzog, wanderte die Unterhose versehentlich mit nach unten."

„Ich verstehe." Vera griff nach ihrer Teetasse und nahm einen Schluck. „Wie haben Sie reagiert?"

„Ich war wie vom Donner gerührt. Obwohl ..." Sie knetete ihren Rock, als wäre der aus Hefeteig. „Kennen Sie dieses Gefühl, wenn Ihnen etwas unterbewusst bereits klar ist, aber ihr Verstand sich weigert, das zu akzeptieren."

„Absolut." Vera hätte am liebsten hinzugefügt, dass der gesamte Fall ihr so erschien.

Frau Braun nickte dankbar.

„Wurde der Hausmeister ebenfalls Zeuge?", fragte Peters.

„Nein. Er ließ uns nur in sein Büro und verließ es gleich wieder, um etwas zu erledigen."

„Wie wurde das Kind denn amtlich eingetragen?", fragte Vera. „Als Junge oder Mädchen?"

„Als Mädchen. Und so wurde es auch in der Schule angemeldet. Es waren andere Zeiten damals. Im Dorf war eine Hausgeburt keine Seltenheit, und in diesem Fall war wohl noch nicht einmal eine Hebamme anwesend. Wie Berta das völlig allein hinbekommen hatte, ist mir ein Rätsel, aber es war so. Damals war für Ensdorf noch das Standesamt in Eidlingen zuständig, das ist der Nachbarort, in dem auch die Grundschule war. Heute ist er ähnlich ausgestorben wie Ensdorf und damit auch die Infrastruktur."

„Das heißt also, Frau Mühlhaupt konnte letztlich irgendetwas melden, ohne dass es weiter kontrolliert wurde?" Vera war fassungslos.

„Wie ich schon sagte, Sie dürfen nicht heutige Maßstäbe anlegen und müssen zudem bedenken, dass es sich um einen Verbund verschiedener kleiner Ortschaften handelt. Jeder kennt jeden, und die meisten sind dann auch noch irgendwie miteinander verwandt." Braun stieß ein humorloses Lachen aus. „Ich bin nur eine Zugezogene, kann das somit aus einer gewissen Außensicht sagen. Ein Grund, weshalb ich mich bis heute hier fremd fühle, selbst nach all diesen Jahren."

„Wie haben Sie damals reagiert?"

„Wie ich schon sagte, ich war schockiert, mir war aber auch klar, dass ich behutsam vorgehen musste. Zum damaligen Zeitpunkt war ich noch nicht lange an der Schule, und die Situation für Lehrer war eine andere als heute. Man konnte dankbar sein, eine Stelle zu haben und tat alles, die auch zu behalten."

„Sie haben es nicht gemeldet?"

„Nicht sofort. Oder zumindest nicht an anderer Stelle. Das Kind tat mir leid, und ich war mir auch sicher, dass es litt. Ich bestellte Berta zu einem Elterngespräch ein."

„Und? Was sagte sie?"

„Es war völlig grotesk. Sie reagierte, als wäre ich nicht ganz bei Trost, bildete mir etwas ein. Hannah sei anders, in sich gekehrt und kein typisches Mädchen. Sie erzählte mir eine Version der Geschichte, die so plausibel schien, dass ich sie am Ende fast selbst glaubte."

„Und wie lautete die?" Vera strich sich eine Haarsträhne aus der Stirn.

„Sie stritt alles ab, bezichtigte mich der Lüge." Frau Braun fixierte ihre Schuhe. „Sie wurde richtig wütend, sodass ich bereits an dem zu zweifeln begann, was ich gesehen hatte. Mir blieb nichts anderes übrig, als die Schulbehörde zu informieren, die einen Amtsarzt einschaltete, der das Geschlecht feststellte. Doch selbst danach gab Frau Mühlhaupt nicht zu, was sie dem Kind antat." Frau Braun nestelte am Ärmel ihrer Bluse herum. „Da sie nicht behaupten konnte, ich hätte etwas Falsches erzählt, behauptete sie, der Junge wolle sich kleiden wie ein Mädchen." Sie seufzte. „Heute herrscht eine größere Sensibilität für dieses Thema, was gut ist. Aber damals ..." Sie strich ihren Rock glatt. „Dennoch hatte ich davon gehört, dass es diese Fälle gibt. Menschen, die im Körper mit dem falschen Geschlecht gefangen sind." Sie sah Vera an. „Sie hat es wirklich überzeugend erzählt, dass Hannah bereits von klein auf lieber ein Mädchen habe sein wollen, dass sie aber große Angst vor Zurückweisung habe, weshalb sie ihre Tochter in deren Wunsch unterstützte, ohne die Angelegenheit zu thematisieren und Hannah dadurch zu beschämen."

„Wie ging es dann weiter?"

„Heute gibt es Stellen, an die Sie sich wenden können. Natürlich gab es auch damals bereits das Jugendamt. Aber malen Sie sich aus, dass die neue, junge Lehrerin, die von außen in die Dorfgemeinschaft kommt, einen solchen Vorwurf gegen eine Dorfbewohnerin äußert, die hier geboren wurde." Wieder stieß sie ihr humorloses Lachen aus. „Nein! Solch einen Vorstoß wagen Sie nicht."

Der erste Impuls, Frau Braun zu widersprechen, erstarb in der Erkenntnis, dass sie recht hatte. Es war ohnehin schwer, sich gegen eine verschworene Gemeinschaft, die Einheimische meist gebildet haben, zu stellen. „Die Sache verlief somit im Sande?"

„Nicht ganz. Ich meldete es zwar nicht offiziell, aber erzählte einigen Leuten davon. Sie können sich vorstellen, dass mich die Angelegenheit beschäftigte und ich das nicht allein mit mir ausmachen wollte. Damit habe ich etwas aufgeschreckt. Einen Verdacht, der bereits in anderen Köpfen keimte. Und Sie kennen sicherlich die wahre Aussage Friedrich Dürrenmatts aus *Die Physiker*. Ein Gedanke, der einmal in der Welt ist, kann nicht wieder zurückgenommen werden."

„Lebte Hannah somit eines Tages als Junge?"

„Während der Grundschulzeit blieb sie Hannah. Wie sich das Ganze weiterentwickelte ..." Sie präsentierte ihre Handflächen, um klarzumachen, dass sich dies ihrer Kenntnis entzog.

Vera fiel es schwer, sich vorzustellen, dass das Dorf diesen Irrsinn weiter mitgemacht hatte, erinnerte sich jedoch dann an Fälle, in denen Gemeinschaften schlimmere Geheimnisse für Jahre bewahrt hatten. In Zeiten vor sozialen Medien, waren die blinden Flecken zudem größer gewesen, deckten ganze Regionen ab. Ein Junge, der von seiner Mutter zur Tochter gemacht wurde, konnte da übersehen werden.

„Sie müssen mich für einen gewissenlosen Menschen halten. Das tue ich selbst. Sie glauben nicht, wie oft mir die Sache durch den Kopf ging, selbst heute beschäftigt mich das noch."

„Haben Sie sie …", Vera korrigierte sich, „ihn, nach Beendigung der Grundschulzeit gesehen?"

„Das habe ich. Einige wenige Male. Frau Mühlhaupt lebte mit ihrem Kind sehr zurückgezogen, verließ nur selten das Haus."

„Wissen Sie den Namen? Wie er als Junge genannt wurde? Irgendwann ließ sich doch nicht mehr verbergen, dass er männlichen Geschlechts war, und er musste entsprechend geändert werden."

„Ich kann Ihnen nur erzählen, was mir zugetragen wurde, und möchte vorausschicken, dass es von Dorftratsch durchwirkt sein kann. Hannah wurde umbenannt in Hagen, als er auf die weiterführende Schule kam. Wenn er das Haus seiner Mutter verließ, trug er die Kleidung eines Jungen, die musste er nach Rückkehr ablegen, um zu Hause wieder in die eines Mädchens zu schlüpfen."

„Sie sagten etwas von Misshandlung?", fragte Vera.

„Ob er von seiner Mutter misshandelt wurde, kann ich nicht sicher sagen, es schien mir aber so. Das Kind war verängstigt. Und ob das einzig der Tatsache geschuldet war, dass aus ihm etwas gemacht wurde, was es nicht war, erscheint mir eher unwahrscheinlich."

„Gab es Spekulationen darüber, warum Frau Mühlhaupt das tat?"

„Viele." Frau Braun schnaubte. „Ich erspare Ihnen die abstrusen und nenne nur die, die mir am plausibelsten erscheint. Frau Mühlhaupt war nur kurze Zeit verheiratet, Jahre, bevor sie mit Hagen schwanger wurde. Dieser Mann soll sie geschlagen und sich zu Tode getrunken haben. Im Dorf herrschte seitdem die Meinung, dass Frau Mühlhaupt Männer verabscheue und somit auch keinen Mann im Haus haben wollte. Selbst nicht als ihren eigenen Sohn."

Vera war ein Gedanke gekommen „Frau Mühlhaupt war verheiratet mit diesem Mann?"

„So wurde es berichtet."

„Kennen Sie Ihren Mädchennamen?"

„Leider nein."

Ihr kriminalistischer Bauch sagte Vera, dass es wichtig wäre, diesen herauszufinden. „Wir danken Ihnen, Frau Braun." Damit erhob sie sich und nickte Peters zu, der daraufhin ebenfalls aufstand.

„Ich hoffe, ich konnte Ihnen weiterhelfen." Frau Braun, die sich ebenfalls erhoben hatte, sah Vera an. „Ich habe gar nicht gefragt, weshalb Sie diese Informationen benötigen." Sie schlug die Hand vor den Mund. „Oder darf ich das nicht erfragen?"

Vera musste sich auf die Lippen beißen, um nicht zu grinsen. Die aufrichtige Bestürzung, die Frau Braun angesichts ihrer Frage empfand, hatte etwas Rührendes. „Natürlich dürfen Sie fragen, leider kann ich Ihnen nur antworten, dass es um einen aktuellen Fall geht, ich Ihnen jedoch keine Einzelheiten nennen kann und darf."

„Ich hoffe nur, dass es nichts Schlimmes ist", murmelte Frau Braun.

Vera ließ diese Aussage unkommentiert und ging voraus Richtung Tür. Peters und sie traten ins Freie und wandten sich Frau Braun zu, um sich zu verabschieden. „Frau Braun, gibt es irgendjemand, der uns mehr zu Hagens Jugend- und Erwachsenenzeit berichten kann?", fragte Vera.

Frau Braun dachte einen Moment nach. „Jürgen. Jürgen Schons. Einen Moment." Sie ging zurück in den Hausflur und trat an ein Sideboard, um eine Schublade herauszuziehen, der sie ein Adressbuch entnahm. Damit kehrte sie zu Vera und Peters zurück. „Jürgen Schons war ein Klassenkamerad von Hannah ... Hagen, der dann auch an die weiterführende Schule wechselte und meines Wissens in derselben Klasse war. Ich habe nur die Kontaktdaten seiner Eltern, aber die werden ja wissen, wie Jürgen zu erreichen ist." Sie schlug das Buch auf und diktierte Vera Namen und Telefonnummer.

Nachdem sie Frau Braun Auf Wiedersehen gesagt hatten, gingen sie zurück zum Auto. „Wahnsinn, wie viel Zeit vergangen ist", sagte Peters mit Blick auf seine Armbanduhr.

„In der Tat, aber wir haben auch Wichtiges herausgefunden." Sie schnallte sich an. „Sie müssen morgen unbedingt diesen Jürgen Schons kontaktieren. Für heute machen wir Feierabend."

Die restliche Fahrt über sprachen sie nicht, doch die Art, wie Peters ihr scheue Seitenblicke zuwarf, sich immer wieder durch das Haar fuhr, offenbarte, dass ihm etwas auf der Seele brannte. „Was halten Sie davon, nach diesem Tag noch einen Absacker zu nehmen? Verdient haben wir es uns definitiv", sagte Vera, als sie in der Nähe ihrer Wohnung waren.

„Einverstanden." Das klang widerwillig, dennoch änderte es nichts an Veras Einschätzung, dass ihrem Partner etwas auf dem Herzen lag.

Sie lotste ihn zu einer Bar wenige Straßen von ihrer Wohnung entfernt, die „El Bar" hieß und von einem fröhlichen spanischen Paar betrieben wurde. Sie fanden einen Tisch, der etwas abseits stand.

„Selbst nach Jahren in dem Job gibt es Fälle und Informationen, die einen umhauen. Was diesem Jungen zugestoßen ist, ist furchtbar und hat womöglich seine Persönlichkeit zerstört", sagte Vera, nachdem ihnen die Getränke serviert worden waren.

Obwohl Peters stumm blieb, mahlte er mit seinem Kiefer und an seinen verschränkten Fingern traten die Knöchel weiß hervor.

Vera entschloss sich, offensiver zu werden, vorsichtig legte sie ihre auf Peters ineinander verschränkte Hände. „Am besten hilft es, darüber zu sprechen. Als ich in Ihrem Alter war, wollte ich tough sein, obwohl mir so viele Dinge Angst machten und unangenehm waren.

Ich war der Meinung, das mit mir selbst ausmachen zu müssen. Dem ist nicht so."

Peters warf ihr einen Blick zu, den Vera nicht deuten konnte. Seine Lippen zu einem blassroten Strich zusammengepresst, nickte er. „Ich habe das durchgemacht. Nicht auf diese Art." Er nahm einen Schluck von seinem Bier, starrte auf die Schaumkrone und räusperte sich. „Ich wurde körperlich als Mädchen geboren. Die Schilderungen der beiden Damen haben viel nach oben gespült. Zwar hatte ich das Glück, dass mein Umfeld sehr verständnisvoll war, aber dennoch hat mich diese Erfahrung geprägt und mein Leben in elementarer Weise beeinflusst."

Vera schluckte. Diese Information musste sie zunächst richtig zuordnen, um im zweiten Schritt zu überlegen, wie sie reagieren sollte. Insbesondere, da ihr jetzt klar wurde, was Peters zudem hatte zurückschrecken lassen. Dieser Fall, ihre Äußerung – womöglich hatte er daraus geschlossen, sie hielte Menschen mit einer Geschlechtsidentität, die von der körperlichen abwich, für etwas Absonderliches, das ein soziophobisches Verhalten verursache. „Es tut mir leid." Sie schüttelte nervös den Kopf. „Ich wollte mit meiner Äußerung keinesfalls den Eindruck erwecken, ich pathologisiere Transgenderismus."

„Das glaube ich Ihnen. Und dennoch könnte dieser Gedanke, der ohnehin noch in zu vielen Köpfen schlummert, geweckt werden."

Vera überlegte kurz. „Womöglich ist eher das Gegenteil der Fall."

„Meinen Sie?"

„Die Problematik besteht nicht in der Geschlechteri-
dentität, sondern, wie darüber gedacht und damit um-
gegangen wird. Die Wertung führt zum Label ‚normal‘,
oder ‚richtig‘ und ‚falsch‘.“

„Da stimme ich Ihnen zu.“

„Im Falle des möglichen Täters liegt die Problematik
nicht in seiner Geschlechtsidentität, sondern, dass er
gezwungen wurde, diese abzulehnen. Einfach gesprochen: Nicht die Person sein zu dürfen, als die man sich
fühlt, führt zu Leid und womöglich einer nachhaltigen
Schädigung der Persönlichkeit, nicht aber die Tatsache
an sich.“

„Vollkommen richtig. Dennoch wird es Leute geben,
die das nicht verstehen.“

„Leider ja.“ Vera trank von ihrem Bier. „Sie erinnern
sich, dass ich Ihnen anfangs sagte, ich habe besonders
tough sein wollen?“

Peters nickte.

„Ich denke, das ist etwas, was vor allem bei Frauen in
männerdominierten Berufen vorherrscht. Um bei den
Herren zu gelten und zu zeigen, dass eine weibliche
Person den Job mindestens ebenso verrichten kann,
gibt man sich besonders hart und somit unweiblich.“

„Wobei dies eine ebenfalls überholte Stereotype ist.
Dass Männer hart und Frauen weich sind.“

„Selbstverständlich. Damit wollte ich nur ausdrü-
cken, dass wir uns auf einem Weg befinden, dessen
Ende wir noch nicht erreicht haben. Vom Anfang haben wir uns aber definitiv ein gutes Stück fortbewegt.“

Peters und sie unterhielten sich noch weiter und Vera
verabschiedete sich von ihrem Partner mit dem guten

Gefühl, etwas aus der Welt schaffen zu können und dass sie sich einander weiter angenähert hatten.

38

Der Junge:

Sie will ihn nicht. Mehr noch. Sie verabscheut ihn. Die anfängliche Freude über ihre Rückkehr verbrennt lodernd im Feuer der Zurückweisung, die ihm seitens Julia entgegen züngelt. Mutter stärkt eine Kumpanin, der sie das Horn weiterreichen kann, wenn sie nach Luft schnappen muss, angesichts des unablässigen Hineintutens bezüglich seiner Unzulänglichkeit, die sich auf alles erstreckt.

Die körperlichen Züchtigungen bleiben nun sämtlich aus, dafür bedient Mutter sich eines nicht minder grausamen Mittels: Spott. Wie schwarzes Pech übergießt sie ihn damit, um ihn anschließend mit Häme zu federn.

Julia beteiligt sich nicht aktiv daran, doch er sieht in ihren Augen, dass sie Mutters Bewertung seiner Person teilt. Sicherlich ist es nur eine Frage der Zeit, bis auch ihr Mund verletzende Botschaften, wie Projektile aus einer Pistole, auf ihn abfeuern wird. Zum ersten Mal in seinem Leben regt sich eine Emotion in ihm, die ihm neu und unbekannt ist:

Wut.

39

Gestern hatte sie keine Nachricht von Morris erhalten. Obwohl Vera sich über dessen Gesellschaft gefreut hätte. Warum hatte sie das Gefühl, unterlegen zu sein, wenn sie sich bei ihm meldete?

„Willkommen in der emotionalen Abhängigkeit", murmelte sie sich zu und spürte das Brennen in ihrer Brust, das von ihrer Sehnsucht ausgelöst wurde. Doch ihr Verstand war nicht bereit, dem nachzugeben. Schließlich war sie diejenige, die auf ihre Freiheit gedrängt hatte. Untergrub sie nicht ihre Glaubwürdigkeit, wenn sie sich als Erste meldete?

Die gestrigen Gespräche mit Frau Wenge und Frau Braun gingen ihr nicht mehr aus dem Kopf. Ein Schicksal wie das des Kindes, das mittlerweile ein erwachsener Mann, älter als sie, sein musste, ließ sie frösteln.

Sie nahm Lindas Anruf entgegen. „Ich habe eine Dame in der Leitung, die unbedingt mit dir sprechen möchte. Fenja Loosen."

„Der Name sagt mir nichts."

„Sie sagt, dass ihr euch einmal begegnet seid."

„Tatsächlich?"

„In den Räumlichkeiten des Steiner Verlags."

Vera riss die Augen auf. Ihr Gefühl sagte ihr, dass es sich um die Dame handelte, die Karger als Juli Jaspers ausgegeben hatte. Ob das zutraf? „Stell sie bitte zu mir durch."

„In Ordnung."

„Winter?", meldete sich Vera, nachdem sie einen Augenblick gewartet hatte.

„Frau Kommissarin?" Die Stimme klang aufgeregt.

„Sie sind die Dame, die mir als Juli Jaspers vorgestellt wurde, oder?"

Schweigen auf der anderen Seite, dann: „Das ist korrekt, und ich möchte mich dafür entschuldigen. Sie müssen wissen, dass ich das nicht freiwillig gemacht habe, aber ich wollte meinen Job behalten, da ..." Sie brach ab.

„Ich verstehe, und wir müssen das nicht weiter thematisieren. Mehr interessiert mich der Grund Ihres Anrufs."

Ein Ein-, gefolgt von einem Ausatmen, war zu vernehmen. „Ich muss Ihnen etwas erzählen, aber das geht nicht am Telefon."

„Sie können zu mir ins Büro kommen. Oder Sie sagen mir, wo ich Sie treffen kann."

„Lieber komme ich zu Ihnen."

„In Ordnung. Können Sie sich gleich auf den Weg machen?"

„Heute geht es nicht. Ich muss noch etwas erledigen. Aber morgen?"

„Sagen Sie mir, wann, dann richte ich es ein."

„Am Vormittag. Um zehn Uhr?"

„Alles klar." Nachdem sie aufgelegt hatte, grübelte Vera nach, was Fenja Loosen ihr mitteilen wollte. Aufgebracht hatte sie geklungen. War es ein Fehler gewesen, nicht auf ein sofortiges Treffen zu drängen?

Es klopfte an ihrer Bürotür und ließ die Frage aus ihrem Kopf entschwinden, doch sie würde sich die zu einem späteren Zeitpunkt erneut stellen.

„Ich habe diesen Jürgen Schons erreicht, und er kommt heute noch her, um mit uns zu sprechen", sagte Peters, nachdem Vera ihn hereingebeten hatte. Seine Augen leuchteten.

„Sehr gute Arbeit", entgegnete Vera. „Wann wird er hier eintreffen?"

„Um halb elf."

Vera sah auf ihre Armbanduhr. „Das ist schon in einer halben Stunde." Peters zuckte zusammen. „Das ist super. Ich bin nur überrascht", beeilte sich Vera, hinzuzufügen.

Peters' Gesichtszüge entspannten sich, und das Leuchten kehrte in seine Augen zurück.

Die halbe Stunde ging schnell vorbei, und Jürgen Schons fand sich pünktlich in Veras Büro ein. Er hatte dunkles volles Haar, das an den Schläfen grau war, einen Schnurrbart gleicher Färbung und eine schlichte dunkle Brille. Mit seinem grauen Pullunder über dem weißen Hemd sah er aus wie ein Lehrer. Peters hatte jedoch in Erfahrung gebracht, dass er als Chemiker in einer Firma arbeitete, die Kosmetika herstellte.

„Ich wusste, dass es irgendwann so weit kommen würde", sagte Schons.

Vera runzelte die Stirn. „Wie meinen Sie das?"

„Hagen war einer dieser Typen, die heute in der Schule Amok laufen würden. Wenn man ihm in die Augen sah, lauerte dort diese passiv-aggressive Energie, und man fragte sich, was der Funken sein würde, der die Zündschnur entzündete."

„Sie haben Hagen als Hagen kennengelernt?", fragte Vera und wollte sich schon korrigieren, da sie fürchtete, dass Schons das nicht verstehen würde.

Doch der nickte, um zu zeigen, dass er verstanden hatte. „Natürlich wusste jeder davon. Wir kamen alle aus den Nachbardörfern von Ensdorf, da verbreitet sich so etwas wie ein Lauffeuer. Aber um Ihre Frage zu beantworten, Hagen erschien stets in der Kleidung eines Jungen und trat, abgesehen von seiner scheuen Art, auch wie einer auf."

„Scheue Art?"

„Er wirkte wie ein geprügelter Hund. Machte selten den Mund auf. Er saß alleine und nahezu immer in der hintersten Ecke. Seine schulischen Leistungen, was das Schriftliche anbelangte, waren sehr gut. Ich denke, deshalb kam auch keiner der Lehrer auf die Idee, nachzuhaken, sich zu informieren, ob es ihm gut ging."

„Hatten Sie denn den Eindruck, dass es ihm gut ging?"

„Auf gar keinen Fall! Als Kind und dann Jugendlicher kann man so etwas schwer einordnen, man merkt nur, dass sich jemand seltsam verhält und kickt denjenigen automatisch ins Abseits. Ich denke, dass es den anderen ebenso ging, wenn ich sage, dass er mich gleichzeitig faszinierte, ängstigte und verstörte."

„Verstörte?"

„Vor allem die Mädchen fühlten sich von ihm belästigt. Er schrieb ihnen seltsame Gedichte, und wenn ihm eine gefiel, folgte er ihr überallhin. Heutzutage würde man ihn wohl als Stalker bezeichnen."

„Sonst war er ein Einzelgänger?"

„Kann man wohl sagen."

„Und hat er auch mal mit einem Mädchen angebandelt?"

Schons kaute auf seiner Unterlippe. „Auf eine absonderliche Art. Ja."

Vera wollte fragen, wie er das meinte. Sah, dass Schons seine verschränkten Hände fixierte, an denen die Knöchel weiß hervortraten und entschloss sich, ihm einen Augenblick Zeit zu gewähren.

„Julia", sagte Schons schließlich. „Julia Spers. Hagen war besessen von ihr. Von Anfang an. Ich habe anfangs gesagt, dass die Mädchen sich von ihm belästigt fühlten, was auch stimmt, aber wirklich nachgestiegen ist er nur Julia."

„Was meinen Sie mit nachgestiegen?"

„Er stellte ihr nach. Das ist wohl die richtige Formulierung."

„Er beobachtete sie?"

„Genau."

„Näherte er sich ihr auch? Wurde er übergriffig?"

Schons schüttelte den Kopf. „Schwer zu sagen."

Das war eine Antwort, die Vera verwunderte. Sie runzelte die Stirn und wollte das aussprechen, aber Schons sprach bereits weiter: „Es ist deshalb schwer zu sagen, weil sie eine Zeit zusammen waren."

„Zusammen? Sie meinen ein Paar?"

„Genau."

„Sie sagen also, dass Julia den Kerl, der sie zuvor stalkte, zum Partner nahm?" Vera schwirrte der Kopf. Je mehr sie erfuhr, desto verrückter wurde die Geschichte.

„Das konnte keiner verstehen. Ich hatte keinen näheren Kontakt zu Julia, aber ein paar Mädchen, die sie

besser kannten, meinten, sie sei schließlich einge-
knickt. Vielleicht auch in der Hoffnung, ihn dann los-
zuwerden."

„Loswerden, indem sie ihn näher an sich heranlässt?",
fragte Peters, der dem Gespräch bislang schweigend
beigewohnt hatte.

Schons zuckte mit den Schultern. „Das habe ich im
ersten Augenblick ebenfalls gedacht, aber wenn man es
genauer betrachtet, erscheint es nicht abwegig."

„Das müssen Sie erläutern", sagte Vera.

„Hagen hat Julia gestalkt, und sie konnte ihm nicht
entgehen, da wir ja schließlich in derselben Klasse waren. Dass sie mit ihm zusammenkam, ließ sie ihn womöglich besser kontrollieren."

Vera wollte widersprechen, erkannte dann aber, was
Schons meinte. Es war besser, den Feind bewusst an
sich heranzulassen und unter Kontrolle zu haben, als
nicht zu wissen, wann und wo man den Angriff würde
erwarten müssen. Der Gedanke verursachte ihr Gänsehaut.

„Wie ich eingangs bereits andeutete – Hagen hatte
etwas Bedrohliches, obwohl er so gut wie nie redete,
oder womöglich gerade deshalb. Ich kann mich nicht
einmal an seine Stimme erinnern."

„Wie lange waren die beiden ein Paar?", fragte Vera.

„Es ging ein paar Monate. Wobei sich, meiner Wahrnehmung nach, nicht wirklich etwas änderte. Ich habe
erst danach erfahren, dass sie zusammen gewesen waren."

„Danach?"

„Nachdem Julia die Schule verlassen hatte."

„Warum tat sie das?"

„Offiziell, da sie mit ihren Eltern umzogen war, wobei der neue Wohnort immer noch im Einzugsgebiet unserer Schule lag", antwortete Schons.

„Sie vermuten, dass Hagen der Grund dafür war." Obwohl Vera die Aussage nicht wie eine Frage intonierte, nickte Schons.

„Es gab doch sicherlich jemanden, der mehr zu den Hintergründen wusste?" Vera erkannte den Widerwillen, der sich in Schons Gesicht spiegelte, in der Art, wie sich dessen Lippen verspannten. Er war kein Mann, der etwas aussprach, das auf Hörensagen basierte, und das imponierte ihr. „Ich höre es mir gerne an, selbst, falls es sich um ein Gerücht handelt." Vera hoffte, Schons damit eine Brücke zu bauen.

„Also gut", entgegnete der und rieb sich die Stirn. „Es gab viele Geschichten und Mutmaßungen, die meisten drehten sich um Hagens Beziehung zu seiner Mutter. Dann die Tatsache, dass er als Kind Frauenkleider tragen musste und sie ihn ‚Hannah' nannte. Außerdem soll sie ihn geschlagen und grausame Spiele mit ihm gespielt haben."

„Woher kamen diese Informationen?"

„Das weiß ich nicht. Es war die Art Geschichte, die von einem zum anderen weitergeben wird, ohne dass später auszumachen ist, wo sie ihren Ursprung hat."

„Und was war mit Julia?"

„Julia geriet in diese kaputte Beziehung hinein. Sogar mehr als das."

„Das heißt?"

„Hagen soll zu Hause nicht nur Frauenkleider, sondern auch eine Perücke getragen haben und vollständig in die Rolle der Hannah geschlüpft sein. Julia erzählte ihren Freundinnen, dass er dann ein völlig anderer Mensch sei, anders spreche, sich bewege und reagiere. Das war es aber nicht, was Julia ängstigte, schließlich gibt es Menschen, die in andere Rollen schlüpfen und damit gut zurechtkommen. Die Hannah aber, zu der er wurde, sei böse, so schilderte sie es ihren Freundinnen."

„Wie hat sie das gemeint?"

„Das weiß ich nicht. Zu Details hat sie sich nicht geäußert, oder sie sind mir nicht bekannt. Fakt ist, dass Julia vor allem Angst vor Hannah hatte."

„Und die Mutter?", fragte Peters.

„Soweit ich weiß, verstand Julia sich mit ihr."

„Irgendetwas muss passiert sein", murmelte Vera mehr zu sich selbst. „Ein Gewaltausbruch?", fragte sie Schons.

„Das kann ich leider nicht beantworten, ich meine, ob es der Endpunkt einer Strecke war, die geprägt wurde durch beängstigende Ereignisse, oder eines, das wie ein Schlag wirkte."

„Haben Sie Hagen nach der Schulzeit noch einmal gesehen?"

„Das habe ich in der Tat. Und dieses Zusammentreffen setzt den seltsamen Erlebnissen die Krone auf." Er fuhr sich durch das Haar, schüttelte den Kopf, als könnte er selbst nicht glauben, was er als Nächstes erzählen würde. „Ich habe Hagen gesehen. Mit ihr."

„Seiner Mutter?", fragte Vera.

„Nein. Mit Julia."

„Wie bitte? Wann?"

„Es ist vier oder fünf Monate her, denke ich."

„Wo haben Sie die beiden getroffen?"

„Im Wald. Es war an einem Wochenende, und ich besuchte meine Eltern in Eidlingen, was nicht weit von Ensdorf liegt."

„Der Ort, in dem sich auch die Schulen befinden?"

„Exakt. Im Grunde ebenfalls nicht mehr als ein Städtchen, aber verglichen mit Ensdorf eine Metropole." Schons grinste bitter. „Wenn ich bei meinen Eltern bin, gehe ich stets laufen. Ich liebe den Wald zwischen Ensdorf und Eidlingen. Hier in der Stadt haben wir ja nicht so viel Natur."

„Ist das der Wald, der hinter dem Haus von Berta Mühlhaupt beginnt?"

„Genau der. Sie kamen mir entgegen, als würden sie einen Spaziergang machen. Beide hatte ich seit Jahren nicht mehr gesehen, somit drang die Erkenntnis erst zu mir durch, als ich bereits ein gutes Stück weitergelaufen war."

„Wie wirkten sie?"

„Ich verstehe die Frage nicht."

Vera räusperte sich. „Wirkten sie gelöst oder angespannt?"

Schons stieß die Luft aus. „Puh! Das ist schwer zu sagen. Schließlich bewegte ich mich laufend auf sie zu, und sie waren schnell an mir vorbei." Er überlegte angestrengt, schüttelte dann den Kopf. „Nein. Sorry. Ich kann mich nicht mehr erinnern, oder habe nichts gesehen, was für das eine oder das andere sprechen würde."

Einen Moment wollte Vera insistieren, rief sich dann ins Gedächtnis, dass sie genau dies an Schons schätzte, dass er sich nicht in Mutmaßungen verstieg. Eine solche führte sie nicht weiter.

Peters und sie verabschiedeten sich von Schons.

„Was für eine Geschichte." Peters rieb sich die Augen.

„Das kann man wohl sagen." Das Knäuel in ihrem Kopf, das den Fall symbolisierte, entwirrte sich immer mehr. „Versuchen Sie, mehr über Berta Mühlhaupt, Julia Spers und Hagen Mühlhaupt herauszufinden."

„Wird gemacht, Chefin."

Nachdem Peters zur Tür hinaus war, saß Vera einige Zeit da und ließ die Gespräche Revue passieren. Sie war der Lösung nun ganz nah. Der Faden, an dem sie ziehen musste, um das Knäuel zu lösen, lag bereits in ihrer Hand. Noch aber war es zu früh, daran zu ziehen, denn sie wollte nicht riskieren, dass sich alles zu einem unlösbaren Knoten zusammenzog.

40

Sie sah dem prasselnden Kaminfeuer zu, dessen Wärme sich im Raum ausbreitete.

Der Geruch versengten Fleisches wird nun immer präsenter.

Flammen hatten sie stets fasziniert: Die Hitze und Gewalt, mit der sie alles und jeden verschlangen.

Sie kann nicht in die Augen der Auszulöschenden sehen. Muss dahinter stehen, um mit den Fingern die Nasenlöcher zu verschließen, den Kopf gegen den Körper zu drücken, während *Sie* mit der anderen Hand den Mund zuhält. Dieses Werk wird schwieriger als die vorherigen.

Endlich ein klackender Laut, der vom Schlucken kündet und von einem, infolge der verschlossenen Lippen, gedämpften Schrei gefolgt wird.

Auch in ihr brannte ein Feuer, das sie zu verzehren drohte. Sie wollte brennen, von ihrer flammend entfachten Lust verzehrt werden, wenn sie sich ihm und nur ihm hingab.

Sie lässt los, kann endlich davor treten, in die Augen blicken, deren Ausdruck noch gequälter ist, als der der ersten Ausgelöschten. Die Schreie gellen laut aus der Kehle, füllen den Raum und leere Korridore, die niemanden beherbergen, der sie vernehmen und darauf reagieren könnte.

Sie wartet, sieht zu. Die Zeit verstreicht, ohne, dass sich ihre exakte Dauer offenbart.

Schließlich verdichtet der Gestank verbrannten Gewebes die Luft im Raum zu einer zähen Masse, die in der Nase sticht und in den Augen brennt. Die Auszulöschende zuckt noch einmal, dann kippt sie vornüber auf den Tisch, und ihre flachen Brüste, sie besitzt eine knabenhafte Figur, stülpen sich über den Teller, auf dem noch glühende Kohlen liegen.

Sogleich nimmt der Geruch zu, wird übermächtig.

Dennoch zwingt *Sie* sich, die Szenerie mit etwas Abstand zu betrachten. Das Bild genau zu begutachten und zu prüfen.

Schließlich ist *Sie* ein Ästhet.

41

Grauenhaft. Kein anderer Begriff kam Vera in den Sinn, als sie den Tatort betrat. Dieser Mord übertraf in puncto Grausamkeit alles, was Vera in ihrer Laufbahn bislang gesehen hatte. Da geriet die Tatsache, dass die Leiche in einem Büro im Gebäude des Steiner Verlags gefunden wurde, nahezu zur Nebensache. Der Gestank nach verkohltem Fleisch drehte ihr den Magen um, und sie musste sich beherrschen, nicht ihr Frühstück von sich zu geben.

„Sie ist innerlich verbrannt?" Vera musste Sputniks Aussage als Frage wiederholen. Ein hilfloser Versuch, das Grauenhafte begreiflich zu machen. Auch auf die Gefahr hin, eine seiner Bemerkungen zu ernten.

„Oder versengt." Zum ersten Mal, seit Vera den Rechtsmediziner kannte, wirkte der geschockt.

„Wie hat er", Vera schluckte, „oder sie das angestellt?"

„Sie wurde gefesselt." Sputnik deutete auf die hinter der Stuhllehne zusammengezurrten Handgelenke und die ebenso am Stuhl fixierten Fußknöchel. „Es wurde ihr so lange die Nase zugehalten, bis sie den Mund öffnete. Dann legte er eine Kohle hinein, fixierte Mund und Nase, um sie zum Schlucken zu zwingen."

„Das ist ..." Vera fehlten die Worte.

„Der grausamste Mord, den wir jemals untersucht haben", sagte Sputnik.

„Wie lange hat es gedauert?"

Sputnik zuckte mit den Schultern. Sein entsetzter Blick war ebenso schockierend wie der Anblick der Leiche. „Sicherlich ging es nicht schnell. Nachdem sich die glühenden Kohlen durch den Verdauungstrakt, also Speiseröhre und Magen gebrannt hatten, verletzten sie dort Nachbarorgane. Zudem entstand eine Bauchfell- und Brustraumentzündung, die zwar fulminant verlaufen ist, aber es kann durchaus sein, dass sich ihr Todeskampf über Stunden hinzog."

Vera schluckte trocken. Stunden, dachte sie, und erneut rebellierte ihr Magen. Als Sputnik den Oberkörper der Leiche, der auf dem Tisch lag, aufrichtete, musste Vera sich an der Tischplatte festhalten, der Raum um sie begann zu tanzen. Sie kannte das Opfer! Es war die Frau, die Winfried Karger ihr als Juli Jaspers vorgestellt und die sich gestern telefonisch bei ihr gemeldet hatte: Fenja Loosen.

Sie musste etwas herausgefunden haben, das sie ihr hatte mitteilen wollen. Warum hatte sie nicht auf ein sofortiges Treffen gedrängt? Sie starrte auf ihre Hände, die die Tischplatte weiterhin umklammert hielten, und bildete sich ein, das Blut erkennen zu können, das daran klebte. Fenja Loosens Blut.

„Alles in Ordnung?" Peters war neben sie getreten.

„Es geht schon." Sie stellte fest, dass sie tatsächlich froh war über Peters' Anwesenheit. So holprig ihr Start auch gewesen war, mittlerweile schätzte sie dessen zurückhaltende Art und dass sie sich auf ihn verlassen konnte.

„Ein furchtbarer Anblick", flüsterte Peters.

„Das ist nicht der einzige Grund, obwohl ich Ihnen zustimmen muss. Das ist die Frau, die mir als Juli Jaspers vorgestellt wurde. In dem Treffen, das hier im Verlag vor einer Woche stattfand."

„Tatsächlich?" Peters machte große Augen.

„Außerdem rief sie gestern bei uns an, wollte sich mit mir treffen, um etwas zu erzählen. Das wäre heute gewesen."

„Was immer es war, es muss wichtig gewesen sein."

„So wichtig, dass sie dafür mit dem Leben bezahlte." Vera sah sich in dem Raum um. Es handelte sich um ein Besprechungszimmer mit einem langen, tafelartigen Tisch in der Mitte, der von Stühlen umgeben war. An der Stirnseite hing ein großer Präsentationsbildschirm, der lief und eine Diashow von Buchcovern zeigte.

„Hat den jemand eingeschaltet?", fragte sie Peters.

„Keine Ahnung. Wahrscheinlich eine Zeitautomatik."

Vera wollte etwas entgegnen, doch sie erstarrte, als ein Cover den Bildschirm einnahm, das sie bereits gesehen hatte. Bei ihrem letzten Besuch im Verlag auf dem Bildschirm von Kargers Sekretärin. Darauf war ein Herz aus Flammen zu sehen, und darüber stand in Lettern, die glutrot eingefärbt waren: *Glühende Leidenschaft.* Ihr Blick sprang zwischen der Leiche der jungen Frau und dem Bildschirm hin und her, bis das Cover durch ein anderes abgelöst wurde.

Winfried Karger stand in der Tür zum Konferenzraum, und Vera ging auf ihn zu. „Herr Karger, das Opfer ist die Dame, die Sie als Juli Jaspers ausgaben."

Kargers Kiefer mahlten, als er knapp nickte.

„Sie rief mich gestern an. Sagte, dass sie mir etwas mitteilen müsse. Sie wirkte verstört. Wissen Sie etwas darüber?"

„Nein."

Vera sah ihn eindringlich an. „Tatsächlich nicht?"

„Ich weiß wirklich nichts. Hier ging es in den letzten Tagen drunter und drüber. Ihre Ermittlungen." Er hob beschwichtigend die Hände, als er Veras verärgerte Blick bemerkte. „Kein Vorwurf, nur eine Tatsache. Es steht der neue Juli Jaspers Roman in den Startlöchern, da musste einiges auf den Weg gebracht werden."

„Was ist mit Berta Friedemann und Hagen Regener?"

„Was soll mit denen sein?"

„Ich will mit beiden sprechen. Heute."

Kargers Kiefer mahlten erneut. „Ich kümmere mich darum."

Nachdem Karger gegangen war, rief Vera Peters zu sich. „Haben Sie schon etwas zu Julia Spers herausfinden können? Berta Mühlhaupt?"

Peters schlug seine Hand an die Stirn. „Das habe ich völlig vergessen." Vera wollte beschwichtigend anführen, dass der furchtbare Mordfall Entschuldigungsgrund genug war, doch Peters sprach bereits weiter: „Nicht, dass ich es generell vergessen habe, ich vergaß, Ihnen das Ergebnis mitzuteilen."

„Welches wäre?"

„Dass Berta Mühlhaupts Mädchenname Friedemann ist."

Vera hörte ein Klacken in ihrem Kopf. Wie das Einrasten einer passenden Verbindung. Der Faden zum Lösen des Knäuels lag nun nicht nur in ihren Händen, er war bereit, gezogen zu werden. Noch langsam, aber bald schon konnte sie ihm einen Ruck geben. „Berta Friedemann", wiederholte sie.

„Genau. Über Julia Spers habe ich ebenfalls etwas Interessantes herausgefunden. Ich habe mit den Kollegen der Wache in Eidlingen gesprochen, und dort gab es tatsächlich eine Akte oder vielmehr ein Gesprächsprotokoll."

„Von Julia Spers?"

„Ja, das muss zu der Zeit gewesen sein, als sie die Schule verließ und mit ihren Eltern wegzog."

„Und was gab sie zu Protokoll?"

Peters kratzte sich an der Stirn. „Ziemlich diffuses Zeug über die Familie Mühlhaupt. Dass dort eine angespannte Stimmung herrsche und sie sich bedroht gefühlt habe."

„Dem wurde nicht nachgegangen?"

„Sie wissen doch, wie es selbst heute noch ist. Und damals? Da wurde so etwas meist nur notiert, wenn überhaupt. Zumal faktisch nichts vorlag. Keine Folgen von körperlicher Gewalt oder Ähnliches."

Vera nickte. Leider hatte Peters recht. Ohne einen Beweis, der das Geschilderte belegte, war es schwierig, dem nachzugehen. Stalking wurde durch ein entsprechendes Gesetz im Jahr zweitausendundsieben überhaupt erst strafbar, und selbst heute war es nicht einfach, einem Täter das nachzuweisen. „Was ist aus Julia Spers geworden?"

„Zuletzt war sie in Ern gemeldet."

„Wo liegt das?"

„Eine Kleinstadt, etwa einhundert Kilometer entfernt."

„Der Ort, in den sie mit ihren Eltern zog?"

„Genau. Die waren ebenfalls dort gemeldet."

„Waren?"

„Sind beide vor wenigen Jahren verstorben."

Vera wog den Faden in ihren mentalen Fingern. Etwas hielt sie davon ab, daran zu ziehen. Noch fehlten Details. Sie nahm ihren Notizblock aus der Tasche, las nach und sah ihre Vermutung bestätigt. „Ich muss mit Winfried Karger sprechen", sagte sie zu Peters und verließ dann den Tatort.

Kargers Büro lag auf derselben Etage, und Vera ignorierte die blonde Empfangsdame, die ihrerseits ohnehin keine Anstalten machte, sie aufzuhalten. Das Bild, das sich ihr beim Betreten des Büros bot, überraschte sie. Der Verlagschef saß zusammengesunken hinter seinem Schreibtisch. Die Überheblichkeit, die bei den letzten Treffen seine Haltung und Körpersprache dominierte, war aus ihm geströmt.

Er sah auf, als Vera eintrat. Wirkte um Jahre gealtert. „Es ist alles vorbei", sagte er und stöhnte auf, woraufhin er erneut in sich zusammensackte.

„Herr Karger." Vera bemühte sich um einen bestimmten und dennoch nicht zu harten Ton. „Sie müssen endlich absolut ehrlich zu mir sein. Mir alles sagen, was Sie wissen."

Karger nickte, legte die Hände auf die Tischplatte, als erwartete er, Vera würde ihm Handschellen anlegen, dann sah er sie an. „Stellen Sie Ihre Fragen."

„Wir haben ein Haus in einem Dorf in der Nähe ausfindig gemacht. Ensdorf. Es gehört einer älteren Dame, die Berta Mühlhaupt heißt. Ihr Mädchenname ist Friedemann."

Beim letzten Wort durchzuckte ein Blitzen Kargers Augen, doch er verblieb in seiner Position und sah die Kommissarin weiter an.

„Diese Berta Friedemann hat einen Sohn, der Hagen heißt."

Karger stieß einen Seufzer aus, der durchtränkt war von tiefer Verzweiflung. „Ich habe etwas geahnt, aber es nicht wahrhaben wollen." Sein Blick ging in die Ferne, während seine Kiefer mahlten. „Wahrscheinlich sehen Sie in mir nur den skrupellosen, profitgierigen Verlagschef. Aber so einfach ist es nicht. In diesem Verlag arbeiten Menschen, und es steht in meiner Verantwortung, dass deren Jobs gesichert sind."

Vera wollte ihn unterbrechen. Ihm sagen, dass es nicht an der Zeit war, große Reden zu schwingen, doch sie hielt sich zurück, wollte ihm die Gelegenheit geben, sich zu erklären.

„Natürlich war der Fall Juli Jaspers seltsam, und ich vermutete schnell, dass etwas faul war an der Geschichte der alten Dame, die solche Romane verfasst. Aber letztlich ging es um das Werk, das sich vortrefflich verkaufte und um die Geschichte dazu, die ebenfalls gut ankam. Sie können das vielleicht nicht verstehen, aber es ergab sich nicht die Notwendigkeit, das weiter zu hinterfragen."

Nun reichte es Vera. „Es ergab sich nicht die Notwendigkeit? Ist es nicht vielmehr so, dass Sie bemerkten, dass etwas Seltsames vorging, und entschieden, dies zu ignorieren?" Ihre Nasenflügel bebten. Der Kerl war ein Meister darin, sich die Welt so hinzureden, wie es ihm zupasskam.

Karger löste seine Krawatte und öffnete den obersten Knopf seines Hemdes. Seine Gesichtshaut hatte eine wächserne Färbung angenommen. „Was soll ich sagen? Sie haben recht. Konkretes war mir nicht bekannt, das schwöre ich beim Leben meiner Kinder, aber es stimmt, dass ich einen Verdacht hatte, den ich nicht wahrhaben wollte."

Vera atmete durch. Die Zeit lief ihr davon, und Schuldzuweisungen führten zu nichts. „Umso wichtiger ist, dass Sie mir jetzt alles sagen. Ist Hagen Regener Juli Jaspers?"

„Mit großer Wahrscheinlichkeit ja. Ich vermute dies bereits seit einiger Zeit, auch aufgrund der Tatsache, dass ich stets nur mit ihm zu tun hatte. Aber für unsere Arbeit ..."

Vera hob die Hand, um Karger zum Schweigen zu bringen. „Sie haben Ihren Standpunkt klargemacht, für mehr ist jetzt keine Zeit. Hatte Berta Friedemann, respektive Hagen Regener, Zugang zum Mailaccount des Verlags? Wäre es also möglich, dass er darüber Kontakt mit den Opfern aufnahm?"

„Ja. Nachdem der erste Roman erschienen war, bat Regener darum, in die Kommunikation eingebunden zu werden. Er sagte vielmehr, dass es Frau Friedemanns Wunsch sei."

Das Knäuel in Veras Kopf entwirrte sich, während sie schneller und schneller an dem Faden in ihren mentalen Händen zog.

„Ich habe etwas für Sie." Karger zog eine Schublade an seinem Schreibtisch auf, entnahm dieser eine Bonbondose, aus der er wiederum einen Schlüssel holte, mit dem er eine weitere Schublade aufschloss. Den Stapel Papier aus der Schublade legte er auf den Schreibtisch, ein Manuskript.

„Was ist das?", fragte sie.

„Ein unveröffentlichtes Manuskript von Hagen Regener."

Vera schluckte. „Woher haben Sie das?"

„Von ihm. Kurz vor Veröffentlichung des zweiten Romans von Jaspers trat Regener an mich heran. Er erzählte mir von einem Roman, den er geschrieben habe,
und bat mich um meine Einschätzung. Insgeheim
hoffte er natürlich, diesen bei uns veröffentlichen zu
können."

„Aber dazu kam es nicht?"

Karger schüttelte vehement den Kopf. „Ohne mich er-
neut herausreden zu wollen, nach Lektüre dieses
Machwerks konnte ich mir nicht mehr vorstellen, dass
Regener Jaspers' Romane geschrieben haben könnte."

„Wieso?"

„Jaspers' Romane gelten sicherlich nicht als hohe Li-
teratur, sind aber, was ihre schriftstellerische Umset-
zung anbelangt, also handwerklich, in Ordnung. Das
müssen sogar die Kritiker zugeben, selbst, wenn sie das
ungern tun."

„Was für diesen Text nicht gilt?" Vera deutete auf das
Manuskript.

Karger verzog angewidert den Mund, als er die be-
schriebenen Seiten auf seinem Schreibtisch betrachtete. „Nein, dieses Machwerk verdient die Bezeichnung
Roman nicht."

„Worum geht es?"

„Es liest sich wie die krankhaften Fantasien eines Psy-
chopathen."

„Ich werde das an mich nehmen."

„Selbstverständlich."

„Gibt es darin etwas, das uns weiterhelfen könnte? Einen Hinweis?"

Karger zog die Stirn kraus. „Tut mir leid. Ich kann Ihnen nicht einmal sagen, ob ich mich überhaupt bis zum Ende durchgekämpft habe. Selbst wenn, ist es schon über ein Jahr her, dass ich es gelesen habe."

„Sollte Ihnen noch irgendetwas einfallen, auch etwas, das Sie nicht für wichtig erachten, melden Sie sich umgehend bei mir."

42

Sie war wieder da, drängte ihn in den Hintergrund, um die Kontrolle zu übernehmen. Die wollte sie behalten, nie wieder hergeben. So anders sie waren, eines teilten sie: Wut

Vera massierte die Schläfen. Karger hatte nicht gelogen. Das Manuskript, obwohl Vera bislang nur wenige Passagen quergelesen hatte, war verstörend. Las sich wie der Einblick in eine Psyche, in der wenig Licht, dafür schwarze Schatten herrschten, und in der es von morbiden Fantasien wimmelte.

Es klopfte an der Tür, und Peters trat ein, nachdem Vera ihn hereingebeten hatte. „Ich habe noch etwas über Julia Spers herausgefunden."

„Lassen Sie hören."

„Sie wurde vor einigen Monaten als vermisst gemeldet."

„Tatsächlich? Von wem?"

„Einer Pia Debner. Sie gab an, Spers' Nachbarin zu sein."

„Der Sache wurde nicht nachgegangen?"

„Schon, aber ohne Ergebnis. Man ging davon aus, dass sie umgezogen war."

„Umgezogen?"

„Die Nachbarin, Pia Debner, hatte einen losen Kontakt zu Spers, die zurückgezogen lebte und kaum soziale Kontakte hatte. Ihr war aufgefallen, dass Spers' Katze über mehrere Tage vor der Wohnungstür saß und nicht eingelassen wurde."

„Und wieso gelangte man zu dem Schluss, sie sei verzogen?"

„Der Mietvertrag wurde gekündigt und die Wohnung geräumt."

„Bevor oder nachdem Spers als vermisst gemeldet wurde?"

„Danach, deshalb wurde der Fall zu den Akten gelegt."

Der Faden in Veras mentalen Händen drohte zu zerfasern. Sie musste aufpassen, dass sie dennoch das gesamte Knäuel in den Fingern behielt, obwohl es verlockend war, die einzelnen Stränge nachzuverfolgen, wozu die Befragung der Nachbarin und Spers' Vermieters gehört hätte. Das Fadenbündel war das Manuskript, das hoffte Vera zumindest und außerdem, dass sich dadurch die Nebenstränge klären ließen.

Das Klingeln des Telefons unterbrach ihren Gedankenstrom. Sie nahm den Hörer vom Apparat, sah auf dem Display bereits, wer der Anrufer war, und wappnete sich. Per Handzeichen bedeutete sie Peters, sie alleine zu lassen.

„Winter? Umgehend in mein Büro."

Einen Augenblick hielt Vera den Hörer noch am Ohr, aus dem das Tuten erklang, das verkündete, dass der Gesprächspartner aufgelegt hatte. Ihr Chef, den ein weiterer Mord verärgerte.

Sicherlich dein Best-Buddy, der Herr Bürgermeister, der dir die Hölle heiß macht!, dachte Vera.

Es half nichts, sich zu ärgern. Sie musste seiner Auf-forderung nachkommen, und so erhob sie sich wider-willig, überlegte auf dem Weg zu dessen Büro, was sie vorbringen konnte, um zu verhindern, dass ihr der Fall entzogen wurde. Sie hoffte, dass es nicht dazu kam.

„Winter." Ihr Chef sah auf, als Vera eintrat. „Setzen Sie sich."

Vera nahm vor dem Schreibtisch Platz.

„Was haben Sie da?", fragte er.

Vera hatte das Manuskript mitgenommen, in der Hoffnung, das Gespräch sogleich darauf lenken zu kön-nen. „Das sind die Gedanken des mutmaßlichen Tä-ters."

Ihr Chef zog die Brauen zusammen. „Auf all diesen Seiten."

„Es ist ein Manuskript." Vera berichtete ihrem Chef von Juli Jaspers, Hagen Regener und Berta Friedemann und wie Karger ihr das Manuskript überreicht hatte.

„Sie vermuten, dass dieser Regener unser Täter ist? Und das Motiv?"

„Das kenne ich nicht. Noch nicht. Dieser Text aber legt nahe, dass es mit seiner psychischen Verfassung nicht zum Besten steht."

Ihr Chef sah sie an. „Dann spüren Sie ihn auf."

„Wir sind dabei, konnten ihn aber bislang nicht fin-den. Ich vermute, dass dieser Text wichtige Anhalts-punkte enthält."

„Die wären?"

„Das weiß ich ebenfalls noch nicht." Sie bemerkte Barmers Ungeduld und hob beschwichtigend die Hände. „Chef, das sind knapp dreihundert Seiten, und ich habe den Text erst vor einer Stunde bekommen. So schnell kann ich das nicht alleine durcharbeiten."

„Selbstverständlich. Ich teile Ihnen mehr Leute zu. Wir bilden eine Spezialeinheit. Teilen Sie den Text auf verschiedene Mitarbeiter auf."

„Das ist ein guter Plan."

„Winter?"

„Ja, Chef?"

„Fassen Sie den Kerl und das schnell. Der Bürgermeister macht mir bereits die Hölle heiß."

„Sie können sicher sein, dass es für mich nichts Wichtigeres gibt, als den Kerl zu fassen." Sie beeilte sich, Barmers Büro zu verlassen, um das Manuskript durchzuarbeiten. Sie hatte ihrem Chef verschwiegen, dass sie nicht über genügend Beweise, nicht einmal Indizien verfügte, um Hagen Regener die Morde zuschreiben zu können. Dementsprechend konnte sie weder Haftbefehl gegen ihn beantragen noch nach ihm fahnden lassen. Sie hoffte inständig, dass sie mit ihrer Vermutung richtig lag und das Manuskript ihr Aufschluss zu Regener und dessen Aufenthaltsort geben würde.

***

Barmer hielt Wort und teilte Vera zehn Beamte zu, die, neben Peters und ihr, die Soko Juli Jaspers bildeten. „Meine Damen und Herren, wir müssen so schnell und gründlich wie möglich in diesem Manuskript nach Hinweisen suchen, die sowohl auf den Täter hindeuten als auch auf ein mögliches Motiv sowie ein mögliches, weiteres Opfer." Vera machte eine Pause. Die Bedeutung des letzten Teils ihrer Aussage wurde ihr erst richtig bewusst, als sie ihn aussprach. „Bislang haben wir zwar einen Verdächtigen, aber nur Indizien und keine Hinweise, die dessen Täterschaft belegen." Sie nahm das Manuskript in die Hand und hielt es hoch. „Das müssen wir hiermit ändern. Der Text besteht aus knapp dreihundert Seiten, wir sind zwölf Personen, das bedeutet, für jeden fünfundzwanzig Bögen zum Durcharbeiten." Sie reichte Peters das Skript, der es nach den farblichen Klebemarkierungen, die Vera gesetzt hatte, auf die Beamten aufteilte.

„Versuchen Sie zwischen den Zeilen zu lesen", sagte Vera, als jeder Beamte mit seinem Anteil an Papieren versorgt war, nahm dann mit ihrem Stapel auf einem freien Stuhl Platz und las.

Je weiter sie vorankam, desto mehr schwand ihre Hoffnung, einen Teil des Buches erwischt zu haben, der sie weiterbringen würde. Regeners Ausführungen ergingen sich in verschiedenen Frauenstimmen, die versuchten, ihn zu dominieren. Eine davon sprach er seiner Mutter zu, die ihn als Versager diffamierte, die andere bezeichnete er nur als „Sie". War seine Mutter schon fordernd, äußerte „Sie" sich in einem scharfen Befehlston, beschwor Gewaltfantasien herauf, die beunruhigend waren.

„Ich glaube, ich habe etwas", sagte Eva Kaminski nach einiger Zeit, in der der Raum mit angespanntem Schweigen ausgefüllt gewesen war.

„Dann lassen Sie hören", entgegnete Vera.

Eva befeuchtete ihre Lippen. „Er wusste, dass die Wahl des Zimmers großer Sorgfalt und Überlegung bedurfte. Nichts durfte von hier nach außen dringen. Ein

Ort, der sich Blicken und Gehörtwerden entzog. Dorthin musste er sie bringen, sie alle. Fortgesperrt bestand die Hoffnung, dass sie sich seiner nicht mehr bemächtigten."

„Gut." Vera kratzte sich am Kinn. „Ist da noch mehr? Ein Hinweis, wo dieser Raum sein könnte?"

Eva blätterte eine Seite weiter, fuhr mit dem Finger die Zeilen ab. „Ich fürchte nein." Die anfängliche Euphorie ob ihrer Entdeckung fiel von ihr ab.

Vera wollte etwas Ermutigendes erwidern, da meldete sich Wieslander, ein erfahrener Kollege, zu Wort: „Womöglich habe ich etwas. Er erwähnt immer wieder einen Ort der Ambivalenz."

„Okay." Vera ersparte sich die Nachfrage, ob es einen näheren Hinweis gab, worum es sich bei diesem Ort handelte. War sie doch rein rhetorischer Natur, besonders im Falle Wieslanders. „Das bedeutet, dass bitte alle darauf achten, ob dieser Ort in ihrem Teil des Skripts auftaucht." Ein zustimmendes Raunen ging durch den Raum, bevor sich alle erneut ihren Seiten widmeten.

Ein Einfall Veras ließ sie sich erheben. „Ich bin sofort zurück", sagte sie, bevor sie mit ihrem Teil des Manuskripts den Raum verließ.

Sie ging in ihr Büro und rief Linda an. „Du hast doch die Nummer dieses Jürgen Schons'?"

Linda bejahte.

„Kannst du ihn mir bitte dringlich ans Telefon holen? Danke."

Sie hatte sich nur wenige Minuten dem Text gewidmet, als Linda zurückrief, um sie mit Jürgen Schons zu verbinden.

„Danke, dass Sie noch einmal Zeit für mich haben", sagte Vera.

„Selbstverständlich."

„Herr Schons, ich weiß, dass Sie wenig mit Hagen sprachen."

„Im Grunde gar nicht."

„Womöglich ist Ihnen dennoch ein Begriff zu Ohren gekommen, was ihn betrifft. Sagt Ihnen ‚der Ort der Ambivalenz' etwas?"

Schons schwieg, und Vera befürchtete, er verneine. „Sorry, ich musste mich erst sammeln."

„Kein Problem."

„Das ist kurios. Zuerst wollte ich Nein sagen." Er schluckte vernehmlich.

„Aber?"

Ein unsicheres Lachen ertönte, das allen Humor entbehrte. „Dann hatte ich plötzlich ein Bild vor Augen. Ich sah es geschrieben vor mir ‚Ort der Ambivalenz'." Erneutes Schlucken. „Ich sehe es deshalb als gekritzelte Botschaft, weil es eine Erinnerung ist. Hagen hatte stets ein Notizbuch dabei. Gebunden, mit schwarzem Umschlag und linierten Seiten. Im Unterricht und auch in den Pausen hatte er es in der Hand und schrieb nahezu ununterbrochen hinein. Er wirkte dann, als wäre er besessen, was ihn noch unheimlicher machte."

„Er hat diese Worte in das Notizbuch geschrieben?"

„Kennen Sie den Film *Shining*?"

Vera wusste nicht, worauf Schons hinauswollte, bejahte aber, um den Redefluss nicht zu unterbrechen.

„Da gibt es doch diese Szene, in der die getippten Seiten des Protagonisten Jack Torrance gezeigt werden, die gefüllt sind mit dem Wort ‚Redrum', was sich im

255

Spiegel als ‚Murder' entpuppt. Diese Worte unzählige Male auf die Seiten des Notizbuches gekritzelt zu sehen, war ein ähnliches Erlebnis."

„Er hat damals in sein Notizbuch ‚Ort der Ambivalenz' geschrieben? Und das sogar mehrfach?" Vera hatte Schwierigkeiten, Schons Worten Glauben zu schenken, obwohl der sicherlich nicht log. Warum sollte er?

„Ja. Ich weiß das so genau, weil mir das Wort Ambivalenz damals unbekannt war und ich es extra im Duden nachschlug."

„Haben Sie eine Idee, was Hagen damit gemeint hat?"

„Zumindest habe ich eine Vermutung."

Vera rückte auf ihrem Stuhl nach vorne. Sie hoffte, dass nun der entscheidende Hinweis käme.

„Tatsächlich habe ich damals Julia gefragt. Julia Spers."

„Was hat sie gesagt?"

„Rückblickend ist mir klar, dass das zu der Zeit war als diese ...", Schons stockte und schien nach einem geeigneten Wort zu suchen, „... Affäre zwischen den beiden bestand. Julia war da bereits ähnlich wortkarg und seltsam wie Hagen. Sie sagte, dass er damit einen Ort bezeichnete, an dem er von einem Zwang befreit, dafür anderen ausgesetzt sei."

„Hört sich an wie ein Rätsel." Vera tippte einige Male mit dem Zeigefinger auf die Tischplatte, als könnte sie der so eine Antwort entlocken.

„So, wie alle Dinge, die Hagen betrafen, rätselhaft waren."

„Sie haben doch sicherlich darüber nachgedacht damals? Haben Vermutungen angestellt?" Sie bemerkte, dass Schons zögerte. „Ich werde Sie nicht darauf festnageln. Ich möchte sie nur gerne hören."

Schons räusperte sich. „Sie kennen ja die Geschichten über Hagen und dessen Mutter, dass sie ihn im Grunde dazu zwang, ein Mädchen zu sein. Sicherlich war das der Zwang, von dem Julia sprach. In die Schule ging er als Junge, als Hagen, war also von diesem Zwang befreit."

Vera erkannte, worauf Schons hinauswollte. „Aber in der Schule eckte er durch seine Andersartigkeit an."

„Genau. Andere Zwänge, denen er ausgesetzt war." Erneut stieß Schons sein humorloses Lachen aus. „Wie gesagt, es ist nur eine Vermutung."

„Das ist mir bewusst. Doch sie erscheint mir nachvollziehbar. Die Schule ist in Eidlingen?"

„Das ist korrekt, wobei ‚war' die richtige Formulierung ist."

„Wieso?"

„Meines Wissens wurde die Schule vor wenigen Jahren geschlossen, und das Gebäude steht leer."

Vera bedankte und verabschiedete sich.

Erneut tippte sie mit dem Finger auf die Tischplatte. Wenn der Ort der Ambivalenz tatsächlich die Schule war, die Julia Spers, Jürgen Schons und Hagen Mühlhaupt besucht hatten?

Sie ging zurück in den Konferenzraum, in dem die Beamten weiterhin über die Papiere gebeugt saßen, und ging neben Peters in die Hocke. „Ich habe eine Aufgabe für Sie", flüsterte sie.

Peters sah von den Seiten auf, blickte Vera fragend an und tippte auf die Papiere.

„Die übernehme ich." Vera ergriff Peters' Anteil des Manuskripts und legte den auf ihren, den sie unter dem Arm trug. Dann führte sie Peters aus dem Zimmer und schloss die Tür hinter ihnen. „Die Schule, auf die Schons, Spers und Hagen gingen, wurde geschlossen. Das Gebäude steht leer."

Peters hob die Brauen.

„Wir müssen in dieses Gebäude."

Peters nickte. „Ich kümmere mich darum."

Einen Augenblick sah Vera ihm nach, wie er auf dem Absatz kehrt machte und den Flur entlang in Richtung des Großraumbüros ging, in dem sein Schreibtisch stand. Wer hätte gedacht, dass sie wenige Wochen nach ihrem ersten Zusammentreffen froh sein würde, mit Peters zusammenzuarbeiten?

43

„Was haben Sie herausgefunden?"

Vera kämpfte gegen den Ärger, der sich ihrer Zunge zu bemächtigen drohte, um diese eine zynische Bemerkung herausschleudern zu lassen, ob die Eile ihres Chefs dessen wiedererwachtem kriminalistischem Interesse oder den Bedenken seines Best-Buddys, geschuldet war. Stattdessen zwang sie sich, ruhig zu bleiben. Durchzuatmen. „Wir sind erst seit wenigen Stunden mit dem Durcharbeiten des Manuskripts …"

„Mit zwölf Leuten", unterbrach Barmer sie barsch. „Das sollte doch ausreichend Zeit sein, diesen Text durchzuarbeiten. Schließlich wird der Killer nicht so rücksichtsvoll sein, abzuwarten, bis Sie Ihre Kaffeerunde beendet haben."

Bleib ruhig!, herrschte Vera sich innerlich an, denn in ihr stieg eine bösartige Entgegnung empor, die hinauswollte, um frontal in das Gesicht ihres Chefs zu klatschen. Es führte zu nichts. Contenance bewahren, auch wenn es schwerfiel. „Wir haben möglicherweise einen Ort." Der Gedanke, dass es verfrüht war, den Verdacht auszusprechen, folgte ihrer Aussage und kam damit zu spät.

„Was für ein Ort?" Barmer sah sie aufmerksam an. Gierte förmlich danach, dass sie ihm den Weg aus dieser Misere wies.

„Wir vermuten, dass Regener im Manuskript auf die Schule verweist, die Spers und er besuchten. Ebenso wie Jürgen Schons, den ich bereits als Zeugen verhörte."

„Und Sie stehen rum und erzählen mir das?" Barmer wedelte mit den Händen, als wollte er Tauben verscheuchen. „Suchen Sie diesen Ort auf. Womöglich befindet sich dort die Leiche dieser Spers?"

„In Ordnung." Vera nickte. Warum hatte sie dennoch dieses Gefühl, dass sie etwas übersah?

Sie verließ Barmers Büro und überlegte auf dem Weg zum Konferenzraum, welche Faser des Fadens ihr aus den mentalen Händen gerutscht war. Oder bildete sie sich das nur ein? Sie ging an der Tür des Konferenzraums vorbei und steuerte stattdessen das Großraumbüro an.

Als Peters sie sah, winkte er sie zu sich. „Ich konnte den ehemaligen Hausmeister der Schule, Herrn Bronswik, kontaktieren, der immer noch für das Gebäude verantwortlich ist und den Schlüssel hat."

„Sehr gut. Können Sie ihm mitteilen, dass wir uns im Gebäude umschauen möchten?"

„Jetzt gleich?"

„Exakt."

„Alles klar." Peters griff zum Hörer.

Vera ging zurück zum Konferenzraum, bezog Position vor den Beamten, die immer noch in die Papiere vertieft waren, und räusperte sich. „Meine Damen und Herren. Peters hat den Hausmeister der Schule kontaktiert, die Hagen Regener und Julia Spers besuchten. Wir fahren dorthin und schauen uns um. Ich weiß nicht, was und ob uns etwas dort erwartet, Sie sollten aber auf jeden Fall wachsam sein." Kaum hatte sie ihre kurze Ansprache beendet, betrat Peters den Raum und verkündete, dass Herr Bronswik sie in einer halben Stunde vor der Schule erwarte.

Die Beamten begaben sich zu den Fahrzeugen, Vera stieg gemeinsam mit Peters in einen Wagen. „Konnten Sie Berta Mühlhaupt erreichen?", fragte sie, als Peters den Wagen vom Parkplatz der Kripo lenkte.

„Leider nein. Unter der Rufnummer ist niemand zu erreichen."

Vera tippte auf die Verkleidung der Beifahrertür, auf der sie ihren Arm abgelegt hatte. Berta Friedemann, dachte sie. Warum hatte Regener den Mädchennamen seiner Mutter als Autorin der Juli-Jaspers-Werke angegeben? Sie dachte an Kargers seltsame Erklärung, dass ein Romance-Titel besser verkäuflich sei, wurde er von einer Frau geschrieben. In Zeiten von Genderdebatten herrschte immer noch eine so vorurteilbehaftete Haltung?

Eine Ahnung sagte ihr, dass dies nicht der einzige Grund war, schließlich hätte Regener irgendeinen Frauennamen, quasi ein Pseudonym vor dem Pseudonym, nutzen können. Dass er den seiner Mutter benutzte, hatte einen Grund. Dessen war sie sich, angesichts des planvollen Vorgehens, sicher. War Regener der Killer, oder ließ sie sich von ihrem Bauchgefühl und falsch gedeuteten Indizien zu einem Trugschluss verleiten?

Sie legten den weiteren Weg schweigend zurück. Ihre Gedanken mit Peters zu besprechen, kam Vera in den Sinn, jedoch verwarf sie die wieder. Sie war noch nicht so weit, ihm ein derartiges Vertrauen zu schenken. So blieb ihr nur die innere Zwiesprache mit sich selbst.

Das Schulgebäude entsprach den typischen Siebziger-Jahre-Bauten und musste zu Hagen Regeners Schulzeit neu und modern gewesen sein. Der Komplex wurde von einem Zaun umgeben, auf dem Gelände befand sich ein weiterer Bau, den Vera für eine Turnhalle hielt. Das Tor war geöffnet, und daneben stand ein Herr mit grauem Haarkranz, der einen grauen Overall trug und damit das Bild des typischen Hausmeisters karikierte.

Sie stellten die Fahrzeuge auf dem Platz vor dem Gebäude ab, bei dem es sich wohl um den Schulhof handelte. Vera stieg aus dem Wagen und ging auf den Hausmeister zu, um ihm die Hand entgegenzustrecken. „Sie müssen Herr Bronswik sein."

„So ist es." Bronswik sah Vera verunsichert an.

„Das Gebäude steht leer?"

„Seit etwa drei Jahren. Da machte der letzte Jahrgang seinen Abschluss."

„Und es ist immer verschlossen? Es kann sich niemand Zugang verschafft haben?"

Bronswik trat von einem Bein auf das andere. „Na ja." Er warf Vera einen flüchtigen Blick zu, fixierte dann seine Füße. „Das Gebäude ist groß, wie Sie sehen."

„Was wollen Sie damit sagen? Machen Sie regelmäßige Kontrollgänge?"

Bronswik fuhr mit der Schuhspitze über ein Büschel Unkraut, das durch die Asphaltdecke des Schulhofs gebrochen war.

Vera presste die Lippen zusammen. Sie hatte befürchtet, dass Bronswik einer der Sorte war, die die ihnen anvertrauten Aufgaben mit dem Mindestmaß an Aufwand zu erledigen versuchten.

„Hören Sie, Herr Bronswik. Wir sind nicht hier, um ihre Arbeitsweise zu kritisieren oder zu melden. Es geht mir nur um die Information, wie häufig Sie das Gebäude betreten, um abschätzen zu können, ob sich jemand unbemerkt Zugang verschafft haben könnte.“

Erneut sah Bronswik Vera an und wirkte erleichtert. „Normalerweise soll ich einmal wöchentlich einen Rundgang machen. Der letzte liegt aber bereits einen Monat zurück.“

Vera nickte und addierte im Kopf einen weiteren Monat hinzu. Letztlich war es unerheblich, wie lange er das Gebäude nicht mehr kontrolliert hatte. Die entscheidende Information war, dass durchaus die Möglichkeit bestand, dass hier jemand unbemerkt sein Unwesen getrieben haben konnte. „Okay. Dann gehen wir jetzt rein.“ Sie nickte den Beamten, die hinter ihnen Stellung bezogen hatten, zu.

Bronswik ging voran und trat an die Glastür des Eingangsbereichs heran, an der ein Schild verkündete: Schule geschlossen. Nachdem er aufgeschlossen hatte, hielt Bronswik die Tür auf und ließ die Beamten eintreten.

„Über wie viel Quadratmeter verfügt die Schule?“, fragte Vera.

„Dreihundertfünfzig“, entgegnete Bronswik.

„Mit oder ohne die Turnhalle?“

„Nur das Gebäude hier.“

Die Halle konnten sie sich später vornehmen, entschied Vera und teilte die Beamten in Zweierteams auf. Peters und sie übernahmen den Keller. Wenn es hier etwas zu finden gab, dann dort.

Sie wies Bronswik an, im Eingangsbereich zu warten, bis sie das Gebäude durchkämmt hatten, und musste sich zwingen, dessen offensichtliche Missmut darüber nicht mit einer spitzzüngigen Bemerkung zu kommentieren.

Von der Eingangshalle ging es nach links in einen Pausenraum, von wo eine Treppe in den Keller führte, da nur dieser Bereich des Gebäudes unterkellert war. Peters und Vera nahmen diesen Weg, die übrigen Beamten durchsuchten die Klassenräume, die sich auf zwei Etagen rechts des Eingangsbereichs erstreckten.

Vera registrierte mit Verwunderung, dass das Gebäude trotz des jahrelangen Leerstands wirkte, als hätte es sich bis heute in Betrieb befunden. Der Keller hingegen bot die verstaubte Rumpelkammer, die sie erwartet hatte. Peters und sie kamen nur langsam voran. Immer wieder versperrten Gegenstände den Weg und mussten zur Seite geräumt werden, damit sie in dem schlauchartigen Gang, von dem wenige Räume abgingen, vorankamen.

Die Ahnung, die sich ihrer beim Betreten bemächtigt hatte, wurde zur Gewissheit: Dies war nicht der Ort, an dem sie etwas finden würden. Vera musste sich zusammenreißen, die Suche nicht mittendrin abzubrechen. Weder war es ihre Art noch durfte sie sich das erlauben. Ahnung hin oder her. Dies war die beste Spur. War sie das?

Die Frage traf sie unvermittelt, obwohl sie etwas auf-
wühlte, das schon länger in ihr gärte. Berta Mühlhaupt,
alias Friedemann, alias das Pseudonym oder Alter Ego,
das Hagen Regener als Autorin seiner Werke ausgegeben hatte. Was war aus Berta Friedemann geworden?

„Peters, ich gehe kurz telefonieren", sagte sie, nachdem sie auf das Display des Smartphones geschaut und
festgestellt hatte, hier unten kein Netz zu haben.

„Und? Schon etwas gefunden?", ertönte es vom anderen Ende der Leitung, ohne Gruß, für den fehlte nach
Maßgabe ihres Chefs wohl die Zeit.

„Leider noch nicht. Wobei ich noch keine Rückmeldung der Beamten aus den Klassenräumen habe."

Eine Pause, dann: „Winter. Verbocken Sie das nicht."

„Das habe ich nicht vor. Herr Barmer, es gibt noch einen anderen Ort, an dem wir suchen sollten. Ein
Haus ..."

„Frau Kommissarin! Wie Sie es formulierten, unter-
suchen Sie die heißeste Spur. Im Übrigen wäre alles andere Irrsinn. Sollte sich dort nichts finden, erwarte ich
Sie hier im Revier, damit wir ein Gespräch unter vier
Augen führen."

Vera wollte etwas entgegnen, doch Barmer hatte das
Gespräch beendet.

***

„Das kann doch passieren."

Vera wusste, dass Peters sie trösten wollte. Aber er
war noch nicht lange genug im Job, um zu wissen, dass
derlei Fehlschläge nicht toleriert wurden. Insbesondere nicht von einem Chef wie Barmer. Doch das war

es nicht, was sie quälte. Es war das Gefühl, versagt zu haben, das schlimmer war als jede Rüge, die sie erhalten würde.

Sie nickte stumm und hoffte, Peters würde damit weitere Aufmunterungsversuche unterlassen. Der schien ihren Wunsch zu erhören, sodass sie die Fahrt schweigend zurücklegten.

Als Peters den Parkplatz der Kripo erreichte, fasste Vera einen Entschluss. „Ich fürchte, ich muss noch einmal zurück", sagte sie.

„Wirklich? Weshalb?"

„Ich fürchte, ich habe mein Handy in der Schule liegen lassen."

„Das ist ja ärgerlich. Wir könnten die Kollegen anrufen. Vielleicht sind die noch in der Nähe."

Vera winkte ab. „Nein, nein. Ich bin ganz froh, ein wenig Zeit auf der Fahrt alleine zu verbringen. Ich benötige das von Zeit zu Zeit, um den Kopf frei zu bekommen."

„Okay." Peters stieg aus und ließ den Schlüssel im Zündschloss stecken.

Vera verabschiedete sich vor dem Fahrzeug von ihm und setzte sich dann auf den Fahrersitz.

Warum sagst du ihm nicht, was du vorhast?, fragte sie sich. Doch ihr war klar, dass er angeboten hätte mitzukommen. Und selbst wenn sie dies ablehnte, er wäre ein Mitwisser ihres nicht autorisierten Alleinganges. Sie glaubte fest daran, dass Peters eine vielversprechende Karriere vor sich hatte, und sie wollte ihm auf keinen Fall Steine in den Weg räumen. Es reichte, dass sie Kopf und Kragen riskierte.

Sie fuhr vom Parkplatz und hatte nach einigen Minuten Fahrzeit die Stadtgrenze passiert. Sie ignorierte die Frage, ob sie das Richtige tat, die ihr Kopf gebetsmühlenartig wiederholte. Ebenso die, was sie tat, würde es gefährlich werden. Sie musste Gewissheit haben, wusste, dass sie nicht zur Ruhe kommen würde, bis sie sich dort erneut umgesehen hätte. Dieses Mal würde sie keinen Raum aussparen, das düstere Geheimnis, das sie an diesem Ort vermutete, ergründen.

Es dämmerte bereits, als sie über den Feldweg auf das Haus zurollte. Im Zwielicht wirkte es noch unheimlicher, aber dieses Gefühl ignorierte sie.

44

Der Junge:

Ein Haarriss im Damm, der sich ausbreitet und an Tiefe gewinnt. Der das Konstrukt, gespeist aus Repression, Erniedrigung und Ablehnung bersten lässt. Aufgestaute Wut, eine Flutwelle, die fortreißt, was sich ihr in den Weg stellt.

Es tut gut. So gut. Die Raserei wäscht ihn rein vom Makel. Die Male, die Mutter in seinen Körper brannte, pulsieren nur noch in dumpfem Schmerz.

Er muss nicht Zuschauer seines Lebens sein. Er ist viele, und vor allem hat er *Sie*. *Sie* weiß sich durchzusetzen und wird die Kontrolle übernehmen, wann immer es notwendig ist.

Er ist viele.

45

Das war bereits die zweite Runde, die Vera um das Haus ging. Sie hatte den Plan nicht zu Ende gedacht, beziehungsweise den Anfang. Wie sollte sie in das Haus gelangen?

Die Feuerwehr hinzuzurufen, das Vorgehen bei einer Notfalltüröffnung, verbot sich selbstverständlich. Und ohne Hilfe war der Weg über den Baum zu riskant.

Sie würde das durchziehen! Mit den Mitteln, die notwendig waren. Sie klingelte mehrfach, klopfte, hämmerte schließlich gegen die Haustür, ohne eine Reaktion zu erhalten.

Sie ging zum Fenster links der Tür, betrachtete es einen Augenblick und suchte dann den Boden nach einem geeigneten Hilfsmittel ab. Endlich hatte sie einen Stein gefunden, der ausreichend groß und schwer erschien.

Das Klirren der Scheibe, die zu Bruch ging, erschien ihr sehr laut. Sie sah sich um, ob sie jemanden alarmiert hatte, rief sich dann vor Augen, dass sie sich ein gutes Stück außerhalb Ensdorfs befand und dass, selbst wenn ihr Tun bemerkt wurde, die Leute einer Kommissarin zunächst keine Fragen stellen würden.

Sie hätte das Glas vollständig zerstören können, entschied sich aber, angesichts der ohnehin schon eingebrachten Gewalt, mit ärmelgeschützter Hand hindurchzugreifen, um das Fenster zu öffnen. Nachdem sie hineingeklettert war, verharrte sie einen Augenblick, legte den Kopf schief, um zu lauschen. Nichts rührte sich im Haus. War es wahrscheinlich, dass Berta Mühlhaupt, alias Friedemann, erneut nicht anzutreffen war?

Vorsichtig stieg sie über die Scherben am Boden hinweg und betrachtete den Raum, das Wohnzimmer, wie ein Sofa nebst Sessel und ein deckenhoher Schrank, dessen dunkle Eiche-Optik das Licht im Zimmer schluckte, suggerierten. Wie das Zimmer, in der oberen Etage, durch das sie beim ersten Mal in das Haus eingestiegen war, verströmte auch dieser Raum das Museumsgefühl: veraltet und ungenutzt, aber gepflegt und instand gehalten.

Neben dem Sessel, auf einem Beistelltisch, stand ein Fotorahmen. Vera nahm das Bild in die Hand. Wieder die gleiche Frau mit der strengen Miene. Wenn sie sich recht erinnerte, war Mühlhaupt auf diesem Bild älter als auf denen in der oberen Etage. Kurz überlegte Vera, ihr Handy herauszuholen, auf dem die Aufnahmen der Bilder oben zu finden waren, um sie zu vergleichen, beschloss aber, sich zunächst weiter umzuschauen.

Durch die Tür gelangte Vera in den Hausflur, von dem die Treppe in das obere Stockwerk führte, die sie beim letzten Mal in umgekehrter Richtung genutzt hatte. Ein Geruch, als würde etwas verderben, stieg ihr in die Nase. Hatte sie diesen Gestank nicht bereits beim vorherigen Besuch wahrgenommen? Sie versuchte, zu ergründen, woher er sich ausbreitete, schnüffelte in die Luft, jedoch, ohne ihn erneut zu riechen.

Sie erklomm die Treppe in das Obergeschoss und fand sich auf dem Flur mit den gerahmten Fotos an den

Wänden wieder. Dieses Mal würde sie jeden Raum in-spizieren. Den hinter der ersten Tür rechtsseitig kannte sie bereits, daher öffnete sie die gegenüberliegende, hinter der ein Badezimmer mit havannabeigen Fliesen und einer Badewanne lag. Auch dieser Raum war, ob-wohl die Einrichtung nicht mehr zeitgemäß war, sau-ber und ordentlich. Vera trat an die Badewanne heran, auf deren Boden sie Feuchtigkeitsspuren erkannte. Je-mand hatte hier geduscht oder gebadet.

Rechts vom Bad befand sich ein Abstellraum, der vor allem Kleidung für eine ältere Dame beherbergte. Die Tür zum letzten noch nicht untersuchten Zimmer öff-nete sich mit einem Knarren, was bei Vera trotz oder gerade wegen dieses stereotypen Horrorfilmelements eine Gänsehaut verursachte.

Der Anblick, der sich ihr bot, benötigte hingegen keine zusätzlichen Effekte, um die Gänsehaut nicht nur aufrechtzuerhalten, sondern zu verstärken: Jemand lag im Bett!

Als würde sie sich über dünnes Eis fortbewegen, setzte Vera, in kleinen Schritten, einen Fuß vor den an-deren. Der Dielenboden kommentierte das mit Quiet-schen und Knarzen, sodass sie befürchtete, sogar hoffte, die Person im Bett würde dadurch aufge-schreckt.

Doch die zeigte keine Regung, während sich Vera wei-ter darauf zubewegte. Neben dem Bett stehend, er-kannte sie graues Haar, das unter der Decke hervor-lugte, als hätte sich die Person, die darunter lag, die Bettdecke über den Kopf gezogen.

Vera stand einfach da, blickte auf den Schopf und ver-suchte zu ergründen, ob die Bettdecke sich auf und ab bewegte, was auf einen atmenden Körper darunter schließen ließ.

Irgendetwas stimmte hier nicht.

Das Adrenalin, das sich in ihre Blutbahn ergoss, ließ ihre Sinne schärfer werden. Ein Poltern ließ sie zusammenfahren! Drang es aus dem Erdgeschoss zu ihr hoch? Oder aus dem Keller? Verfügte das Haus über ein Kellergeschoss?

Die kräftigen Schläge ihres Herzens hörte sie nicht nur, sie fühlte, wie sie von innen gegen ihre Stirn brandeten, während sie die Hand ausstreckte. Sie schluckte trocken. Die Finger berührten den Stoff, kühler Satin. Sie fröstelte. Mit den Fingerspitzen fasste sie das Oberbett, als handelte es sich um ein giftiges Insekt. Es kostete sie zwei tiefe Atemzüge, dann zog sie die Decke zurück und erstarrte. Der Anblick war derart grotesk, dass ihr Verstand Zeit benötigte, die Information, die ihm die Augen lieferten, zu verarbeiten.

Es gibt kein Gesicht!, schrie eine Stimme in ihrem Kopf. Wobei das bei Weitem nicht das Schlimmste war. Bei den grauen Haaren, die auf dem Perückenständer, den sie mittlerweile als solchen identifiziert hatte, drapiert waren, handelte es sich um keine Perücke. Zumindest nicht im herkömmlichen Sinne, wie eine zynische Stimme ihr einflüsterte.

Mit Pinzettengriff aus Daumen und Zeigefinger der rechten Hand erfasste sie eine Haarsträhne, um den grauenhaften Fund vom Kunststoffkopf des Ständers zu heben. Mit aufgerissenen Augen betrachtete sie das, was den Haaren anhaftete. Kopfhaut. Sie hielt den Skalp einer älteren Frau in der Hand!

Vorsichtig platzierte sie das Haarteil auf dem Kopfkissen und zog anschließend die Decke vollständig zurück. Befremden beschlich sie, erinnerte sie die Anordnung der Kissen doch an Jugendtage, wenn man versucht hatte, die Eltern zu täuschen, indem man daraus eine unter der Bettdecke liegende Person nachformte. Welchen Zweck sollte das haben? Oder sollte dieses Arrangement ebenfalls in die Irre zu führen? Falls ja, wen und warum? Hatte sie jemand erwartet?

Sie fuhr herum. Das Gefühl, beobachtet zu werden, fuhr heiß in sie. Sie reckte den Kopf, um durch die offen stehende Tür in den Flur zu schauen. Doch sie konnte niemanden ausmachen.

Verlier jetzt bloß nicht die Nerven!, herrschte sie sich an und zwang sich, tief durchzuatmen. Nur, wenn sie weiterhin besonnen vorging, würde sie keine entscheidende Information übersehen.

Sie ging in die Hocke, sah unter das Bett, erkannte nichts Besonderes. Einzig, dass selbst dieser Bereich sauber war. Wer immer hier für Ordnung sorgte, war penibel. Sie glaubte nicht mehr, dass es sich dabei um Berta Mühlhaupt handelte. Stammte der Skalp von ihr? Wo war der Rest der Leiche, oder lebte die unglückselige Person noch? War jemand, dem so etwas angetan wurde, in der Lage, zu überleben?

Sie schlich zum Kleiderschrank und öffnete das deckenhohe Monstrum. Kleidung einer Frau nicht nur höheren, sondern auch jüngeren Alters. Angesichts der Abscheulichkeiten, die sie entdeckt hatte, von untergeordneter Brisanz, und doch konnte sie sich des Eindrucks nicht erwehren, dass sie dem eine Bedeutung beimessen sollte.

Bevor sie den Raum verließ, fiel ihr Blick auf das graue Haar, das, in der Art, wie sie es auf das Kopfkissen gelegt hatte, aussah, als wäre es ein Tier, das sich zum Schlafen zusammengerollt hatte. Sie hatte nicht daran gedacht, Plastikbeutel mitzunehmen, um etwas darin zu verstauen, und so blieb ihr nur, die Mitnahme auf später zu vertagen.

Sie betrat und durchsuchte ein weiteres Mal das Zimmer, das ihr von ihrem letzten Besuch bekannt war, fand jedoch nichts Erwähnenswertes. Über die Treppe gelangte sie wieder ins Erdgeschoss, betrat Küche und Gäste-WC und konnte auch diese Räume als unwesentlich abhaken.

Die Tür unter der Treppe verblieb als letzte Pforte zu einem ihr unbekannten Terrain. Es war schwer zu sagen, ob sich dahinter nur ein Abstellraum befand, oder tatsächlich, wie sie vermutete, eine weitere Stiege, die in ein Kellergeschoss führte. Jedoch verfügte diese Tür über ein Schloss und Vera erinnerte sich, das bereits bei ihrem letzten Besuch bemerkt zu haben.

Sie sah sich um nach einem geeigneten Werkzeug, um das Schloss aufzubrechen. Möglicherweise fand sich in der Küche etwas, das sie als Stemmeisen nutzen konnte? Das Schloss wirkte allerdings stabil, ebenso die Tür. Es erschien fraglich, ob sie sich ohne geeignetes Werkzeug Zutritt verschaffen konnte.

Einem unbestimmten Impuls folgend legte sie die Hand auf die Klinke, drückte die herunter und registrierte überrascht, dass die Tür aufschwang. Der Gestank, der ihr entgegenschlug, ließ sie augenblicklich würgen. Nun wusste sie, woher der Geruch kam, den sie zuvor nur fern wahrgenommen hatte. Sie hielt sich am Türrahmen fest und kämpfte den imperativen Brechreiz ihres rebellierenden Magens nieder. Anblicke, selbst die grauenhaftesten, ließen sich in den Griff bekommen, Gerüche aber behielten ihre durchdringende Penetranz bei. Egal, wie viele Jahre man mit ihnen zu tun hatte.

Diesen Gestank kannte sie, wusste bereits, bevor sie den Stufen nach unten folgte, was sie dort erwartete.

46

Der Junge:

Niemals glaubte er, Harmonie zu finden. Sein Leben ist bestimmt von Widerstreit. Von Erwartungen, die an ihn gestellt und nicht von ihm erfüllt werden können. Die nach und nach in ihm Nährboden fanden, um zu ihm innewohnenden Zwängen zu werden.

Er glaubt, es verzehre ihn. Dieses Ziehen von außen und innen reiße ihn entzwei. Dann taucht *Sie* auf. Ängstigt ihn zunächst, sodass er wünschte, *Sie* würde den Griff, den *Sie* um ihn schließt, lockern und in dem Nebel, der sein Dasein umgibt, zum Schemen werden und schließlich verschwinden.

Doch *Sie* bleibt nicht nur, *Sie* wird stärker. Der Griff umschließt ihn nicht nur, er durchdringt ihn. Er wird *Sie*. Sie umschließt den Jungen, umgibt ihn mit dem Schutzpanzer, den er benötigt, überwindet die Kluft zwischen seinem kindlichen Selbst und seinem erwachsenen Äußeren.

Wenn er *Sie* ist, gibt es keine Angst, kein Strecken nach unerreichbaren Zielen.

Er ist *Sie* und damit schon alles, was er zu sein ersehnt.

47

Die installierten Lampen beleuchteten die Treppe nur unzureichend, sodass Vera mit großer Vorsicht einen Fuß vor den anderen setzte. Hättest du doch eine Taschenlampe mitgenommen!, sagte sie sich, doch nun war es zu spät für derartige Überlegungen. Immer wieder musste sie mit dem Würgereiz kämpfen, da der Gestank von Stufe zu Stufe zunahm. Auf der vorletzten Stufe schwoll er zu einer Intensität an, die sie innehalten ließ. Sie atmete flach durch den Mund, zog den Pullover, den sie trug, über die Nase, doch all diese Maßnahmen halfen nur geringfügig.

Reiß dich zusammen! Sie schluckte und setzte den Fuß auf die unterste Stufe, dann auf den Kellerboden, der aus gestampftem Lehm bestand. Die Lichtverhältnisse hier unten erschienen wenig besser als auf der Treppe, doch Veras Augen hatten sich an das dämmrige Licht gewöhnt. Vor ihr lag ein Gang, von dem nach links zwei Türen abgingen.

Vera war sicher, dass es sich ursprünglich um einen großen Kellerraum gehandelt hatte, der mit einer Sperrholzwand und zwei Türen zu einem Flur und zwei Räumen unterteilt worden war.

Die Wände des Flurs waren übersät mit Fotos, Notizen und Ausdrucken. Vera ging näher heran, um die Papiere besser erkennen zu können.

Einen Teil bildeten Zeitungsartikel über Juli Jaspers und ihre Werke. Einer, der die Überschrift trug „Mit Jaspers kehrt der seichte Liebesroman zurück in die Bestseller-Listen", war mit rotem Stift durchgestrichen, und auf einer freien Stelle war notiert „Nicht für Ihre Augen bestimmt".

Die Fotos zeigten allesamt die Frau, die auf den Bildern oben zu finden war. Bei einer Fotografie stockte Vera, um sie eingehender zu betrachten. Neben der Dame, die ein helles Kleid trug und auf einem Stuhl saß, stand ein Mann, der die Hand auf ihrer Schulter abgelegt hatte. Vera brachte ihr Gesicht noch näher heran, und ihre Vermutung bestätigte sich: Es handelte sich um Hagen Regener. Wie er in die Kamera sah, dabei die Finger um die Schulter der Frau krallte, deren Gesicht versteinert wirkte, ließ Vera frösteln. Augenblicklich hatte sie den Eindruck, Henker und Opfer kurz vor der Hinrichtung zu beobachten.

Ihr Blick sprang zum nächsten Foto, verharrte erneut, denn auch diese Dame kannte Vera: Luisa Bosner lächelte ihr entgegen. Es handelte sich um den Ausdruck eines Bildes, vermutlich aus Bosners Social-Media-Account. Auch hier fand sich eine handschriftliche Notiz in Rot „Sie gleicht Ihr bis aufs HAAR!".

Langsam bewegte sie sich an der Wand entlang vorwärts, bis sie das Foto von Regener mit der jungen Frau gefunden hatte. Sie zog die Reißzwecke heraus, mit der es befestigt war, um es neben Bosners Bild zu halten. Die Ähnlichkeit war verblüffend. War dies der Grund gewesen? Wurde Bosner zum Verhängnis, dass sie Julia Spers, die Vera für die Dame auf dem anderen Foto hielt, glich wie eine Schwester?

An der Wand fanden sich Notizen, die sich Regener zu Luisa Bosner gemacht hatte. Punkte aus deren Tagesablauf waren ebenso notiert wie Orte, an denen sie sich zu bestimmten Zeiten aufgehalten hatte. Sogar ein Profil des Typus Mann, der Luisa gefiel, hatte er erstellt.

Diese Entdeckungen waren derart schockierend, dass sogar der Gestank, der hier unten ein Ausmaß erreicht hatte, das jeder Beschreibung spottete, für Vera in den Hintergrund gedrängt wurde. Nun wurde sie dessen erneut gewahr und beschloss, dem augenblicklich auf den Grund zu gehen.

Sie vermutete die Quelle hinter einer der beiden Türen, die auf der anderen Flurseite lag. Die erste Tür klemmte, und einen Augenblick hielt sie diese für verschlossen, dann ließ sie sich öffnen. Obwohl schwer vorstellbar, intensivierte sich der Fäulnisgestank in einer Welle, die ihr mit Aufschwingen der Tür entgegenbrandete. Der Brechreiz, der dadurch befeuert wurde, katapultierte sauren Mageninhalt in Veras Mund, den sie trotzig wieder herunterschluckte. Sie musste sich zusammenreißen!

Dieser Befehl an sie selbst drohte angesichts des Anblicks, der sich ihr bot, ungehört zu verhallen. Hatte sie bereits geglaubt, mit dem Skalp im Bett Grauenhaftes erblickt zu haben, übertraf dieser Fund es bei Weitem.

Der Raum wirkte wie eine Parzelle, in deren Mitte ein Stuhl stand. Auf diesem Stuhl saß jemand. Eine Leiche, deren Verwesung weit fortgeschritten war, die aber, als würde man ihren tatsächlichen Zustand Lügen strafen wollen, ein Kleid trug, das frisch gewaschen und gerade erst übergezogen wirkte. Das verlieh dem ohnehin schon furchtbaren Anblick eine morbid-skurrile Note, dass Veras Unterkiefer zu einem stummen Ausdruck des Entsetzens nach unten klappte.

Sie zwang ihre Füße voran. Es gelang ihr, sich der Leiche zu nähern, deren Haut sich an Armen, Beinen und dem Gesicht blasig abhob und eine grünliche Färbung angenommen hatte. Die freiliegende Schädeldecke bestätigte Veras Vermutung: Vor ihr saß die Leiche der Frau, deren Skalp im Bett des Obergeschosses lag. Höchstwahrscheinlich Berta Mühlhaupt.

48

Der Junge:

Die Harmonie in seinem Innern spiegelt sich im Außen. Zu Hause ist nun ein Ort, der diese Bezeichnung verdient. Endlich kann er beiden nahe sein, ohne Zurückweisung zu erfahren.

Wenn er sich hinlegt und die Finger durch Mutters Haar fahren lässt, umfängt ihn die Geborgenheit, nach der er sich zeit seines Lebens sehnte.

Auch Julia kann er endlich nahe sein, ohne dass die sich ihm entzieht. Dass ihn diese Blicke anklagen.

Sie zeigte ihm, wie man durchsetzt, was man will. Wie man ist, wer man sein will.

49

Da ist jemand!

Sie hätte nicht sagen können, worauf der Gedanke, der grell in ihrem Kopf aufflammte, beruhte. Der Augenblick danach, in dem ihr Verstand dies zu ergründen suchte, endete, als sie Schritte auf der Treppe hörte. Tritte, die sich näherten.

Wie ein Vogelschwarm, der durch die Ankunft eines Raubtieres aufgeschreckt wurde, stoben die Gedanken durch ihren Kopf. Trotz des Fäulnisgestanks, den sie damit einsaugte, zwang sie sich, tiefe Atemzüge zu nehmen.

Sie griff nach der Waffe, zog sie aus dem Holster und ging in die Hocke. Im selben Moment wurde der Raum in Dunkelheit getaucht, als das ohnehin schon spärliche Licht ausging. Angestrengt lauschte sie in die Dunkelheit, konnte aber nur ihren eigenen Herzschlag vernehmen, der paukenschlaggleich in ihren Ohren pulsierte.

Sie war im Nachteil. Der Ankömmling wusste, dass sie da war, schließlich sprach das zerbrochene Fenster eine klare Sprache, und kannte zudem die Räumlichkeiten. Möglicherweise war er ebenfalls bewaffnet. Vera verfluchte sich innerlich, dass ihre Neugierde und ihr Ehrgeiz, den Fall zu lösen, stärker gewesen waren als Vorsicht. Zu spät für derartige Überlegungen.

Sie griff in ihre Gesäßtasche, um ihr Handy herauszuholen. Es war unabdingbar, dass sie Verstärkung rief. Wo verdammt noch mal ist mein Handy? Sie untersuchte die anderen Taschen – nichts! Ihr Handy war nicht da. Womöglich war es ihr beim Aussteigen aus dem Auto aus der Tasche gefallen. Sie war auf sich allein gestellt!

Die Panik streckte ihre Tentakel aus und begann von ihrem Magen in ihr emporzuklimmen. Kitzelte ihr Herz, bis es noch schneller schlug, und legte sich dann um ihre Kehle, um unbarmherzig zuzudrücken. Sie schüttelte trotzig den Kopf. Der hilflose Versuch, die Beklemmung abzuschütteln.

Geräusche drangen durch den Schock, der sie einzuspinnen drohte: Schritte, die sich näherten. Sie überlegte, ob sie die Tür zu der Kammer, in der sie hockte, geschlossen hatte, konnte sich jedoch nicht mehr erinnern. Ebenso wenig, wo genau sich die Leiche befand.

Sie zählte von drei rückwärts herunter und es gelang ihr, mit jeder Zahl ihre Atem- und Pulsfrequenz zu verlangsamen. Sie konzentrierte sich auf das, was sie hörte, nun der wichtigste ihrer Sinne, von dem ihr Leben abhing.

Der Änderung des Klangs entnahm sie, dass die Person die Stufen verlassen und den Lehmboden des Kellers erreicht hatte. Sie bewegte sich langsam, aber stetig auf sie zu.

Erneut versuchte Vera, sich das letzte Bild des Raumes in Erinnerung zu rufen. Sie hatte die Leiche betrachtet, die auf dem Stuhl saß, der sich in der hinteren Ecke rechtsseitig befand. Die Hand nach rechts ausgestreckt, ertastete sie etwas Teigiges, kämpfte den Würgereiz nieder, als ihr bewusst wurde, dass es sich um ein Bein der Leiche handelte. Zumindest wusste sie nun, dass sie links des Stuhls hockte, was bedeutete, dass die Tür sich in ihrem Rücken befand. Weiterhin gehockt, drehte sie sich um die eigene Achse, tastete mit der linken Hand und berührte wieder das Bein der Leiche. Zumindest ihre Ausrichtung war nun besser.

Sie umschloss die Waffe mit beiden Händen und streckte die Arme nach vorne aus. Die Schritte nahten, waren nicht mehr weit entfernt. Ihre Hände krampften sich fest um den Griff der Pistole und schmerzten bereits. Sie zwang sich, die Finger zu lockern und registrierte, dass es vollkommen still war.

Woher war das letzte Geräusch der Schritte zu ihr vorgedrungen? Wie weit war er von ihr entfernt? Oder stand er bereits unmittelbar vor ihr? Ein einzelner Schweißtropfen rann von ihrer Stirn zwischen den Brauen hinab.

War das ein Atmen? Ganz nah vor ihr? War das ein Luftzug in ihrem Gesicht?

Die Luft um sie herum verdichtete sich mit dem Fäulnisgestank zu einer giftigen Masse, die sie nicht atmen ließ. Wie ein Fisch auf dem Trockenen japste sie nach Sauerstoff. Die Dunkelheit wurde erhellt, als Blitze vor ihren Augen aufzuckten.

Ihr wurde bewusst, dass sie drohte das Bewusstsein zu verlieren. Sie ignorierte die Panik, die gellend schrie, dass es keine Luft zum Atmen gab und dass sie jeden Augenblick von einer Hand gepackt würde. Sie zwang sich zu tiefen Atemzügen, zwang sich ebenso, den Finger, der sich immer fester um den Abzug krallte, zu lockern. Sie konnte nicht einfach so in die Dunkelheit schießen.

Verharrend lauschte sie auf jedes Geräusch, glaubte, ein fernes Plätschern von Wasser zu vernehmen, ein Rascheln, das durch ein Tier verursacht, aber ebenso ihrer Fantasie entsprungen sein konnte. Wie sie selbst in der Dunkelheit keinen Bezugspunkt ausmachen konnte, verlor die Zeit ihren Rhythmus. Sie floss nicht mehr dahin, sondern wurde zu einem Kontinuum.

Die Muskulatur in Armen und Beinen, gespannt in der Erwartung eines plötzlichen Angriffs, begann zu schmerzen. Weitere Schweißtropfen perlten von ihrer Stirn, liefen brennend in die Augen. Alles hatte sich aufgelöst. Sie hätte ebenso durch das dunkle All treiben können.

Der Zugriff erfolgte in dem Augenblick, als sie sich gerade aufrichten wollte. Der Schuss war ohrenbetäubend und wurde von einem Pfeifton in beiden Ohren gefolgt. Die Waffe flog aus ihren Händen. Etwas Schweres wälzte sich auf sie, drückte sie nieder. Ihr linker Arm, noch frei, griff zur Seite aus, fand, was sie erwartete, und riss daran. Zu schwach, wie ihr klar wurde, als nichts geschah. Sie versuchte es ein zweites Mal, keuchte, hörte ein Röcheln über sich. Ihr Oberkörper wurde noch fester zu Boden gedrückt, und es gab nur noch diesen kurzen Augenblick, bis auch ihr linker Arm erfasst werden würde.

Sie packte zu, presste einen erstickten Schmerzensschrei hervor, als ihr eine Faust in die Seite gerammt wurde, riss mit aller Kraft daran und spürte endlich, wie es dem Zug folgte. Ein Aufstöhnen aus Schmerz und Überraschung ertönte über ihr, dann ließ der Druck nach.

Ihr war es gelungen, die Leiche vom Stuhl zu reißen und auf ihren Angreifer, der sie am Boden festhielt, zu schleudern. Der damit verbundene Schlag hatte ihn zur Seite und damit von Vera wegbewegt. Sie stützte sich auf die Ellenbogen, zog die Beine heran und trat zu. Ihre Füße prallten gegen etwas, da sie keinen Schrei hörte, ging sie davon aus, dass sie nur die Leiche und nicht ihren Angreifer getroffen hatte.

Sie rappelte sich auf und wollte fortstürmen, da packte eine Hand sie am Knöchel. Vera schlug der Länge nach hin und mit dem Gesicht auf dem Boden auf. Ihre Lippe pochte und schien augenblicklich auf die doppelte Größe anzuschwellen. Sie spuckte Speichel, der nach Eisen schmeckte, aus, zog den freien Fuß heran und trat erneut zu.

Endlich ertönte ein knackendes Geräusch, gefolgt von einem Schmerzensschrei, was sie mutmaßen ließ, dass irgendein Knochen zu Bruch gegangen war. Gut so! Der Griff um ihren Knöchel wurde gelockert, und blitzschnell entzog sie ihren Fuß einem erneuten Zugriff.

Einen Moment überlegte sie, nach ihrer Waffe zu suchen, machte sich dann aber klar, dass es chancenlos war, und sie besser versuchte, fortzukommen. Sie fuhr herum, wollte losrennen, prallte aber bereits nach wenigen Schritten gegen die Wand des Raumes. Ihre Finger tasteten nach der Tür, doch da war nur Wand. Die Panik nahm sie in den Würgegriff, sodass sie nach Luft japste. Irgendwo musste doch diese verdammte Tür sein!

Endlich fuhren ihre Hände in eine Vertiefung, die sie umfasste, um sich hindurchzuziehen, als ihr Kopf nach hinten gerissen wurde.

Ihr entfuhr ein Aufschrei. Er hatte sie an ihren Haaren gepackt. Sie griff hinter sich, grub ihre Finger ebenfalls in seine Haare, erlebte einen albtraumhaften Moment, als die sich von seinem Kopf zu lösen schienen. Er riss sie weiter nach hinten, zu sich, während ihre Hand immer noch das Haarteil umklammerte. Es ist vorbei!, dachte sie.

Plötzlich flammte das Licht wieder auf und brannte in ihren Augen. Sie verengte die Lider zu Schlitzen. Ihr Angreifer wurde anscheinend ebenso überrascht und lockerte seinen Griff. Vera trat erneut nach hinten, registrierte mit Befriedigung das grunzende Geräusch, das er von sich gab, und stürmte los.

Ihre Augen waren immer noch lichtempfindlich, sodass sie gegen das Blenden anblinzeln musste. Tränen liefen ihr die Wangen hinab, doch es gelang ihr, aus dem Zimmer zur Treppe zu stürmen.

Sie benötigte einen Augenblick, um Peters zu erkennen, der am Fuß der Treppe stand und sie mit weit aufgerissenen Augen anstarrte. „Er hat eine Waffe!“, schrie sie.

Der Donnerschlag eines weiteren Schusses wurde gefolgt von heißem Schmerz, der in ihr rechtes Bein fuhr. Sie stürzte zu Peters' Füßen, reckte den Kopf und rief, so laut sie konnte: „Schießen Sie! Sie müssen schießen!“

50

Piep, piep, piep. Die Töne durchdrangen das trübe Wasser, in dem sie trieb, wurden immer drängender. Sie paddelte in Richtung Oberfläche, während sie überlegte, ob das Piepen von ihrem Wecker stammte. Der Einwand, dass sie seit Jahren keinen Wecker, sondern nur noch ihr Handy nutzte, trieb an ihr vorüber, ohne dass sie das Bedürfnis verspürte, ihn festzuhalten.

Sie strampelte weiter gegen die bleierne Schwere an, die auf ihr lag und sie regungslos machte. Wo war sie?

Der Keller! Augenblicklich ergriff sie die Panik. Sie wollte schreien, doch nichts geschah.

„Alles gut, meine Süße." Die Stimme hörte sich vertraut an, dann spürte sie eine Berührung an der Wange.

„Wird sie wach?" Eine andere Stimme. Ihre Hand wurde ergriffen.

Ihre Lider flatterten, versuchten, das Gewicht, das sie niederdrückte, fortzublinzeln.

„Vera?"

Endlich öffneten sich ihre Lider, und sie sah in ein bekanntes Gesicht. „Morris?", krächzte sie.

„Ich bin da, mein Schatz." Er drückte ihre Hand.

Tränen fluteten ihre Augen und liefen dann an ihren Wangen herunter. Erleichterung. Sie war nicht mehr im Keller, befand sich nicht mehr in seinem Zugriff.

„Ich bin auch da, Süße."

„Gina." Zu den Tränen ergriff Schluchzen ihren Körper. Sie heulte wie ein kleines Mädchen, während Morris ihre Hand hielt, Gina ihr übers Haar strich und beide beruhigend auf sie einredeten.

Irgendwann war sie leer geweint und so weit, dass sie sprechen konnte. „Was ist geschehen?"

„Du hast uns allen ganz schön Angst gemacht. Wie konntest du nur ...?" Morris presste die Lippen zusammen, schüttelte dann den Kopf. „Ein anderes Mal", sagte er dann.

„Du wurdest bei deinem Alleingang angegriffen", sagte Gina. „Zum Glück hast du einen verdammt pfiffigen Kollegen, der dich gerettet hat."

„Peters?"

Gina und Morris nickten.

„Nicht auszudenken, was passiert wäre, wäre er nicht da gewesen." Morris rieb sich die Stirn.

„Aber er war ja da." Gina tätschelte Morris den Arm. „Mit dir muss ich noch ein Hühnchen rupfen, dass du mir so ein Sahneschnittchen nicht vorstellst, das auch noch so aufrichtig an dir interessiert ist", sagte sie, an Vera gewandt.

„Woher ...?" Mehr brachte sie nicht heraus.

„Dein Kollege ist nicht nur pfiffig, er scheint dich auch bereits gut zu kennen. Er ahnte, dass du etwas vorhast, fuhr ebenfalls zum Haus nach Ensdorf und sah den Wagen davorstehen", antwortete Morris, der trotz Veras Einwortfrage verstanden hatte, was sie wollte.

„Sorry. Ich bin wirklich eine Idiotin", krächzte Vera.

Morris öffnete den Mund, um etwas zu entgegnen, doch Gina kam ihm zuvor. „Und wir sind dankbar, dass wir dich haben. Nur in Zukunft wäre ein bisschen weniger Idiotie wünschenswert. Zumindest, wenn die dazu führt, dass du dich in Gefahr bringst."

„Okay." Vera fühlte sich plötzlich unglaublich müde. Doch eine Frage musste sie noch stellen. „Was ist mit dem Täter? Hagen Regener?"

„Dein Kollege hat ihn erschossen." Morris ergriff ihre Hand. Vera gähnte, und im nächsten Augenblick verschwamm das Bild vor ihren Augen, als sie erneut in Schlaf versank.

51

„Ich weiß, dass du das nicht hören willst, aber ich bin immer noch der Meinung, dass du dir noch Ruhe gönnen solltest."

Vera biss die Zähne zusammen, zwang sich zu einem Lächeln, obwohl der Schmerz in ihrem Bein pochte. Zu schnell hatte sie die Füße aus dem Wagen geschwungen, sodass sich die Verletzung eindrucksvoll in Erinnerung brachte. „Es geht schon. Mach dir keine Sorgen."

Morris betrachtete prüfend ihr Gesicht, seufzte und zuckte mit den Schultern. „Wieso habe ich geglaubt, dass eine läppische Nahtoderfahrung mit einem psychopathischen Killer dich ändert?"

Sie lehnte sich rüber, um ihm einen Kuss auf die Wange zu drücken. Der Mund wäre ihr lieber gewesen, aber Morris' Blick war starr zur Windschutzscheibe gerichtet. „Du weißt doch, dass du eine Eselin zur Freundin hast."

„Jaja." Das klang bereits versöhnlicher.

„Aber ein bisschen gefällt es dir auch." Sie lehnte den Kopf an seine Schulter.

„Wenn die Eselin nicht auf die Idee kommt, an einem Abgrund Turnübungen zu machen oder einen Frauenmörder allein und ohne Handy in seinem Versteck zu besuchen, gefällt sie mir am besten."

„Ich kann einfach nicht mehr zu Hause auf dem Sofa oder im Bett herumliegen. Trotz des Wohlfühlprogramms, das du dir für mich überlegt hast."

Morris strich ihr über das Haar. „Das weiß und verstehe ich. Versprich mir aber, dass du die Signale deines Körpers ernst nimmst. Es hilft niemandem, wenn du dich nicht richtig auskurierst."

„Versprochen. Ich werde sicherlich nicht gleich zum nächsten Mordfall abkommandiert werden. Vorerst geht es darum, den letzten abzuwickeln und das ist vorwiegend Schreibtischarbeit." Sie legte den Kopf zur Seite und sah ihm von unten in die Augen. „Da kann ich mich höchstens am Papier schneiden."

Endlich grinste Morris und küsste sie. „Wenn du so weiterredest, hole ich Papier, um dich damit zu schneiden."

Sie lachten.

„Und jetzt raus mit dir, bevor ich es mir anders überlege." Morris deutete mit dem Kopf in Richtung der geöffneten Beifahrertür.

Sie gab ihm noch einen Abschiedskuss, bevor sie den Wagen verließ. Zwar achtete sie dieses Mal darauf, das verletzte Bein nicht zu stark zu belasten, doch der sich meldende Schmerz sorgte dafür, dass sie überlegte, ob Morris nicht recht hatte. War es nicht besser, eine oder zwei Wochen zu warten?

Zu spät! Wenn sie jetzt einen Rückzieher machte, würde sie sich gegen ihren Freund nicht mehr durchsetzen können.

Sie gab der Autotür einen Stoß, die daraufhin ins Schloss fiel und winkte Morris zu, während der zurücksetzte, um dann vom Parkplatz des Präsidiums zu fahren.

Erst jetzt setzte sie sich humpelnd in Bewegung. Ein weiterer Fehler, auf die Gehhilfe zu verzichten. Zumal ihr hinkender Gang sie deutlicher stigmatisierte, als eine Krücke das getan hätte.

Ohne viel Aufsehen zu erregen, gelangte sie in ihr Büro, was daran lag, dass Mittagszeit war und niemand mit ihr rechnete. Sie wählte Peters Nummer.

„Sie sind schon wieder da?" Peters klang überrascht.

„Zu Hause fiel mir die Decke auf den Kopf. Haben Sie einen Moment für mich?"

„Selbstverständlich. Sind Sie in Ihrem Büro?"

„So ist es."

„Dann bin ich gleich da."

Kurze Zeit später trat Peters nach dem Anklopfen ein. „Schön, dass Sie wieder da sind. Ich habe mir erlaubt, jemanden mitzubringen."

Ein Herr mittleren Alters, dunkelhaarig mit ergrauenden Schläfen und einer Lesebrille auf der Nasenspitze trat nach Peters in Veras Büro.

„Herr Wittenberg, schön, Sie zu sehen." Vera erhob sich von ihrem Stuhl, wobei sie den Schmerz ignorierte, der stechend in ihr Bein schoss.

„Sie kennen einander?", fragte Peters.

„Wir haben bereits zusammengearbeitet", entgegnete Vera.

„Ich habe gehört, was Ihnen passiert ist. Hoffentlich geht es Ihnen besser?" Wittenberg sah Vera über den Rand seiner Lesebrille an.

„Es benötigt noch Zeit, ist aber auf einem guten Weg." Vera bedeutete den Herren, sich auf die Stühle vor ihrem Schreibtisch zu setzen und war froh, ebenfalls wieder Platz nehmen zu können. „Können Sie mich auf den neuesten Stand bringen, was unseren Fall anbelangt?", fragte sie Peters.

„Deshalb ist Herr Wittenberg da. Er hat sich mit dem Fall auseinandergesetzt und teilt sicherlich gerne seine Einschätzung mit Ihnen."

„Selbstverständlich." Wittenberg nahm seine Brille von der Nase und säuberte sie mit einem Tuch, das er aus der Innentasche seines Sakkos hervorzog. „Wir haben oder hatten es mit einem Täter zu tun, der durch einen starken Hass auf die Weiblichkeit geprägt war."

„Die Zurückweisung hat ihn zu dem gemacht?", fragte Vera.

„Von frühester Kindheit an erfuhr er Ablehnung und das wegen etwas, das er sich weder ausgesucht hatte noch ändern konnte: seines Geschlechts."

„Aber warum wollte seine Mutter nicht, dass er ein Junge war?"

„Da kann ich nur mutmaßen. Womöglich hatte seine Mutter traumatische Erfahrungen mit Männern, Gewalt, Vergewaltigung. Der Täter selbst könnte das Ergebnis einer Vergewaltigung sein."

„Verstehe."

„Berta Mühlhaupt war verheiratet, wurde aber geschieden, bevor Hagen Regener gezeugt wurde", sagte Peters.

„Und über Regeners Vater ist nichts bekannt?", fragte Vera Peters.

„Leider nein."

„Diese sadistischen Spiele, die in Regeners Manuskript erwähnt werden, halten Sie die für autobiogra-
fisch?", fragte Vera den Psychologen.

„Gut möglich. Grausamkeit durch die eigenen Eltern
zu erfahren, ist das Schlimmste, was einem Kind angetan werden kann. Gerade bei ihren Eltern suchen Kinder Schutz und Zustimmung."

„Warum hat er seine Mutter ...", Vera suchte nach dem
Wort, „skalpiert und die Haare im Bett aufbewahrt."

„Irgendwann war der Bogen wohl überspannt und
die aufgestaute Wut entlud sich in Aggression gegen
seine Peinigerin. Dennoch verblieb der Anteil in ihm,
der die Nähe zu seiner Mutter suchte."

Vera bekam eine Gänsehaut, als sie verstand, was der
Psychologe meinte. „Er schuf die Mutter, die er nie
hatte."

„Das wäre meine Vermutung."

„Deshalb auch dieses Arrangement im Bett?" Beim Gedanken daran lief es Vera kalt den Rücken herunter.

„Ich habe Ihre Schilderung in der Akte gelesen." Wittenberg schlug die Beine übereinander. „Womöglich
war insbesondere das Haar seiner Mutter etwas, das
für ihn eine starke Identifikation mit ihr als Person bedeutete. So konnte er ihr nahe sein, ohne Zurückweisung zu erfahren."

„Die Haare, die wir an den Tatorten fanden, stammen
vom Skalp von Regeners Mutter", sagte Peters.

„Wieso hatte er die bei den Morden dabei?" Vera erinnerte sich an den Moment im Keller, als sie versuchte,
ihren Angreifer zu packen, und dessen Haare in der
Hand hielt. Den Skalp, wie sie vermutete.

„Ausgehend von seinen Aufzeichnungen, dem Manuskript, vermute ich, dass die traumatischen Erlebnisse in frühester Kindheit zu einer Spaltung seiner Persönlichkeit führten."

„Sie meinen, dass er eine andere Person war, wenn er diesen Skalp trug?" Vera schluckte.

„Eine Vermutung." Wittenberg hob die Hände zu einer abwehrenden Geste.

„Aber warum diese Inszenierung?", fragte Peters. „Damit hat er bewusst den Verdacht auf Juli Jaspers und damit sich selbst gelenkt."

„Nicht selten will ein Täter gefasst werden und auf etwas aufmerksam machen." Wittenberg räusperte sich. „Ich bewege mich nun weit weg von belastbaren Hypothesen und bitte Sie daher, das, was ich Ihnen nun sage, als unbelegbare Gedankenkette zu werten." Er sah erst Vera, dann Peters auffordernd an, wartete deren Nicken ab. „Die Problematik des falschen Geschlechts durchzog sein Leben. Am traumatischsten hinsichtlich seiner Mutter, schließlich aber auch literarisch, denn auch hier musste er seine eigentliche Identität, und vor allem sein männliches Geschlecht, hinter einem gegengeschlechtlichen Pseudonym verbergen."

„Und dann wurde der Text, den er unter seinem Namen abgab, abgelehnt", murmelte Vera.

„Wie bitte?", fragte Wittenberg.

„Nicht so wichtig." Vera kratzte sich am Hinterkopf. „Was ist mit Julia Spers?"

„Wir vermuten, dass Regeners Mutter mit ihr Kontakt aufnahm."

„Berta Mühlhaupt?" Die Antwort irritierte Vera.

„Wir haben einen Brief gefunden, der von Mühlhaupt verfasst wurde und in dem sie dringend um Hilfe bittet."

„Hilfe?"

„In der kurzen Zeit, in der Julia Spers mit Hagen Regener zusammen war, als die beiden noch zur Schule gingen, scheint sich Spers gut mit Mühlhaupt verstanden zu haben. Zumindest spielte Mühlhaupt in ihrem Brief darauf an."

Vera fielen die Fotos ein. „Womöglich war sie die Tochter, die Hagen nie sein konnte."

„Vielleicht." Peters zuckte mit den Schultern. „Irgendeine Verbindung muss es gegeben haben, denn Julia ließ sich ködern."

„Was ihr zum Verhängnis wurde." Vera dachte kurz nach. „Haben Sie die Leiche von Julia Spers gefunden?"

„Haben wir." Peters schluckte geräuschvoll. „Erinnern Sie sich noch daran, dass neben dem Raum, in dem Regener Sie überfiel, ein weiterer war?"

Vera nickte.

„Dort fanden wir Spers' Leiche. In einem ähnlichen Zustand der Verwesung wie die seiner Mutter."

„Sie sah ihr extrem ähnlich. Luisa Bosner. Im Keller hingen auch Bilder." Vera sah Peters an.

„Regener hatte E-Mail-Kontakt mit ihr."

„Über den Verlags-Account? Karger der Verlagschef sagte, dass verschiedene Personen darauf Zugriff hatten."

„Ganz genau. Sie hat in ihrer ersten Mail ein Bild mitgeschickt, das hat wahrscheinlich seine Aufmerksamkeit erweckt. Er hat sich sogar mit ihr getroffen."

„Und dabei ist die ganze Sache mit Juli Jaspers und dem Pseudonym aufgeflogen."

„Luisa wollte damit zur Presse, hatte einen Kontakt und holte Nathalie Becker ins Boot."

„Dann tötete er beide, damit die nicht zur Presse gehen." Vera wandte sich an Wittenberg. „Und wieder stellt sich die Frage nach dem Grund der Inszenierung?"

„Und erneut kann ich Ihnen nur eine Vermutung und damit keine einhundertprozentig befriedigende Antwort geben. Wenn wir davon ausgehen, dass die Persönlichkeit des Täters zersplittert war, befanden sich diese Anteile im ständigen Kampf um die Vorherrschaft. Gut möglich, dass ein Bestandteil von ihm wollte, dass alles weiterlief wie bisher, und sich dieser Anteil von ihm durch die Opfer bedroht fühlte."

Es ist vorbei, dachte Vera. Doch der Gedanke war nicht so tröstend, wie erhofft. Es war die Gewissheit, das Knäuel nicht vollkommen entwirren zu können. Sie hatte am Faden gezogen, und der hatte sich weitestgehend gelöst, doch am Ende verblieb ein Knoten, der zu fest war, um von ihr gelöst zu werden. Und da Regener durch Peters' heldenhafte Rettung tot war, bestand keine Möglichkeit mehr, ihn selbst zu seinen Motiven zu befragen.

Sie dachte an Julia Spers. „Julia Spers", sagte sie und bemerkte Peters' fragenden Blick. „Jetzt verstehe ich. Es ist ein Anagramm. Hagen Regener formte daraus das Pseudonym Juli Jaspers."

52

„Dann sind Sie wieder voll einsatzfähig? Wunderbar!"
Barmer grinste breit.

Etwas zu dick aufgetragen, dachte Vera, lächelte dennoch zurück.

„Sie werden es nicht glauben, aber der nächste Fall erwartet sie bereits."

Und schon haben wir den Grund für das breite Grinsen, dachte Vera. Doch die Freude, wieder hergestellt zu sein, nach weiteren sechs Wochen mit Physiotherapie, Schmerzen und nur stundenweisen Aufenthalten im Präsidium, ließ sie darüber hinwegsehen, dass ihrem Chef vor allen Dingen wichtig war, dass seine fähige Ermittlerin wieder ihre Arbeit verrichtete.

„Und keine Sorge. Ich werde Ihnen dieses Mal einen erfahrenen Kollegen zur Seite stellen." Er beugte sich über seinen Schreibtisch und zwinkerte Vera zu. „Keinen Frischling."

„Um ehrlich zu sein, Chef", Sie lehnte sich zurück, um die Distanz zwischen sich und Barmer, die dieser auf falsche Vertraulichkeit vermindert hatte, wieder zu vergrößern, „ich möchte weiter mit Peters zusammenarbeiten."

Barmer riss die Augen auf. „Tatsächlich?"

„So ist es."

„Also, dann."

Vera genoss es, ihren Chef damit aus dem Konzept gebracht zu haben. „Also dann." Sie erhob sich. „Danke, Chef. Es tut gut zu wissen, dass Ihnen mein Wohlergehen so am Herzen liegt." Sie wartete Barmers Entgegnung nicht ab, sondern verließ das Zimmer.

In ihrem Büro angekommen, rief sie Peters an. „Haben Sie Zeit? Ich möchte gerne etwas mit Ihnen besprechen."

Es dauerte nicht lange, bis Peters eintrat und Vera gegenüber Platz nahm.

„Habe ich mich überhaupt bei Ihnen bedankt?"

„Ach, das war doch selbstverständlich. Ich habe nur meine ..."

„Machen Sie das nicht", sagte Vera. „Sagen Sie nicht, dass Sie nur Ihren Job gemacht haben. Sie haben weit mehr als das getan." Sie verschränkte die Hände auf dem Tisch. „Es gibt viel gute Ermittler, die gute Arbeit leisten. Aber nur wenige haben das Gespür, die Intuition. Sie gehören dazu. Wussten, dass ich in Gefahr bin. Mehr als das, denn Sie haben aufgrund dieser Intuition gehandelt und mir so das Leben gerettet." Sie sah ihn eindringlich an. „Das ist nicht nur *seinen Job erledigen*." Sie machte eine Pause, um ihre Worte wirken zu lassen. „Es tut mir leid, dass ich anfangs so schroff war. Ich war arrogant und unfair, doch Sie haben sich davon nicht abbringen lassen, sondern kontinuierlich am Fall gearbeitet und sich damit verbessert." Vera erhob sich, woraufhin sie einen irritierten Blick von Peters erntete, der sich dann jedoch ebenfalls erhob. „Ich würde mich sehr freuen, wenn Sie weiter mit mir zusammenarbeiten würden. Vielleicht kann ich Ihnen noch das ein oder andere beibringen, oder Sie mir." Sie zwinkerte ihm zu. „Außerdem möchte ich, dass du mich Vera nennst." Sie streckte ihm die Hand entgegen.

Peters' Gesicht spiegelte Überraschung, dann zeigte es ein Lächeln. „Sehr gerne, Vera. Ich bin übrigens Samuel." Er ergriff ihre Hand und schüttelte sie.

Vera erwiderte das Lächeln. „Freut mich Samuel. Bereit für den nächsten Fall

Milton Keynes UK
Ingram Content Group UK Ltd.
UKHW010900040923
428018UK00004B/285